《国学经典藏书》丛书编委会

顾　问

　　许嘉璐

主　编

　　陈　虎

编委会成员

陆天华	李先耕	骈宇骞	曹书杰	郝润华	潘守皎
刘冬颖	李忠良	许　琰	赵晨昕	杜　羽	李勤合
金久红	原　昊	宋　娟	郑红翠	赵　薇	杨　栋
李如冰	王兴芬	李春燕	王红娟	王守青	房　伟
孙永娟	米晓燕	张　弓	赵玉敏	高　方	陈树千
邱　锋	周晶晶	何　洋	李振峰	薛冬梅	黄　益
何　昆	李　宝	付振华	刘　娜	张　婷	王东峰
余　康	安　静	刘晓萱	邵颖涛	张　安	朱　添
杨　刚	卜音安子				

国学经典藏书

闲情偶寄

朱 添 译注

中国出版集团有限公司
研究出版社

图书在版编目（CIP）数据

闲情偶寄/朱添译注. —— 北京: 研究出版社, 2024.1

（国学经典藏书）

ISBN 978-7-5199-1493-6

Ⅰ.①闲… Ⅱ.①朱… Ⅲ.①杂文集—中国—清代 Ⅳ.①I264.9

中国国家版本馆 CIP 数据核字（2023）第 087601 号

出 品 人：赵卜慧
出版统筹：丁　波
责任编辑：谭晓龙

国学经典藏书：闲情偶寄
GUOXUE JINGDIAN CANGSHU：XIANQING OUJI
朱　添　译注
研究出版社 出版发行
（100006　北京市东城区灯市口大街 100 号华腾商务楼）
河北松源印刷有限公司　新华书店经销
2024 年 1 月第 1 版　2024 年 1 月第 1 次印刷
开本：880毫米 × 1230毫米　1/32　印张：9
字数：186 千字
ISBN 978-7-5199-1493-6　定价：32.00 元
电话：（010）64217619　64217652（发行部）

版权所有·侵权必究
凡购买本社图书，如有印制质量问题，我社负责调换。

编者的话

经典是人类知识体系的根基,是人类的精神家园,是我们走向未来的起点。莎士比亚说过:"生活里没有书籍,就好像没有阳光;智慧里没有书籍,就好像鸟儿没有翅膀。"21世纪中国国民的阅读生活中最迫切的事情是什么?我们的回答是阅读经典!

中国有数千年一脉相传、光辉灿烂的文化,并长期处于世界文化发展的前列,尤其是在近代以前,曾长期引领亚洲乃至世界文化的发展方向。长期超稳定的社会发展形态和以小农生产为基础的、悠闲的宗法农业社会,塑造了中华民族注重实际、过分地偏重经验、重视历史的文化心理特征。从殷商时代的"古训是式"(《诗经·大雅·烝民》),到孔子的"述而不作,信而好古"(《论语·述而》),可以清楚地看出这种文化心理不断强化的轨迹。于是,历史就被赋予了神圣的光环,它既是人们获得知识的源泉,也是人们价值标准的出处。它不再是僵死的、过去的东西,而是生动活泼、富有生命力,并对现世仍有巨大指导作用的事实。因而就形成了这样一种固定的文化思维方式,也就是"以铜为鉴,可正衣冠;以古为鉴,可知兴替;以人为鉴,可明得失"(《新唐书·魏徵传》)。中国的文化人世代相承,均从历史中寻求真理,寻求"修身、齐家、治国、平天下"的崇高理想模式。

这种对于历史所怀有的深沉强烈的认同感，正是历史典籍赖以发展、繁荣的文化心理基础。历史上最初给历史典籍的研究和整理工作涂上政治、道德和伦理色彩的是春秋时期的孔子。当时的孔子因感"周室微而礼乐废，《诗》《书》缺"，于是删订了《诗》《书》《礼》《乐》《易》《春秋》等"六经"（见《史记·孔子世家》），寄托了自己在政治上"复礼"和道德上"归仁"的最高理想。孔子以后，历史典籍的编撰无不遵循着这一最高原则。所以《隋书·经籍志》总序中就说："夫经籍也者，机神之妙旨，圣哲之能事。所以经天地，纬阴阳，正纲纪，弘道德，显仁足以利物，藏用足以独善……其王者之所以树风声，流显号，美教化，移风俗，何莫由乎斯道？……其教有适，其用无穷，实仁义之陶钧，诚道德之橐籥也。……夫仁义礼智，所以治国也；方技数术，所以治身也。诸子为经籍之鼓吹，文章乃政化之黼黻，皆为治国之具也。"（《隋书·经籍志一》）由此可见，历史典籍的编撰整理工作，已不仅仅是文化技术问题，更重要的是它还负有"正纲纪，弘道德"的政治和道德使命。于是，在两千多年的历史发展过程中，先人们为我们留下了汗牛充栋的文化典籍。这些宝贵的精神财富，不仅是我们中华民族的骄傲，也是全人类的骄傲，并已成为世界文化宝藏的重要组成部分。

中国的先哲们一向对古代典籍充满崇敬之情，他们认为，先王之道、历史经验、人伦道德以及治国安邦之术、读书治学之法等等，都蕴藏于典籍之中。文献典籍是先王之道、历史经验、人伦道德等赖以传递后世的重要手段。离开书籍，后人将无法从前朝吸取历史经验，无法传承先王之道。在日新月异的当代，如何对待这份优秀的文化遗产？毛泽东同志早就指出："中国的长期封建社会中，创造了灿烂的古代文化。清理古代文化的发展过程,剔除其封建性的糟粕,吸取其民主性的精华,是发展民族新文化、提高民族自信心的必要条件。……中国现时的新文化也是从古代的旧文化发展而来,因此,我们必须尊重自己的历史,决不能割断历史。但是,这种尊重是给历史以一定的科学地位,是尊重历史的辩证法的发展,而不是颂古非今。"(毛泽东《新民主主义论》)古代典籍,不仅对中华民族的形成与发展历史地发挥了巨大的凝聚力作用,而且在当今中华民族伟大复兴中,依然会发挥无可替代的重要作用。

在科学技术迅猛发展的当代社会,人们的生活、观念正在发生着巨大而深刻的变革,面对蓬勃发展的现代科技和汹涌而至的各种思潮,人们依然能深切地感受到中国传统文化无所不在的巨大力量。人们渴望了解这种无形的力量源泉,于是绚丽多姿的中华典籍就成了人们首要的选择。它能够使我们在精神上成为坚强、忠诚和有理智的人,成为能够真正爱人类、尊重人类劳动、衷心地欣赏人类的伟大劳动所产生的美好果实的人。所以,在今天,我们要阅读经典;当数字化、网络化带来的"信息爆炸"占领人们的头脑、占用人们的时间时,我们要阅读经典;当中华民族迈向和平崛起和民族复兴的伟大征程时,我们更要阅读经典。因此,读经典,这个我们习以为常的平凡过程,实际上就成了人的心灵和上下古今一切民族的伟大智慧相结合的过程。但由于时代的变迁,这些经典对现代人来说已仿佛谜一样的存在。为继承这份优秀的文化遗产,帮助人们更好地利用这些经典,在全国学术界诸多专家学者的支持下,我们策划了这套"国学经典藏书"丛书。

丛书以弘扬传统、推陈出新、汇聚英华为宗旨,以具有中等以上文化程度的广大读者为对象,从我国古代经、史、子、集四个部类的典籍中精选50种,以全注全译或节选的形式结集出版。在书目的选择上,重点选取我国古代哲学、历史、地理、文学、科技、教育、生活等领域历经岁月洗礼、汇聚人类最重要的精神创造和知识积累的不朽之作。既注重选取历史上脍炙人口、深入人心的经典名著,又注重其适应现代社会的人文价值趋向。丛书不仅精校原文,而且从前言、题解,到注释、译文,均在吸收历代学者研究成果的基础上精心编撰。在注重学术性标准的基础上,尽量做到通俗易懂。我们相信,本丛书的出版,对提高人们的古代典籍认知水平,阅读和利用中华传统经典,传播中华优秀文化,提高人们的民族自信心和文化自豪感,进而为中华民族伟大复兴做贡献,均将起到应有的作用。高尔基说:"书籍是人类进步的阶梯。""要热爱读书,它会使你的生活轻松,它会友爱地帮助你了解纷繁复杂的思想、感情和事件;它会教导你尊重别人和你自己;它以热爱世界、热爱人类的情感,来鼓舞智慧和心灵。""当书本给我讲到闻所未闻、见所未见的人物、感情、思想和态度时,似乎是每一本书都在我面前打开一扇窗户,并让我看到一个不可思议的新世界。"(《高尔基论青年》,中国青年出版社1956年版)。流传千年的文化经典,让我们受益匪浅,使我们懂得更多。正如德国著名作家歌德所说:"读一本好书,就是和一位品德高尚的人谈话。"的确,读一本好书,就像是结交了一位良师益友。我们真诚希望,这套经典丛书能够真正进入您的生活,成为人人应读、必读和常读的名著。

陈 虎
庚子岁孟秋

前　言

　　李渔(1611—1680),原名仙侣,字笠鸿,一字谪凡,号天徒,又号笠翁、湖上笠翁、觉道人等,祖籍浙江兰溪市孟湖乡夏李村,生于江苏如皋。李渔出生于富裕的药商家庭,因此对养生治病等事颇有心得。少时聪慧,喜读诗书。十九岁时,父亲逝世,家道中落。二十五岁首次应童生试便考中秀才,但其后两次乡试都未获寸进。入清后,放弃从仕,致力于传奇创作。1651 年以后,李渔开始以作诗卖文为生,携乔、王二姬以及家眷组成戏曲班子,他自创、自导、自演,辗转全国各地从事戏剧演出活动。在此过程中,他数次移居,领略了祖国大好河山和各地民风民俗。李渔不仅是文人,还是位商人,他迁居杭州之后开书店做起了生意,也积累了不少钱财。但是晚年经济每况愈下,生活艰难,1680 年因病逝世。

　　李渔著述很多,包括戏曲、小说、诗歌等。戏曲包括《怜香伴》《风筝误》《意中缘》《蜃中楼》《奈何天》《比目鱼》《玉搔头》《凰求凤》《慎鸾交》《巧团圆》在内的《笠翁十种曲》等。小说有《连城璧》(又叫《无声戏》)《十二楼》《合锦回文传》等,还著有《笠翁一家言》《笠翁词韵》《笠翁对韵》《资治新书》《古今史略》

等。李渔虽然著述等身,但其"心头之好"却是《闲情偶寄》。他曾言:"独《闲情偶寄》一书,其新人耳目,较他刻为尤甚。"《闲情偶寄》一书应该是李渔最满意的一部作品。

《闲情偶寄》一书包括词曲部、演习部、声容部、居室部、器玩部、饮馔部、种植部、颐养部八个部分,每部又下分为数款,内容繁多,涉猎极广,诸如戏曲创作理论、登台演出必备条件、外貌服饰、歌舞技巧、房舍、园林、器玩、饮食、植物、养生之法等。

《词曲部》谈论戏曲创作中的结构、立意、辞藻、音律等问题。《演习部》谈论选择剧本和演员以及导演的重要性等。《词曲部》和《演习部》系统完备地叙述了古典戏曲创作理论和导演理论,可谓开导演专业的先河。《声容部》的部分款目下谈到了培养戏剧演员的相关问题。以上三部是李渔多年戏剧创作、演出经验的总结,既继承了元明时代的创作实践经验,又结合自己的亲身经历加以创新,对中国古代戏剧史乃至今天中国传统文化的继承发展都有十分重要的参考价值。此外,《声容部》还谈论了人的声容美,现在看起来仿佛是老生常谈的问题,李渔在几百年前就能详细地分类讨论,不得不让人佩服。这一部分为仪表美和服饰美两大部分,仪表美又可从外在美和内在美两个角度考虑,在服饰部分李渔提倡简单自然、不必太过烦琐,认为适合自己的才是最好的。

李渔曾自称"生平有两绝技","一则辨审音乐,一则置造园亭"。《居室部》主要阐述了李渔的园林建造思想,大到房屋,小到联匾,他侃侃而谈,对房舍、窗栏、墙壁、联匾、山石的构造布局、装饰用料等都有感而发,这其中的很多创新之处,都是李渔由日常生活所悟、据亲身经历而来。在园林建造上,李渔不仅有丰富的实践经验,更有系统的建筑理论。《器玩部》记录了十多款器具,既有日常生活之必需品,如几案、椅机等,又有价格昂贵、可登大雅之堂的古董等。然而李渔一生多与市民阶层打交道,又经历过家道中落,使得他在很多时候都注重"俭朴"二字,李渔认为"古董"之类的器物不适合百姓生活,因此并不多言。想必这也是李渔的作品在百姓之中受欢迎的原因之一吧。

《饮馔部》中的李渔成了地道的美食家,不仅对家常美食信手拈来,还将美食和养生相结合,主张自然食用之法。同时还提到了"饮食安全"问题,他告诉人们做菜之前最重要的事情,就是彻底清洗蔬菜等。中华美食文化博大精深,源远流长,人们在享用美味带给我们的巨大满足之时,也一定要遵循"可持续发展"理念。《种植部》中,李渔为我们介绍了数十种植物,包括木本植物、草本植物、藤本植物、花卉等。他不仅介绍了这些植物的生长习性,还根据植物的特性,将其与园林建筑结合起来,指出哪些植物可以遮阴纳凉、装饰庭院等。《颐养部》是李渔对治病养生理念的系统论述。李渔的父亲是位药商,他耳濡目染便掌握了许多养生心得。这一部主要讲述如何行乐止忧、节欲治病,有许多独创之法。

李渔是文学家、戏曲家、美学家,《闲情偶寄》中贯穿全书的思想就是美学思想,包括戏剧美学、容貌美、植物美、园林美等。全书兼具娱乐性和实用性,既有理论价值,又有实践意义。作品贴近生活,语言自然平实,深受普通百姓欢迎。如果用几个词语概括全书的思想精华,那可能就是"回归自然,天人合一;以人为本,因地制宜",还有就是"俭朴、实用、文雅、创新"。纵观全书,这是一部戏曲艺术和生活美学的哲思小品,是融入李渔个人之闲情雅致、山水田园、人生哲学的文化盛宴。

目前已知的《闲情偶寄》最早版本为康熙十年(1671)的翼圣堂雕版印刷本,原书曾收入《笠翁一家言》,后由浙江古籍出版社校对,收入《李渔全集》。古今诸多学者对《闲情偶寄》十分推崇。李渔的好友余怀(字澹心,号曼翁。著有《味外轩文稿》《板桥杂记》等)为本书作序时说:"今李子《偶寄》一书,事在耳目之内,思出风云之表。前人所欲发而未竟发者,李子尽发之;今人所欲言而不能言者,李子尽言之。其言近,其旨远,其取情多而用物闳。瀏瀏乎!缅缅乎!汶者读之旷,塞者读之通,悲者读之愉,拙者读之巧,愁者读之忭且舞,病者读之霍然兴。此非李子《偶寄》之书,而天下雅人韵士家弦户诵之书也。吾知此书出将不胫而走,百济之使维舟而求,鸡林之贾辇金而购矣。"余怀不仅给了《闲情偶寄》极高的评价,还预测了本书出版之后的流行之势。李渔的另一位好友尤侗(字同人,著有《西堂集》)在翼圣堂版本的《闲情偶寄·序》中写道:"所著《闲情偶寄》若干卷,用狡狯伎俩,作游戏神通。入公子行以当场,现美人身而说法。洎乎平章土木,勾当烟花,哺啜之事亦复可观,屐履之间皆得其任。……乃笠翁不徒托诸空言,遂已演为本事。……笠翁何以得此于天哉!"鲁迅曾说此书"文字思想均极清新","有自然与人事的巧妙观察,有平明而又新颖的表现"。林语堂认为此书是"中国人生活艺术的指南","充分显出中国人的基本精神"。可见,这本书不仅在出版之时便十分流行,流传后世依然有很大影响力。

但是世界上没有十全十美的事物,此书也一样。受科学水平的限制和时代阶级的局限,李渔在书中发表了不少无稽之谈,针对这些言论,我们要"取其精华,弃其糟粕"。对于李渔其人,我们也当全面而客观地看待:他是个文人,又是个商人,我们不能简单地对李渔其人做出或褒或贬的评价。正如俞为民在《李渔评传》中写道:"李渔的生平经历及其在文学艺术上的成就与历史上其他文学家、艺术家不同,他虽是一位才华横溢的文学家,然而终身未仕,浪迹江湖;他不仅从事文学创作,而且经营书铺;他生活拮据,不得不恳求别人接济,然而又妻妾成群,吃喝玩乐;他兴趣广泛,博涉多方,戏曲、小说、诗文、史学、园林、饮食、养生、服饰、篆刻、绘画等皆有涉猎。"又写道:"李渔不仅肯定人欲,并且在市井中觅利谋生,满足人欲。这不仅有其合理的一面,在当时也具有反传统礼教的意义。其次,李渔隐逸市井,觅利谋生,他觅的是'应得之利',谋的是'有道之生'。"最后总结:"我们肯定李渔隐逸市井、追求现实享乐的行为,并不是全盘肯定,对于他片面追求利,不重视人格的行为,即重利轻义的倾向,同样应该予以否定。总之,我们认为,对于李渔的为人,不能一概否定,在指出其污点的同时,也要看到其闪光之处,这样才能对他的为人和他的文学成有一个比较全面、公允的评价。"

无论是评价李渔本人,还是评价他的《闲情偶寄》,我们都要运用"辩证法"思想,吸收那些健康有益、正确积极的观点,废弃那些愚昧腐朽、没有科学根据的言论,只有这样,才能最大限度地利用好这本书,无论是对于中国古典戏曲理论的振兴发展,还是对园林建筑、穿衣打扮、养生行乐的批判继承,都大有裨益。

本书是《闲情偶寄》的简体字译注读本,内容主要包括题解、正文、注释、译文四部分。题解部分主要对每篇的思想要旨和主要内容等进行概括和介绍;正文文本参考 1991 年浙江古籍出版社出版的《李渔全集》第三卷单锦珩点校本;注释部分参考《辞海》《王力古汉语字典》等权威辞书,并结合具体文意进行详细疏解。前文已训释过的词句,后文再次出现则训释从简;译文部分主要采用直译,直译无法成句或难于理解之处,则酌情采用意译,力求做到准确通畅,易于理解。《闲情偶寄》原书内容十分丰富,但因篇幅所限,不能全译,因此根据现代读者的阅读兴趣,节选内容相对重要、思想较为鲜明的篇章段落进行译注。

"嘤其鸣矣,求其友声",囿于学识和见解,此次译注的工作难免有诸多疏漏之处,唯愿读者海涵,也敬请方家不吝赐教。

朱 添

2022 年 1 月

目 录

词曲部 …………………………………………… 1
演习部 …………………………………………… 62
声容部 …………………………………………… 86
居室部 …………………………………………… 143
器玩部 …………………………………………… 186
饮馔部 …………………………………………… 210
种植部 …………………………………………… 243
颐养部 …………………………………………… 260

词曲部

词曲部主要是李渔对戏曲创作理论内容的阐释。包括结构第一(内含戒讽刺、立主脑、脱窠臼、密针线、减头绪、戒荒唐、审虚实七款)、词采第二(内含贵显浅、重机趣、戒浮泛、忌填塞四款)、音律第三(内含恪守词韵、凛遵曲谱、鱼模当分、廉监宜避、拗句难好、合韵易重、慎用上声、少填入韵、别解务头九款)、宾白第四(内含声务铿锵、语求肖似、词别繁减、字分南北、文贵洁净、意取尖新、少用方言、时防漏孔八款)、科诨第五(内含戒淫亵、忌俗恶、重关系、贵自然四款)、格局第六(内含家门、冲场、出脚色、小收煞、大收煞五款)以及填词余论等内容。

李渔指出，他在戏曲创作过程中尤其注重结构，认为结构第一，词采次之。"结构第一"思想在中国戏剧史上是首次提出，在结构中要注意以下几点：戏曲创作要讲"德"，不能借戏曲"报仇泄怨"。创作者要时刻抓住戏曲的中心人物和中心情节，不要节外生枝，要将各情节、各人物、各线索紧密结合。在创作时应该摆脱窠臼，但在创新的同时又不能描写荒诞不经之事，要注重虚实结合。词采部分是李渔对戏剧用语的论述。强调戏剧用语应该自然直接、深入浅出、通俗易懂，不体现书本气。除此之外还应该注意语言的独特性,不同人物、不同场合的语言一定是有所区别的,要能够使语言表现出人物特征。李渔将戏曲的文学价值提到了一个前所未有的高度,词曲部中所体现出的"文德"思想尤为明显,在后世仍有很高的参考价值。

结构第一

〔题解〕

　　《闲情偶寄》各篇之首,都有一段简短的序言,用以解释本篇的主题。李渔首先为戏曲创作正名,人们通常将填词一事看作是"文人之末技也"。但李渔将"元曲"与"汉史""唐诗""宋文"相提并论,认为"帝王国事以填词而得名",所以"填词非末技,乃与史传诗文同源而异派者也"。人们填词往往注重音律,但李渔唯独注重结构,他认为结构是在戏曲创作之前最先做的事,是"引商刻羽之先,拈韵抽毫之始"。

　　这一部分有戒讽刺、立主脑、脱窠臼、密针线、减头绪、戒荒唐、审虚实七款:"戒讽刺"论述创作戏曲者不应将文字作为"报仇泄怨"的工具,即戏曲创作应该注意"以之报恩则可,以之报怨则不可;以之劝善惩恶则可,以之欺善作恶则不可"。"立主脑"主张戏曲创作中的离合悲欢、无限情由都是为了一人一事服务的,这一人一事就是作者立言的本意,即主脑,主脑就是戏曲主题、是戏剧中心。"脱窠臼"主要谈论"创新"的问题,"人惟求旧,物惟求新",如果不能摆脱窠臼,那就"难语填词"。"密针线"论述戏曲创作时要注重将各部分情节紧密相连,既要瞻前又要顾后,相互照应埋伏,否则"一节偶疏,全篇之破绽出矣"。"减头绪"就是删减那些旁见侧出的情节,只有时刻牢记"头绪忌繁"四字,创作出来的戏曲才能如"孤桐劲竹,直上无枝"。"戒荒唐"提倡在常事人情之中寻找新奇之事,那些描写怪诞不经之事的作品必定不会久存。"审虚实"谈的是戏曲创作之中的真实与虚假的问题,"传奇无实,大半皆寓言耳",但是"姓名事实必须有本",因此戏曲创作中虚实并存,我们在欣赏传奇时大可不必考据其事从何来,其人居何地,只享受其中妙趣便是。

填词一道①,文人之末技也。然能抑而为此,犹觉愈于驰马试剑,纵酒呼卢②。孔子有言:"不有博弈者乎?为之犹贤乎已。"③博弈虽戏具,犹贤于"饱食终日,无所用心";填词虽小道,不又贤于博弈乎?吾谓技无大小,贵在能精;才乏纤洪,利于善用;能精善用,虽寸长尺短亦可成名。否则才夸八斗,胸号五车④,为文仅称点鬼之谈⑤,著书惟供覆瓿之用⑥,虽多亦奚以为?填词一道,非特文人工此者足以成名,即前代帝王,亦有以本朝词曲擅长,遂能不泯其国事者。请历言之:高则诚、王实甫诸人⑦,元之名士也,舍填词一无表见;使两人不撰《琵琶》《西厢》,则沿至今日,谁复知其姓字?是则诚、实甫之传,《琵琶》《西厢》传之也。汤若士⑧,明之才人也,诗文、尺牍⑨,尽有可观,而其脍炙人口者,不在尺牍、诗文,而在《还魂》一剧。使若士不草《还魂》,则当日之若士,已虽有而若无,况后代乎?是若士之传,《还魂》传之也。此人以填词而得名者也。历朝文字之盛,其名各有所归,"汉史""唐诗""宋文""元曲",此世人口头语也。《汉书》《史记》,千古不磨,尚矣⑩,唐则诗人济济,宋有文士跄跄⑪,宜其鼎足文坛,为三代后之三代也⑫。元有天下,非特政刑礼乐一无可宗,即语言文学之末,图书翰墨之微,亦少概见;使非崇尚词曲,得《琵琶》《西厢》以及《元人百种》诸书传于后代⑬,则当日之元,亦与五代、金、辽同其泯灭,焉能附三朝骥尾⑭,而挂学士文人之齿颊哉?此帝王国事,以填词而得名者也。由是观之,填词非末技,乃与史传、诗文同源而异派者也。

近日雅慕此道,刻欲追踪元人、配飨若士者尽多⑮,而究竟作者寥寥,未闻绝唱。其故维何?止因词曲一道,但有前书堪读,并无成法可宗。暗室无灯,有眼皆同瞽目⑯,无怪乎觅途不得,问津无人,半途而废者居多,差毫厘而谬千里者,亦复不少也。尝怪天地之间有一种文字,即有一种文字之法脉准绳载之于书者,不异耳提面命;独于填词制曲之事,非但略而未详,亦且置之不道。揣摩其故,殆有三焉:一则为此理甚难,非可言传,止堪意会;想入云霄之际,作者神魂飞越,如在梦中,不至终篇,不能返魂收魄;谈真则易,说梦为难,非不欲传,不能传也。若是,则诚异诚难,诚为不可道矣。吾谓此等至理,皆言最上一乘,非填词之学节节皆如是也,岂可为精者难言,而粗者亦置弗道乎?

一则为填词之理变幻不常,言当如是,又有不当如是者。如填生旦之词,贵于庄雅,制净丑之曲,务带诙谐,此理之常也;乃忽遇风流放佚之生旦,反觉庄雅为非,作迂腐不情之净丑,转以诙谐为忌。诸如此类者,悉难胶柱[17]。恐以一定之陈言,误泥古拘方之作者,是以宁为阙疑,不生蛇足。若是,则此种变幻之理,不独词曲为然,帖括诗文皆若是也[18]。岂有执死法为文,而能见赏于人、相传于后者乎?

一则为从来名士以诗赋见重者十之九,以词曲相传者犹不及什一,盖千百人一见者也。凡有能此者,悉皆剖腹藏珠[19],务求自秘,谓此法无人授我,我岂独肯传人?使家家制曲,户户填词,则无论《白雪》盈车、《阳春》遍世,淘金选玉者未必不使后来居上,而觉糠秕在前[20];且使周郎渐出,顾曲者多[21],攻出瑕疵,令前人无可藏拙,是自为后羿而教出无数逢蒙[22],环执干戈而害我也,不如仍仿前人,缄口不提之为是。吾揣摩不传之故,虽三者并列,窃恐此意居多。以我论之:文章者,天下之公器,非我之所能私;是非者,千古之定评,岂人之所能倒?不若出我所有,公之于人,收天下后世之名贤悉为同调,胜我者我师之,仍不失为起予之高足[23];类我者我友之,亦不愧为攻玉之他山[24]。持此为心,遂不觉以生平底里,和盘托出,并前人已传之书,亦为取长弃短,别出瑕瑜,使人知所从违,而不为诵读所误。知我,罪我,怜我,杀我,悉听世人,不复能顾其后矣。但恐我所言者,自以为是而未必果是;人所趋者,我以为非而未必尽非。但矢一字之公,可谢千秋之罚。噫,元人可作,当必赏予[25]。

填词首重音律,而予独先结构者,以音律有书可考,其理彰明较著。自《中原音韵》一出[26],则阴阳平仄画有塍区[27],如舟行水中,车推岸上,稍知率由者[28],虽欲故犯而不能矣。《啸余》《九宫》二谱一出[29],则葫芦有样,粉本昭然。前人呼制曲为填词,填者,布也,犹棋枰之中画有定格,见一格,布一子,止有黑白之分,从无出入之弊,彼用韵而我叶之[30],彼不用韵而我纵横流荡之。至于引商刻羽、戛玉敲金[31],虽曰神而明之,匪可言喻,亦由勉强而臻自然,盖遵守成法之化境也。至于结构二字,则在引商刻羽之先,拈韵抽毫之始。如造物之赋形,当其精血初凝,胞胎未就,先为制定全形,使点血而具五官百骸之势。倘先无成局，而由顶及踵，逐段滋生，则人之一身，当有无数断续之痕，而血气为之中阻矣。工师之建宅亦然。基址初平，间架未立，先筹何处建厅，何方开户，栋需何木，梁用何材，必俟成局了然，始可挥斤运斧。倘造成一架而后再筹一架，则便于前者，不便于后，势必改而就之，未成先毁，犹之筑舍道旁[32]，兼数宅之匠资，不足供一厅一堂之用矣。故作传奇者，不宜卒急拈毫，袖手于前，始能疾书于后。有奇事，方有奇文，未有命题不佳，而能出其锦心、扬为绣口者也。尝读时髦所撰，惜其惨淡经营，用心良苦，而不得被管弦、副优孟者[33]，非审音协律之难，而结构全部规模之未善也。

词采似属可缓，而亦置音律之前者，以有才技之分也。文词稍胜者即号才人，音律极精者终为艺士。师旷止能审乐[34]，不能作乐；龟年但能度词[35]，不能制词；使与作乐制词者同堂，吾知必居末席矣。事有极细而亦不可不严者，此类是也。

〔注释〕

①填词：词是中国古代的一种文学体裁，又叫诗余、曲子词、长短句等。唐宋时期，通晓音乐的文人依照乐谱的音律节拍写词，因此叫填词，也叫倚声。本卷主要探讨戏曲理论，其中的词专指戏曲剧本，填词即创作戏曲剧本。

②呼卢:赌博,又称"呼卢喝雉"。赌博时,取木制骰子五枚,每枚均有黑白两面,五子全黑为"卢",得头彩;四黑一白为"雉",得次彩。赌博之人为求胜彩,掷子时往往高喊"卢""雉",故称赌博为"呼卢喝雉",亦称"呼卢"。

③"孔子有言"三句:出自《论语·阳货》:"饱食终日,无所用心,难矣哉!不有博弈者乎?为之犹贤乎已。"意思是说整天吃得饱饱的,却什么心思也不用,这种人真难办!不是有下棋之类的游戏吗?下下棋,总比什么都不做强。

④"才夸八斗"二句:指才华出众,学识渊博。据无名氏《释常谈》记载,谢灵运曾说:"天下才有一石,曹子建(曹植)独占八斗,我得一斗,自古及今共用一斗。"后用"才高八斗"比喻才华出众。"五车"一词,出自《庄子·天下》:"惠施有亦作'多'方,其书五车。"后用"学富五车"一词来形容饱学之士。

⑤点鬼之谈:唐初杨炯写文章,喜欢罗列古人姓名,被时人讥称为"点鬼簿"。

⑥覆瓿(bù)之用:用来盖酱醋罐。出自《汉书·扬雄传》,刘歆评价扬雄著作时称:"空自苦!今学者有禄利,然尚不能明《易》,又如《玄》何?吾恐后人用覆酱瓿也。"后人用"覆瓿"比喻著作毫无价值。

⑦高则诚:即高明(?—1359),字则诚,元朝末年戏曲作家。代表作品有《琵琶记》等。王实甫(约1260—约1336):名德信,元代著名戏曲作家。代表作品有《西厢记》等。

⑧汤若士:即汤显祖(1550—1616),字义仍,若士是他的号。明代著名文学家、戏剧作家。戏剧代表作品有《还魂记》(即《牡丹亭》)等。

⑨尺牍:指书信,也代指简短的文辞。纸张普及之前,书信文字多写于竹简、木牍之上,长度约一尺许,故称为"尺牍"。

⑩尚:久远。

⑪济济、跄跄:出自《诗经·大雅·公刘》"跄跄济济,俾筵俾几",形容人才众多。

⑫三代后之三代:三代指夏、商、周三代,刘勰《文心雕龙·铭箴》中说:"斯文之兴,盛于三代。"李渔认为汉史、唐诗、宋文在文化上的繁盛可以媲美三代,故称三代后之三代。

⑬《元人百种》:又名《元曲选》,明代臧懋循(?—1620)选编的杂剧集,因书中收杂剧一百种,故而得名。

⑭骥尾:出自《史记·伯夷叔齐列传》:"颜渊虽笃学,附骥尾而行益显。"意思是颜回虽然专心好学,也是因孔子才闻名于世,就像苍蝇附在千里马的尾巴上才能行千里。后人以附骥尾比喻仰仗先辈、名人而成名。

⑮配飨(xiǎng):即祔祀,指祖庙内的后死者附于先祖享受祭祀进献。

⑯瞽(gǔ)目:瞎眼。

⑰胶柱:胶住乐器瑟上的弦柱,以至不能调节音的高低。比喻固执而不知变通。

⑱帖(tiě)括:唐代科举明经科以"帖经"试士,即把经文贴去若干字,令应试者对答,考生为方便记忆,将经文编成歌诀而应付考试,称为"帖括",后泛指科举应试的文章。

⑲剖腹藏珠:剖开肚子藏入珍珠。语出《资治通鉴·唐纪·太宗贞观元年》:"吾闻西域贾胡得美珠,剖身以藏之,有诸?"比喻为财伤身,本末倒置。这里形容那些将戏曲技法秘藏不外示的人。

⑳糠(kāng)秕(bǐ)在前:糠秕指谷皮和瘪谷。语出《世说新语·排调》:"簸之扬之,糠秕在前。"比喻毫无价值的人排在前面。

㉑顾曲:语出《三国志·吴志·周瑜传》:"瑜少精意于音乐,虽三爵之后,其有阙误,瑜必知之,知之必顾,故时人谣曰:'曲有误,周郎顾。'"后来

词曲部 | 9

鉴赏音乐和戏曲也被称为"顾曲"。

㉒自为后羿而教出无数逢蒙:出自《孟子·离娄下》:"逢蒙学射于羿,尽羿之道,思天下惟羿为愈己,于是杀羿。"逢蒙(又称逄蒙)向羿学习箭法,把羿的射箭术都学到了,心想天下只有羿的箭术超过自己,就杀了羿。

㉓起予:启发自己。出自《论语·八佾》:"起予者商也,始可与言《诗》已矣。"

㉔攻玉之他山:比喻能帮助自己改正缺点的人。语出《诗经·小雅·鹤鸣》:"他山之石,可以攻玉。"

㉕贳(shì):赦免,原谅。

㉖《中原音韵》:我国最早的曲韵韵书,为元代周德清(1277—1365)所著。该书改革了历代韵书的体制,不受《切韵》一系韵书的束缚,直接为当时的词曲创作服务。因其依据的是元代大都或汴洛一带的实际语音,对于考察元代北方语音具有非常高的价值。

㉗塍(chéng)区:界限。塍,田间的土埂。

㉘率由:遵循成规做事。出自《尚书·周书·微子之命》:"率由典常,以蕃王室。"

㉙《啸余》:即《啸余谱》,明代程明善所辑的戏曲声韵著作集。《九宫》:又称《九宫正始》,全名为《汇纂元谱南曲九宫正始》,是明末徐于室初辑、清初钮少雅完成的一部南曲曲谱著作。

㉚叶(xié):即"协",押韵。

㉛"引商刻羽"二句:讲究声律,协调音乐。引商刻羽,出自宋玉《对楚王问》,商、羽为古代乐律"宫、商、角、徵、羽"五音中的两音。玉、金,指石制和金属制的乐器。

㉜筑舍道旁:语出《后汉书·曹褒传》,东汉时,汉章帝刘炟修订礼乐制度,班固提议召京城诸儒"共议得失",汉章帝说:"谚言'作舍道边,三年

不成'。"坚持把这项工作交给曹褒完成。这句话后用来形容没有主见、办不成事。

㉝优孟:春秋时期楚国的宫廷艺人,后用"优孟"代指演员。

㉞师旷:春秋时期晋国著名的音乐大师,字子野。双目失明却精通音律,辨音力极强,古人称为乐圣。

㉟龟年:即李龟年,唐玄宗时期著名音乐家,为梨园弟子,深受玄宗赏识。安史之乱后流落江南,郁郁而终。

[译文]

　　填词这件事,是文人最微不足道的小技。然而能拉低身份做这件事,还是觉得比骑马练剑、酗酒赌博强。孔子说:"不是有下棋之类的游戏吗?下下棋,总比什么都不做强。"下棋虽然是游戏,还是要比"饱食终日,无所用心"强;填词虽然是雕虫小技,不又好过下棋吗?我觉得技艺无论大小,贵在精通;才能无论巨细,利在善于应用;能精善用,即使寸之长尺之短依然能够成名。否则,才高八斗,学富五车,写文章也只能罗列些古人的名字,写的书也只能用来盖酱罐子,就算写了很多又有什么用呢?填词这门技术,不只是擅长此道的文人足以因此成名,哪怕是前代的帝王,也有因为擅长那一朝的词曲,而能不泯灭他的国事的人。请允许我一一详述:高则诚、王实甫等人,是元代的名士,除了填词一无所长;如果两人没有写出《琵琶记》《西厢记》,那么时至今日,谁又能知道他们的名字?因此,高则诚、王实甫其名能够流传,是靠着《琵琶记》《西厢记》这样的作品而流传的。汤显祖是明代的才子,诗、文、尺牍都值得一看,但其最脍炙人口的并不是尺牍、诗文,而是《还魂记》这部剧。假如汤显祖没写《还魂记》,那么当时的汤显祖,就算有这个人也像没有一样,更何况后人呢?所以说汤显祖的大名能够流传至今,是仰仗《还魂记》这部作品而流传的。这些人就是因为填词而使其名得以流传的。历朝历代文字的兴盛,其名各有归属,"汉史""唐诗""宋文""元曲",这是世人口头常提到的。《汉书》《史记》,千古不朽,很久远了,唐代的诗人和宋代的文人名家辈出,他们的确在文坛有非常重要的地位,汉、唐、宋可以称得上是夏、商、周三代之后的又三代了。有元一代,不只是政刑礼乐没有一点值得推崇的,就连语言文学、图书翰墨这样微小的事情,也很少有值得一说的;假如没有崇尚词曲,创作出《琵琶记》《西厢记》以及《元人百种》这些书传于后代,那么当时的元朝,也会跟五代、金、辽一样泯灭无踪,又怎么能攀附在三朝的骥尾上,挂在学士文人的口头上呢?这是帝王国事因为填词而得以传名的例子。由此来看,填词不是末流小技,而是同史传诗文来自同一源头而分属不同的流派。

近日向往填词,努力想要追随元人的脚步,媲美汤显祖的人很多,但是真正的创作者很少,没听说过有什么优秀的作品。这是什么原因呢?那是因为填词作曲这类事,只有以前的书籍能读,并无成法可宗。暗室里没有灯,就算有眼睛也像盲人一样,难怪找不到路,询问途径却找不到人,因此半途而废者居多,差之毫厘、谬以千里的人也不少。曾经诧异天地之间有一种文字,就有一种文字运用的准则被记载在书里的,与耳提面命没有什么差别;唯独对于填词作曲这样的事,不仅略而未详,而且放在一边只字不提。揣摩其中的原因,大概有三点:一是因为这里面的道理很难,不可言传,只能意会;想入云霄的时候,作者神魂飞越,如在梦中,不到通篇写完的时候,不能将魂魄收回;谈真事容易,说梦却很难,并不是不想传授,而是不能传授。像这样,那么的确是奇异、的确很难,也的确不能被说出来啊。我觉得这种至深的道理,说的都是最上一乘的,并不是填词的学问节节都像这样。难道因为至深的道理难讲,而粗疏的道理也置之一旁不说吗?

一是因为填词的道理变幻无常,按说应该是这样,又有不是这样的。比如写生、旦的词曲,就要贵于庄雅;写净、丑的词曲,一定要带着诙谐,这都是常理。可是忽而遇到风流放佚的生、旦,反而觉得庄雅是不对的,写迂腐不情的净、丑,反而要以诙谐为忌。就像这一类的,都很难有成规可循。恐怕以固定的老话,误导那些拘守旧说而不知变通的作者,因此宁可把这个难题存疑下来,也不画蛇添足地多讲。就像这样,那么这种变幻莫测的道理,不仅仅填词作曲如此,帖括、诗文也都是这样。怎么会有拿着固定的套路写文章而被别人赞赏、流传于后世的呢?

一是因为从来以创作诗赋而被重视的名士有十分之九,以创作词曲而被流传的人还不到十分之一,大概千百人里只能见到一个。凡是有擅长词曲创作的,全都像藏宝贝一样的藏着,务必寻求自我保密,说这种技艺没有人传授给我,我怎么可以传授给别人?假如家家作曲,户户填词,那么无论《白雪》盈车、《阳春》遍世,挑选金玉佳作的人未必不让后来者居上,而觉得没有价值的作品在前面;假使善于品评鉴赏的周郎骤然变多,指出创作中的瑕疵,让前人无法掩饰缺点,这就好比后羿教出了无数的逢蒙,围在身边手持干戈来杀死自己,不如依然效仿前人,绝口不提创作秘诀为好。我揣摩创作方法不传的原因,虽然以上三条并列,恐怕这一条居多。就我来说:文章这东西,是天下之公器,并不是我能够独享的;其中的是非对错,千古自有定评,难道是个人能够左右的吗?不如将我知道的讲出来,公之于众,把天下后世之名贤都收为同好,超过我的,我以他为师,仍不失为能启发自己的高足;跟我差不多的,我把他当朋友,也不愧为攻玉之他山。持有这种心态,就不会觉得把自己平生的经验和盘托出,并且把前人传下的书,加以取长弃短,分辨出缺点和优点,使人们知道要遵从什么,摒弃什么,而不被诵读所误导。了解我,怪罪我,怜惜我,杀害我,悉听世人尊便,不用再顾忌以后的事了。只怕我所说的这些,自认为是对的而并非真的对;别人所追求的,我认为不对而未必全都是错。只说一点公心之言,可谢千秋之罪。唉!元人再生于世,也一定会原谅我的。

  填词首重音律,而我唯独以结构为先,因为音律有书可参考,其中的道理非常明显。自《中原音韵》问世,就把阴阳平仄画出清晰的界限,就好像船在水里行驶,车在岸上推行,稍微知道遵循成规做事的人,即使想要故意犯错也不可能。《啸余》《九宫》两个曲谱一出来,词曲作者就有了画瓢的葫芦,依据的画稿很明显。前人把制曲叫作填词,填就是布置的意思,就像是棋盘之中画有固定的格子，看见一个格子，布置一个棋子，只有黑白之分，从没有出格的弊端。你押过的韵而我可以照着押，你没用过的韵而我可以肆意游荡。至于讲究声律、协调音乐，虽说神奇难以明示，无法用言辞来说明，从勉强为之而达到自然，大概就是遵守成规达到的崇高的境界了。至于结构二字，就在求声谱曲之前、选韵作词之始。如创造一个新的生命，先要勾摹出他的形体，当它的精血刚刚凝结，胞胎还没有成熟的时候，就已经事先制定出了整体的形态，点滴的血就已经具备了五官百骸的样子。如果事先没有预设好完整的样子，而是从头顶到脚跟，逐段滋生，那么这个人的一身应当有无数断续的痕迹，他的血气就会因此从中受到阻断。工匠建造宅院也是这样。地基刚刚整修平整，间架还没有构建起来，先筹划在什么地方建厅，什么地方开门，栋和梁都要用什么样的木材，一定要等到成局了然于胸，才开始挥动斧头。倘造成一个屋架之后再筹划下一个屋架，那么就会便于前者，不便于后者，势必为了迁就而进行修改，宅院没建成就先毁掉了，就像是没有主见的人做事，即使集合多个宅子的建设费用，也不足以供一厅一堂的建设。因此创作传奇的人，不宜匆促提笔，创作之前袖手熟思，后面才能奋笔疾书。有奇事，才会有奇文，没有主题还没构思好，却能展示出优美的文思、发挥出华丽文辞的人。我曾经阅读当代杰出作家所撰的作品，为他们惨淡经营、用心良苦地创作出的作品，不能登上舞台而感到遗憾，并不是因为审音协律方面的困难，而是因为作品结构整体规划不够完善造成的。

词采好像属于可缓的一类,而我也把他放在了音律之前,是因为它有才智本领的区别。文词稍胜的人被称为才人,音律极精的人最终成为艺士。师旷只能审辨乐曲,却不能创作乐曲;李龟年只能依词谱曲演唱,却不能作词;假使与作乐制词者同堂,我知道他们一定会居于末席了。万事中,有一种极其细致而又不能不严密的事,这一类就是。

○戒讽刺

武人之刀,文士之笔,皆杀人之具也。刀能杀人,人尽知之;笔能杀人,人则未尽知也。然笔能杀人,犹有或知之者;至笔之杀人较刀之杀人,其快其凶更加百倍,则未有能知之而明言以戒世者。予请深言其故。何以知之?知之于刑人之际。杀之与剐,同是一死,而轻重别焉者。以杀止一刀,为时不久,头落而事毕矣;剐必数十百刀,为时必经数刻,死而不死,痛而复痛,求为头落事毕而不可得者,只在久与暂之分耳。然则笔之杀人,其为痛也,岂止数刻而已哉!窃怪传奇一书,昔人以代木铎①,因愚夫愚妇识字知书者少,劝使为善,诫使勿恶,其道无由,故设此种文词,借优人说法与大众齐听。谓善者如此收场,不善者如此结果,使人知所趋避,是药人寿世之方、救苦弭灾之具也。后世刻薄之流,以此意倒行逆施,借此文报仇泄怨。心之所喜者,处以生旦之位;

意之所怒者,变以净丑之形,且举千百年未闻之丑行,幻设而加于一人之身,使梨园习而传之②,几为定案,虽有孝子慈孙,不能改也。噫,岂千古文章止为杀人而设,一生诵读徒备行凶造孽之需乎?苍颉造字而鬼夜哭,造物之心,未必非逆料至此也。凡作传奇者,先要涤去此种肺肠,务存忠厚之心,勿为残毒之事。以之报恩则可,以之报怨则不可;以之劝善惩恶则可,以之欺善作恶则不可。

人谓《琵琶》一书,为讥王四而设。因其不孝于亲,故加以入赘豪门,致亲饿死之事。何以知之?因"琵琶"二字,有四"王"字冒于其上,则其寓意可知也。噫!此非君子之言,齐东野人之语也③。凡作传世之文者,必先有可以传世之心,而后鬼神效灵,予以生花之笔,撰为倒峡之词④,使人人赞美,百世留芬。传非文字之传,一念之正气使传也。《五经》《四书》《左》《国》《史》《汉》诸书,与大地山河同其不朽,试问当年作者有一不肖之人、轻薄之子厕于其间乎⑤?但观《琵琶》得传至今,则高则诚之为人,必有善行可予,是以天寿其名,使不与身俱没,岂残忍刻薄之徒哉!即使当日与王四有隙,故以不孝加之,然则彼与蔡邕未必有隙⑥,何以有隙之人止暗寓其姓,不明叱其名,而以未必有隙之人,反蒙李代桃僵之实乎⑦?此显而易见之事,从无一人辩之。创为是说者,其不学无术可知矣。

予向梓传奇,尝埒誓词于首,其略云:加生旦以美名,原非市恩于有托;抹净丑以花面,亦属调笑于无心;凡以点缀词场,使不岑寂而已。但虑七情之内,无境不生;六合之中,何所不有。幻设一事,即有一事之偶同;乔命一名,即有一名之巧合。焉知不以无基之楼阁,认为有样之葫芦?是用沥血鸣神,剖心告世,倘有一毫所指,甘为三世之喑,即漏显诛,难逭阴罚。此种血忱,业已沁入梨枣⑧,印政寰中久矣。而好事之家,犹有不尽相谅者,每观一剧,必问所指何人。噫!如其尽有所指,则誓词之设,已经二十余年,上帝有赫,实式临之⑨,胡不降之以罚?兹以身后之事,且置勿论,论其现在者:年将六十,即旦夕就木,不为夭矣。向忧伯道之忧⑩,今且五其男,二其女,孕而未诞、诞而待孕者,尚不一其人,虽尽属景升豚犬⑪,然得此以慰桑榆,不忧穷民之无告矣⑫。年虽迈而筋力未衰,涉水登山,少年场往往追予弗及;貌虽癯而精血未耗,寻花觅柳,儿女事犹然自觉情长。所患在贫,贫也,非病也;所少在贵,贵岂人人可幸致乎?是造物之悯予,亦云至矣。非悯其才,非悯其德,悯其方寸之无他也。生平所著之书,虽无裨于人心世道,若止论等身,几与曹交食粟之躯等其高下⑬。使其间稍伏机心,略藏匕首,造物且诛之夺之不暇,肯容自作孽者老而不死,犹得徉狂自肆于笔墨之林哉?吾于发端之始,即以讽刺戒人,且若嚣嚣自鸣得意者,非敢故作夜郎,窃恐词人不究立言初意,谬信"琵琶王四"之说,因谬成真。谁无恩怨?谁乏牢骚?悉以填词泄愤,是此一书者,非阐明词学之书,乃教人行险播恶之书也。上帝讨无礼,予其首诛乎?现身说法,盖为此耳。

〔注释〕

①木铎:铜质木舌的大铃,古代宣布政教法令时,巡行者鸣此铃以引起注意,后来指代宣扬教化的人。如《论语·八佾》:"天下之无道也久矣,天将以夫子为木铎。"

②梨园:本是唐玄宗在教坊之外设置的培训歌舞演员的音乐机构,后来称戏班、剧团等演艺机构为梨园。

③"此非君子之言"二句:语出《孟子·万章上》,用以比喻道听途说、不足为据的话。

④倒峡:长江水倾峡而出,这里比喻文章语汇丰富、雄健磅礴。

⑤厕:参与。

⑥蔡邕(132—192):字伯喈。东汉文学家、书法家,才女蔡文姬之父。《琵琶记》的主人公为汉代书生蔡伯喈,托名蔡邕。

⑦李代桃僵:出自古乐府诗《鸡鸣》"虫来啮桃根,李树代桃僵",原比喻兄弟互相爱护、互相帮助,这里用来比喻代人受过。

⑧梨枣:指书版。古时刻书多用梨木、枣木,故称。

⑨"上帝有赫"二句:此句化用《诗经·大雅·皇矣》:"皇矣上帝,临下有赫。"

⑩伯道之忧:即无子之忧。据《晋书·邓攸传》载,晋永嘉年间,胡人

南侵,邓攸(字伯道)携子、侄逃难,恐难两全,选择抛弃亲子、保全侄儿,后无子终老。

⑪景升豚犬:不争气的子女。典出《三国志·吴志·吴主传》注引《吴历》:"生子当如孙仲谋,刘景升儿子若豚犬耳!"东汉末年荆州牧刘表(字景升),其子皆碌碌无为,故称。后常用"景升豚犬"谦称自己的子女。

⑫穷民之无告:无依无靠、走投无路的人。语出《孟子·梁惠王下》:"老而无妻曰鳏,老而无夫曰寡,老而无子曰独,幼而无父曰孤。此四者,天下之穷民而无告者。"

⑬曹交:战国时期曹国国君之弟,名交,身高很高。《孟子·告子下》:"交闻文王十尺,汤九尺,今交九尺四寸以长,食粟而已,如何则可?"

[译文]

　　武人之刀,文士之笔,都是杀人的工具。刀能杀人,人们都知道;笔能杀人,人们却不全都知道。而且笔能杀人,有些人或许还知道,至于以笔杀人与以刀杀人相比,其快其凶更加百倍,则没有能了解并且明确说出告知于世的人。请允许我详细说说其中的原因。为什么这么说呢?我是从刑场杀人那里知道的,比如"杀"与"剐",同样是一死,而轻重是有区别的。因为杀只用一刀,从时间上看不长,头落下事情就结束了;剐一定要数十至上百刀,从时间上看一定要经历数刻,死而不死,痛了又痛,想追求掉头了事却又得不到,只在时间长短的区别。那么用笔杀人,它产生的痛苦,岂止经历数刻就结束了啊!我奇怪传奇一书,古人是用来宣扬教化的,因为愚夫愚妇这些人识字读书的很少,勉励他们,让他们行善,告诫他们,让他们不要为恶,这件事没有其他途径,所以要写这样的文章,借艺人之口说出来,给大众齐听。说行善的人有如此结局,不行善的人又有如此后果,使人听后知道如何趋利避害,这是医治世人、造福社会的良方,救助苦难、消灭灾祸的工具。后世刻薄的人,却用此意倒行逆施,借这类文章报仇泄怨。心里喜爱的人,赋予他生、旦这样的角色;心里憎恨的人,就把他们换成净、丑这样的角色,并且把千百年来闻所未闻的丑行,虚构出来放在一个人身上,让梨园弟子排练演出进行传播,几乎成为定案,即使孝子慈孙,也无法改变。唉!难道千古文章,就是为了杀人而写的吗?难道一生诵读,只是为了预备行凶造孽的需要吗?苍颉造字的时候鬼在夜里哭,造物的初心,不见得没有预料到这种情况。凡是写传奇的人,先要洗去这种心思,务必留存忠厚之心,不要做残忍狠毒的事。用它报恩可以,用它报怨则不行;用它劝善惩恶可以,用它欺善作恶则不行。

有人说《琵琶记》一书,是为了讥讽王四写的。因为他对父母不孝,因此加上他入赘豪门、导致父母饿死的事。怎么知道是这样的呢?因为"琵琶"二字,有四个"王"字戴在上面,那么他的寓意就能被了解了。唉!这并不是君子之言,不过是道听途说的话罢了。凡是写出传世之作的人,一定先有能够传世的心,而后鬼神显灵,赋予它生花之笔,写出了气势磅礴的文章,使人人赞美,流芳百世。所谓流传并不是文字的流传,而是一股正气使它流传的。《五经》《四书》《左传》《国语》《史记》《汉书》这些书,与大地山河一样不朽,试问当年这些书的作者有一个品行不好、言行放荡轻佻的人参与其中吗?只要看看《琵琶记》得以流传至今,那么高则诚的为人,一定有善行值得被称赞,因此上天让他的名字长久流传,使名字不与肉体一起消亡,他难道是一个残忍刻薄的人吗!就算当时他与王四有嫌隙,要把不孝的帽子戴到他头上,那么他与蔡邕未必有嫌隙,怎么有嫌隙的人,只是暗地里寄寓他的姓,不明白地说出他的名,却让未必有嫌隙的那个人,反倒要蒙受代人受过的事实呢?这些都是显而易见的事,从没有一个人争论过真假。最早提出这种说法的那个人,可以了解他是多么不学无术了。

我从前刊刻传奇,曾经把誓词刻在开头,大概是说:给生、旦赋予美名,原本不是因为有事相托而故意讨好;把净、丑抹上花脸,也就是开个无心的玩笑;不过是用来点缀词场,让场面不冷清罢了。但要考虑人之七情之内,有什么状况不会发生?天地四方之中,又有什么不存在的?虚构一件事,就会有一件事跟他雷同;假取一个名字,就会有一个名字与之巧合。怎会想到有人能把没有基础的楼阁,认为是有样的葫芦呢?在这里刺破皮肤滴血向神发誓,把心剖出来告诉世人,倘若书中有一丝一毫的所指,我宁愿承受三世昏暗,即使侥幸摆脱公开诛戮,也难逃冥冥之中的惩罚。这种赤诚之心,早已沁入我的书版之中,在天下接受印证已经很久了。然而一些好事之人,还是有不能完全原谅我的人,每每观看一部剧,一定要问我暗指的是谁。唉!如果这些作品全都有所指,那么我写下誓词已经二十余年了,上帝有双明亮的慧眼,用以洞察着人世间。为什么不降罪给我?这里暂且把我死后的事放在一边不去讨论,就说现在:我已经年将六十,就算我短时间内死掉,也不算夭折了。一直以来忧虑没有子嗣,现在我有五个儿子,两个女儿,怀孕没有出生、出了又待孕的,还不止一个,即使都是一些不争气的孩子,但我还是可以依靠他们安度晚年,不会担心自己变成走投无路、无依无靠的人。年纪虽大,但筋骨精力还没衰退,涉水登山,年轻人往往都追不上我;样貌虽然清瘦但精血并没有减损,寻花觅柳、男女之事仍然感觉欢爱情长。我所忧虑的是贫穷,贫穷,不是大毛病;我所欠缺的是尊贵,尊贵怎是人人都能有幸得到的呢?这上天悯惜我,可以称得上是极致了。不是悯惜我的才,不是悯惜我的德行,悯惜的是我心绪中没有杂念。我生平所著之书,虽然没有为人心世道有所帮助,如果只说等身,差不多与曹交的食粟之躯一般高了。假如其中稍微藏着巧诈之心,略微藏着匕首,上天想要诛杀我恐怕还来不及,怎么肯让这个自作孽者变老还不死,还能在笔墨之林中放纵任意地写呢?我从一开始写作的时候,就是以讽刺戒谕人,还嚣嚣然自鸣得意,不敢假装夜郎自大,还暗自担心词人不深入探查立言的本意,谬信"琵琶王四"这样的说法,沿袭谬说最后成真。谁没有恩怨?谁缺少牢骚?如果都用填词的方式来泄愤,这样的一部书,就不是阐明词学的书,而是教人行险播恶的书了。上帝处治不循礼法的人,我难道不该第一个被诛杀吗?现身说法,就是为了这个罢了。

○立主脑

古人作文一篇,定有一篇之主脑。主脑非他,即作者立言之本意也。传奇亦然。一本戏中，有无数人名，究竟俱属陪宾，原其初心，止为一人而设。即此一人之身，自始至终，离合悲欢，中具无限情由、无穷关目①，究竟俱属衍文②，原其初心，又止为一事而设。此一人一事，即作传奇之主脑也。然必此一人一事果然奇特，实在可传而后传之，则不愧传奇之目，而其人其事与作者姓名皆千古矣。如一部《琵琶》，止为蔡伯喈一人，而蔡伯喈一人又止为"重婚牛府"一事，其余枝节皆从此一事而生。二亲之遭凶，五娘之尽孝，拐儿之骗财匿书，张大公之疏财仗义，皆由于此。是"重婚牛府"四字，即作《琵琶记》之主脑也。一部《西厢》，止为张君瑞一人，而张君瑞一人，又止为"白马解围"一事，其余枝节皆从此一事而生。夫人之许婚，张生之望配，红娘之勇于作合，莺莺之敢于失身，与郑恒之力争原配而不得，皆由于此。是"白马解围"四字，即作《西厢记》之主脑也。余剧皆然，不能悉指。后人作传奇，但知为一人而作，不知为一事而作。尽此一人所行之事，逐节铺陈，有如散金碎玉，以作零出则可，谓之全本，则为断线之珠，无梁之屋。作者茫然无绪，观者寂然无声，无怪乎有识梨园，望之而却走也。此语未经提破，故犯者孔多，而今而后，吾知鲜矣。

〔注释〕

①关目：戏曲中重要情节的安排和构思。

②衍文:古书在传抄、刻版、排版过程中多出来的字词或句子,这里指多余的文字。

[译文]

　　古人创作一篇文章,一定会有一篇文章的主脑。所谓主脑不是别的,就是作者立言的本意。传奇也是这样。一本戏中,有无数人名,毕竟多数都是陪宾,回溯作者创作初心,只为一人而设。就这一人之身,自始至终,离合悲欢,中间具有无限的情由、无穷的关目,毕竟都属于多余的文字,回溯作者创作初心,又只为一件事而设置。这一人一事,就是写作传奇的主脑。然而这一人一事一定是真的奇特,的确值得被传播之后再传播,这才不愧于传奇之名,其人其事与作者的姓名都流传千古了。比如一部《琵琶记》,只为蔡伯喈一人,而蔡伯喈一人又只为"重婚牛府"一件事,其余枝节都是从这一件事衍生出来的。父母的遭遇凶祸,赵五娘的尽孝,拐儿的骗财匿书,张大公的疏财仗义,都源于此事。这"重婚牛府"四字,就是创作《琵琶记》的主脑。一部《西厢记》,只为张君瑞一人,而张君瑞一人,又只为"白马解围"一件事,其余的枝节都是从这一件事而衍生出来的。夫人接受男方求婚,张生渴望婚配,红娘勇于撮合,莺莺敢于失身,还有郑恒力争同莺莺完成原订的婚约而不得,都源于此事。这"白马解围"四字,就是创作《西厢记》的主脑。其他的剧目也都是这样,不能一一例举说明。后人创作传奇,只知道为一人而作,不知道为一事而作。把这一人做的所有事情,逐节铺陈,就像散金碎玉,用来作折子戏可以,要是作全套的戏,就像是断了线的散珠、没有梁的屋子。写戏的茫然无绪,看戏的寂然无声,也就难怪那些有见识的梨园子弟,一看这些作品就退却离开了。这句话一向未经说破,所以犯这样毛病的很多,而今以后,我觉得会变少了。

○脱窠臼

"人惟求旧,物惟求新"[1],新也者,天下事物之美称也。而文章一道,较之他物,尤加倍焉。戛戛乎陈言务去,求新之谓也[2]。至于填词一道,较之诗赋古文,又加倍焉。非特前人所作,于今为旧;即出我一人之手,今之视昨,亦有间焉。昨已见而今未见也,知未见之为新,即知已见之为旧矣。古人呼剧本为"传奇"者,因其事甚奇特,未经人见而传之,是以得名,可见非奇不传。"新"即"奇"之别名也。若此等情节业已见之戏场,则千人共见,万人共见,绝无奇矣,焉用传之?是以填词之家,务解"传奇"二字。欲为此剧,先问古今院本中,曾有此等情节与否,如其未有,则急急传之,否则枉费辛勤,徒作效颦之妇。东施之貌未必丑于西施,止为效颦于人,遂蒙千古之消[3]。使当日逆料至此,即劝之捧心,知不屑矣。吾谓填词之难,莫难于洗涤窠臼;而填词之陋,亦莫陋于盗袭窠臼。吾观近日之新剧,非新剧也,皆老僧碎补之衲衣、医士合成之汤药。取众剧之所有,彼割一段,此割一段,合而成之,即是一种"传奇"。但有耳所未闻之姓名,从无目不经见之事实。语云"千金之裘,非一狐之腋"④,以此赞时人新剧,可谓定评。但不知前人所作,又从何处集来?岂《西厢》以前,别有跳墙之张珙?《琵琶》以上,另有剪发之赵五娘乎?若是,则何以原本不传,而传其抄本也?窠臼不脱,难语填词,凡我同心,急宜参酌。

〔注释〕

①"人惟求旧"二句:用人要用旧臣,东西要用新的。此句化用《尚书·盘庚上》:"有(亦作'人')惟求旧,器非求旧,惟新。"

②"戛戛乎陈言务去"二句:化用韩愈《答李翊书》:"惟陈言之务去,戛戛乎其难哉!"

③诮(qiào):嘲讽。

④"千金之裘"二句:典出《史记·刘敬叔孙通列传》,意思是说价值千金的皮衣,不是一只狐狸的腋下之皮制成的。

〔译文〕

"人需要老朋友,物品要追求新的",所说的新,就是天下事物的美称。而文章这件事,与其他事情相比,尤其需要加倍追求创新。"戛戛乎陈言务去",说的就是创新的事情。至于填词这件事,与诗赋古文相比,创新的难度又加倍了。不仅仅指前人的作品,传到今天变成旧的;就是出自我一人之手,今天来看昨天,也有不同。昨天已经见到而今天没有见到的,知道没见到的叫作新,已经见到的就是旧了。古人把剧本称为"传奇",因其讲述的故事非常奇特,未经人见过而流传,因此得名。可见不是奇特的故事不被流传。"新"就是"奇"的别名。如果这些情节已经在戏场演过,那么千人共见、万人共见,绝不能称之为新奇了,哪里用得着传播呢?因此填词的人,一定要理解"传奇"二字。如果要写一部剧,先查一查古今院本里面,是否已经有这样的情节,如果里面没有,就要赶紧传播它,否则就会空费辛勤,白白地成为效颦的东施。东施的相貌未必比西施丑,只因为模仿别人,就蒙受千古的嘲笑。假如当日预料到现在这种情况,就是鼓励她做出捧心的样子,她也懂得不屑去做。我所说的填词之难,没有比去除老俗套更难的了,而填词的粗陋,也没有比窃取剽袭老俗套更粗陋的了。我看近日的新剧,并不算新剧,都是犹如老和尚用碎布补缀的僧衣、医士用杂药合成的汤药。取众剧之所有,那里割一段,这里割一段,拼凑在一起完成的,就是这样的"传奇"。只是有耳所未闻的姓名,却没有从来没见过的故事。俗话说"千金之裘,非一狐之腋",用这句话承载现在的新剧,可以称为定论。只是不知道前人的著作,又从哪里搜集来的呢?难道《西厢记》以前,另外还有跳墙的张珙?《琵琶记》以前,还有剪发的赵五娘吗?如果是这样,那么为什么原本没有传下来,却传他的抄本呢?窠臼不摆脱,就很难谈及填词,凡是跟我有同样想法的人,应该赶快参考、斟酌。

○密针线

编戏有如缝衣,其初则以完全者剪碎,其后又以剪碎者凑成。剪碎易,凑成难,凑成之工,全在针线紧密。一节偶疏,全篇之破绽出矣。每编一折,必须前顾数折,后顾数折。顾前者,欲其照映;顾后者,便于埋伏。照映埋伏,不止照映一人、埋伏一事,凡是此剧中有名之人、关涉之事,与前此后此所说之话,节节俱要想到。宁使想到而不用,勿使有用而忽之。吾观今日之传奇,事事皆逊元人,独于埋伏照映处,胜彼一筹。非今人之太工,以元人所长全不在此也。若以针线论,元曲之最疏者,莫过于《琵琶》。无论大关节目背谬甚多,如子中状元三载,而家人不知;身赘相府,享尽荣华,不能自遣一仆,而附家报于路人;赵五娘千里寻夫,只身无伴,未审果能全节与否,其谁证之?诸如此类,皆背理妨伦之甚者。再取小节论之,如五娘之剪发,乃作者自为之,当日必无其事。以有疏财仗义之张大公在,受人之托,必能忠人之事,未有坐视不顾,而致其剪发者也。然不剪发,不足以见五娘之孝。以我作《琵琶》,《剪发》一折亦必不能少,但须回护张大公,使之自留地步。吾读《剪发》之曲,并无一字照管大公,且若有心讥刺者。据五娘云,"前日婆婆没了,亏大公周济。如今公公又死,无钱资送,不好再去求他,只得剪发"云云,若是,则剪发一事乃自愿为之,非时势迫之使然也,奈何曲中云:"非奴苦要孝名传,只为上山擒虎易,开口告人难。"此二语虽属恒言①,人人可道,独不宜出五娘之口。彼自不肯告人,何以言其难也?观此二语,不似怼怨大公之词乎②?然此犹属背后私言,或可免于照顾。迨其哭倒在地,大公见之,许送钱米相资,以备衣衾棺椁,则感之颂之,当有不啻口出者矣,奈何曲中又云:"只恐奴身死也,兀自没人埋③,谁还你恩债?"试问公死而埋者何人?姑死而埋者何人?对埋殓公姑之人而自言暴露,将置大公于何地乎?且大公之相资,尚义也,非图利也,"谁还恩债"一语,不几抹倒大公,将一片热肠付之冷水乎?此等词曲,幸而出自元人,若出我辈,则群口讪之,不识置身何地矣。予非敢于仇古,既为词曲立言,必使人知取法,若扭于世俗之见,谓事事当法元人,吾恐未得其瑜,先有其瑕。人或非之,即举元人借口,乌知圣人千虑,必有一失;圣人之事,犹有不可尽法者,况其他乎?《琵琶》之可法者原多,请举所长以盖短。如《中秋赏月》一折,同一月也,出于牛氏之口者,言言欢悦;出于伯喈之口者,字字凄凉。一座两情,两情一事,此其针线之最密者。瑕不掩瑜,何妨并举其略?然传奇一事也,其中义理分为三项:曲也,白也,穿插联络之关目也④。元人所长止居其一,曲是也,白与关目皆其所短。吾于元人,但守其词中绳墨而已矣⑤。

〔注释〕

①恒言:俗语,常言。

②怼(duì)怨:怨恨,埋怨。

③兀自:仍旧,还是。

④曲:戏曲中演唱的部分。白:戏曲中只说不唱的语句,又叫念白。关目:见本节《立主脑》注①。

⑤绳墨:本是木匠取直的工具,用绳染墨在木料上弹印直线,后用来代指规矩、法度。

〔译文〕

编戏就像是缝衣,一开始把整块布剪碎,后来再把剪碎的布缝合在一起。剪碎容易,缝合好很难,缝合的功夫全在针线紧密。某个细节偶有疏漏,全篇的破绽就显露出来了。每编一折,必须要前顾数折,后顾数折。顾前面,是要与其照映;顾后面,便于设立伏笔。照映埋伏,不只照映一个人、埋伏一件事,凡是这部剧中有名的人、关涉的事,与此前此后所说的话,方方面面都要想到。宁可让想到的东西没用上,也不能让有用的东西忽略掉。我看当今的传奇,事事都比元代人差,唯独在埋伏照映之处,胜元代人一筹。不是因为当今的人太精细,而是因为元人的长处完全不在这里。如果用针线比喻,元曲里最疏的,莫过于《琵琶记》了。不管是大关还是小节,不合情理的地方很多。如儿子中状元三年了,家人却不知道;入赘相府,享尽荣华,却不能派遣一个仆人,而拜托路人捎信回家;赵五娘千里寻夫,只身无伴,不知她是否真的能保全贞操,谁能证明?诸如此类,都是十分违背情理、妨碍人伦。再拿小细节来说,如赵五娘剪发,就是作者自己编造的,当时肯定没有这样的事。因为有疏财仗义的张大公在,受人之托,一定会忠人之事,不会坐视不管,而使她到了剪发的地步。但是不剪发,又不足以体现赵五娘的孝心。如果让我来写《琵琶记》,《剪发》一折也必不可少,但要袒护张大公,让他自己留些回旋的余地。我读《剪发》这一曲,并没有一个字照应张大公,还好像故意讽刺他。依照赵五娘所说"前日婆婆没了,幸亏张大公周济。如今公公又死了,没有钱发送,不好再去求他,只能剪发"之类的,如果真是这样,那么剪发这件事就是她自愿做的,并不是情势所迫使她这么做的,为何曲子里说:"不是我苦心想要孝顺的名声流传,只因为上山擒虎易,开口求人难。"这两句话虽然都是套话,谁都会说,唯独不适合出自赵五娘之口。她既然不肯告诉人,为什么还要说出自己的难处呢?看这两句话,不像是埋怨张大公的话吗?当然这还属于背后的私言,或者是要免于照顾。等到她哭倒在地,张大公看到她,答应送钱米来资助她,为她筹备衣衾棺椁,这样赵五娘应该对他满口的感激颂扬,怎么曲中又说:"只怕我自己死了,还是没人埋,谁还你恩债呢?"试问公公死了埋葬的人又是谁?婆婆死了埋葬的人是谁?对埋殓公婆的人说出这样毫不避讳的话,将要置张大公于何地呢?况且张大公的资助是崇尚一个"义"字,并不是图利,"谁还恩债"这句话,不等于说抹杀掉张大公的善心,将一片热心肠放在冷水中了吗?这样的词曲,幸亏出自元人之手,若是出自我辈,就会受到众人的嘲笑,不知道该置身于何地啊!不是我敢于苛责古人,既然为词曲立言,一定要使人懂得如何取法,如果违拗世俗之见,说事事都应该效法元人,吾恐怕还没学到他们的优点,就先学会了他们的毛病。也许有人不同意我的说法,就是举元人作例子,哪知道圣人千虑,必有一失;圣人之事,还有不能全部效法的,何况其他的呢?《琵琶记》里值得学习的很多,请让我列举其中的所长用来掩盖其短。就像《中秋赏月》一折,同一个月亮,出自牛氏之口,句句都欢悦;出自蔡伯喈之口,字字都凄凉。一座出两情,两情共一事,这就是其针线最密的地方。瑕不掩瑜,并举其中瑕瑜又何妨?然而传奇这件事,其中内容分为三项:曲、白、穿插联络的关目。元人所擅长的只居其一,就是曲,白与关目都是他们的短处。我们对于元人,只要遵照他们词中的准绳就行了。

○减头绪

头绪繁多,传奇之大病也。《荆》《刘》《拜》《杀》之得传于后①,止为一线到底,并无旁见侧出之情。三尺童子观演此剧,皆能了了于心、便便于口②,以其始终无二事,贯串只一人也。后来作者不讲根源,单筹枝节,谓多一人可增一人之事。事多则关目亦多,令观场者如入山阴道中③,人人应接不暇。殊不知戏场脚色,止此数人,便换千百个姓名,也只此数人装扮,止在上场之勤不勤,不在姓名之换不换。与其忽张忽李,令人莫识从来,何如只扮数人,使之频上频下,易其事而不易其人,使观者各畅怀来,如逢故物之为愈乎?作传奇者,能以"头绪忌繁"四字,刻刻关心,则思路不分、文情专一,其为词也,如孤桐劲竹,直上无枝,虽难保其必传,然已有《荆》《刘》《拜》《杀》之势矣。

〔注释〕

①《荆》《刘》《拜》《杀》:指《荆钗记》《刘知远白兔记》《拜月亭》《杀狗记》,宋元时期的四大南戏。
②便便:言语明白流畅的样子。
③山阴道中:典出《世说新语·言语》王献之语:"从山阴道上行,山川自相映发,使人应接不暇。"

〔译文〕

头绪繁多,是传奇的大病。《荆钗记》《刘知远白兔记》《拜月亭》《杀狗记》之所以传于后世,只因为它们均是一线到底,并没有旁见侧出的情节。三尺童子观演此剧,也都能心中清楚明白,言语清晰流畅,因为它们始终没有二事,贯穿全局只是一人。后来作者讲求根源,单独筹划枝节,认为多一个人可以增加一个人的情节。情节多了关目就多了,让观众就像进入山阴道中,人人应接不暇。殊不知舞台上的角色,只有这几个人,就算是换了千百个姓名,也只有这几个人装扮,只在于勤不勤上场,不在于换不换姓名。与其一会儿张上台一会儿李上台,让人不知道从哪里来的,不如只扮演几个人,让他们上上下下,更换他们的角色不换演员,让观众各自心怀畅快而来,就像是遇到老朋友更好呢?作传奇的人,能把"头绪忌繁"四字,时刻记心间,那么思路不分散、文情专一,他写的词就如独生的梧桐、强劲的竹子,直上无枝,即使难保其一定会流传,但已经有了《荆钗记》《刘知远白兔记》《拜月亭》《杀狗记》的架势了。

○戒荒唐

昔人云:"画鬼魅易,画狗马难。"① 以鬼魅无形,画之不似,难于稽考。狗、马为人所习见,一笔稍乖,是人得以指摘。可见事涉荒唐,即文人藏拙之具也。而近日传奇独工于为此。噫!活人见鬼,其兆不祥,矧有吉事之家②,动出魑魅魍魉为寿乎?移风易俗,当自此始。吾谓剧本非他,即三代以后之《韶》《濩》也③。殷俗尚鬼,犹不闻以怪诞不经之事被诸声乐、奏于庙堂,矧辟谬崇真之盛世乎?王道本乎人情④,凡作传奇,只当求于耳目之前,不当索诸闻见之外。无论词曲,古今文字皆然。凡说人情物理者,千古相传;凡涉荒唐怪异者,当日即朽。《五经》《四书》《左》《国》《史》《汉》,以及唐宋诸大家,何一不说人情?何一不关物理?及今家传户颂,有怪其平易而废之者乎?《齐谐》⑤,志怪之书也,当日仅存其名,后世未见其实。此非平易可久、怪诞不传之明验欤？人谓家常日用之事,已被前人做尽,穷微极隐,纤芥无遗,非好奇也,求为平而不可得也。予曰：不然。世间奇事无多,常事为多,物理易尽,人情难尽。有一日之君臣父子,即有一日之忠孝节义。性之所发,愈出愈奇,尽有前人未作之事,留之以待后人,后人猛发之心,较之胜于先辈者。

即就妇人女子言之,女德莫过于贞,妇愆无甚于妒。古来贞女守节之事,自剪发、断臂、刺面、毁身,以至刎颈而止矣。近日矢贞之妇,竟有刲肠剖腹、自涂肝脑于贵人之庭以鸣不屈者；又有不持利器,谈笑而终其身,若老衲高僧之坐化者⑥。岂非五伦以内⑦,自有变化不穷之事乎？古来妒妇制夫之条,自罚跪、戒眠、捧灯、戴水,以至扑臀而止矣。近日妒悍之流,竟有锁门绝食,迁怒于人,使族党避祸难前,坐视其死而莫之救者；又有鞭扑不加,囹圄不设,宽仁大度,若有刑措之风,而其夫慑于不怒之威,自遣其妾而归化者。岂非闺阃以内⑧,便有日异月新之事乎？此类繁多,不能枚举。此言前人未见之事,后人见之,可备填词制曲之用者也。即前人已见之事,尽有摹写未尽之情,描画不全之态。若能设身处地,伐隐攻微,彼泉下之人,自能效灵于我,授以生花之笔,假以蕴绣之肠,制为杂剧,使人但赏极新极艳之词,而竟忘其为极腐极陈之事者。此为最上一乘,予有志焉,而未之逮也。

〔注释〕

①"画鬼魅易"二句:典出《韩非子·外储说左上》:"客有为齐王画者,齐王问曰:'画孰最难者?'曰:'犬、马最难。''孰易者?'曰:'鬼魅最易。夫犬、马,人所知也,旦暮罄于前,不可类之,故难。鬼魅无形者,不罄于前,故易之也。'"

②矧(shěn):况且。

③《韶》《濩》:古乐名,相传《韶》为舜帝时乐,《濩》为汤时乐,后泛指庙堂之乐。

④王道:指圣王之道,与"霸道"相对。

⑤《齐谐》:古代记录怪异故事的书。《庄子·逍遥游》:"《齐谐》者,志怪者也。"一说为人名,因先秦书名多与作者同名,故二者并不冲突。后代志怪之书多以此命名,如《齐谐记》《新齐谐》等。

⑥坐化:佛教用语,指高僧盘膝端坐、安然亡逝。

⑦五伦:传统社会里指君臣、父子、兄弟、夫妻、朋友五种伦理关系。

⑧闺阃(kǔn):旧指妇女居住的内室。

〔译文〕

古人云:"画鬼魅易,画狗马难。"因为鬼魅无形,就算画得不像,也很难查考。狗、马是人们常见的,一笔稍有差错,人人都可以指责。可见故事涉及荒唐,就是文人藏拙的工具。而近日的传奇,唯独在这方面擅长。唉,活人见鬼,不是好兆头,况且吉事之家，有用魑魅魍魉祈祝长寿吗？移风易俗，当从这里开始。我所说的剧本不是别的，就是三代以后的像《韶》《濩》这样的庙堂之乐。殷商习俗尚鬼，还没听说过以怪诞不经的事创作声乐、在庙堂演奏，况且屏除荒诞崇尚真实的盛世呢？王道以人情为本，凡是创作传奇，只应该求取那些出现在耳目之前的事物，不应该选取那些没听过见过的东西。不要说词曲了，古今文章都是这样。凡是述说人情事理的，千古相传；凡是涉及荒唐怪异的，当时就腐朽了。《五经》《四书》《左传》《国语》《史记》《汉书》，以及唐宋诸位大家，哪有一个不说人情？哪有一个不关事理？直到今天依然家传户颂，有怪他们浅近简易而放下不读的吗？《齐谐》是记录怪异事情的书，现在只留下书名，后世没人见过这本书。这不是浅近简易可以久传、怪异荒诞不再流传的明显的证验吗？有人说家常日用之类的事，已经被前人做尽，研究微理极为妥帖，极细微、极隐蔽之处都没有遗漏，不是追求新奇，而是追求平淡就会无所得。我说：不是这样。世间新奇之事本就不多，寻常之事很多，事物的道理容易穷尽，人情却难以穷尽。有一天的君臣父子，就有一天的忠孝节义。从本性生出，越出越新奇，尽有前人没做的事，留待后人做，后人忽然产生的想法，相比较而言更胜于先辈。

我们就拿妇人女子举例。女子的品德莫过于贞操，夫人的罪过莫过于嫉妒。自古以来贞女守节的故事，从剪发、断臂、刺面、毁身，一直到刎颈自杀就到头了。近日坚守贞洁的妇女，竟然有剖腹割肠、自杀使肝脑涂地惨死在贵人之庭，以此表明坚贞不屈的；也有不拿任何锋利的武器，谈笑之间就结束了自己的生命，就像老衲高僧坐化一样的。难道这不是五伦以内，自有变化无穷的故事吗？自古以来妒妇制夫的方式，从罚跪、戒眠、捧灯、戴水，直到打屁股就到头了。近日嫉妒凶暴的妇人，竟然有锁门绝食，迁怒于他人，使同族亲属为避祸难以靠前，坐视其死而没人去搭救的事；还有不用鞭子和棍棒打，也不设监牢囚禁，宽仁大度，就像是有刑罚搁置不用的风气，而她的丈夫害怕她的不怒之威，遣散自己的妾而顺从的。难道不是内室以内，便有日异月新的事吗？这类事很多，不胜枚举。这里说前人未见之事，后人见到了，可供填词制曲之用。就是前人见过的事，还有摹写不详细的情况、描画不完全的情状。如果能设身处地，专攻隐秘细微之处，那些九泉之下的人，自会在我身上显灵，授给我生花的妙笔，借给我蕴绣的肚肠，创作出杂剧，使人们只欣赏极为新艳的词，而竟然忘记这是极为腐朽陈旧的事。这就是最上一乘，我有这样的志向，但还没有达到。

○审虚实

传奇所用之事，或古或今，有虚有实，随人拈取。古者，书籍所载，古人现成之事也；今者，耳目传闻，当时仅见之事也；实者，就事敷陈，不假造作，有根有据之谓也；虚者，空中楼阁，随意构成，无影无形之谓也。人谓古事多实，近事多虚。予曰不然。传奇无实，大半皆寓言耳。欲劝人为孝，则举一孝子出名，但有一行可纪，则不必尽有其事。凡属孝亲所应有者,悉取而加之,亦犹纣之不善,不如是之甚也,一居下流,天下之恶皆归焉①。其余表忠表节,与种种劝人为善之剧,率同于此。若谓古事皆实,则《西厢》《琵琶》推为曲中之祖,莺莺果嫁君瑞乎?蔡邕之饿莩其亲②、五娘之干蛊其夫③,见于何书?果有实据乎?孟子云:"尽信《书》,不如无《书》。"④盖指《武成》而言也⑤。

经史且然,矧杂剧乎?凡阅传奇而必考其事从何来、人居何地者,皆说梦之痴人,可以不答者也。然作者秉笔,又不宜尽作是观。若纪目前之事,无所考究,则非特事迹可以幻生,并其人之姓名亦可以凭空捏造,是谓虚则虚到底也。若用往事为题,以一古人出名,则满场脚色皆用古人,捏一姓名不得;其人所行之事,又必本于载籍,班班可考,创一事实不得。非用古人姓字为难,使与满场脚色同时共事之为难也;非查古人事实为难,使与本等情由贯串合一之为难也。予即谓传奇无实,大半寓言,何以又云姓名事实必须有本?要知古人填古事易,今人填古事难。古人填古事,犹之今人填今事,非其不虑人考,无可考也。传至于今,则其人其事,观者烂熟于胸中,欺之不得,罔之不能,所以必求可据,是谓实则实到底也。若用一二古人作主,因无陪客,幻设姓名以代之,则虚不似虚、实不成实,词家之丑态也,切忌犯之。

〔注释〕

①纣之不善:典出《论语·子张》:"子贡曰:'纣之不善,不如是之甚也。是以君子恶居下流,天下之恶皆归焉。'"

②饿莩(piǎo):饿死。

③干蛊其夫:承担丈夫应做的事。干蛊,出自《周易·蛊》:"干父之蛊,有子考,无咎,厉,终吉。"干父之蛊,指继承父亲的事业。

④"孟子云"句:出自《孟子·尽心下》,意思是完全相信《尚书》,不如没有《尚书》。

⑤《武成》:《尚书·周书》篇名,记载了武王伐纣的事件经过。孟子认为其中"血流漂杵"的记录不实。

〔译文〕

传奇所选用的本事,或古或今,有虚有实,随人摘取。所谓古,就是书籍所载,古人现成的事;所谓今,为耳目传闻,当代少见的事;所谓实,即仅把事情详尽陈述,不假捏造,说的就是有根有据的事;所谓虚,就是空中楼阁,随意虚构而成,说的就是无影无踪的事。有人说古代的事大多是真的,近来的事大多是虚构的。我认为不然。传奇没有真的,一大半都是寓言罢了。想要劝人为孝,就选出一个孝子取个名字,只要有一点可以记录的影子,就不用真的全做这样的事。凡是属于孝顺父母应该做的事情,全都拿过来叠加在他身上,也就像商纣王的无道,不像现在流传得那么严重,因为一朝身居众恶所归的地位,天下的坏事就都归集到他身上去了。其他的,表忠、表节,和种种劝人为善的剧目,大概也跟这个相同。如果说古代的事都是真的,那么《西厢记》《琵琶记》被推崇为曲中之祖,崔莺莺真的嫁给张君瑞了吗?蔡邕饿死他的父母、赵五娘替丈夫尽孝送终,见于哪部书?真的有证据吗?孟子说:"尽信《书》,不如无《书》。"就是指《武成》来说的。

经史典籍尚且这样,何况杂剧呢?凡是一读传奇就一定要考证里面的情节从何而来、人物住在什么地方的,都是一些说梦的痴人,可以不用理会他。然而作者提笔写作,又不适合全都这样看待。如果记载的是当前的事,无法查考研究,那么不仅事迹可以凭空想象,连里面人物的姓名也可以凭空捏造,这就叫作求虚就一虚到底。如果用古人的事作为题材,以一位古人出面,那么满场角色都要用古人,一个姓名都不能捏造;那些人物所做的事,又一定要来源于古籍记载,明显可考,不得捏造任一事实。并不是用古人的姓名很难,而是让他与满场角色同时共事很难;不是查找古人的事实很难,而是让他跟原本事情的来龙去脉贯串合一很难啊!我所说的传奇没有真的,一大半都是寓言,为什么又说姓名事实一定要有原型呢?要知道古人写古事容易,今人写古事很难。古人写古事,就像是今人写今事,不是他们不思考不求证,是因为无从考证。流传到现在,那些人那些事,观众烂熟于胸,不能欺骗,也不能蒙蔽,所以一定要求有可靠的凭据,这就是说求实则要一实到底。如果用一二位古人作主角,因为没有配角,虚构姓名用来代替,就会虚不像虚、实不成实,这是词家的丑态,一定要避免犯这样的错误。

词采第二

[题解]

　　"词采"即传奇的辞藻文采,这部分共"贵显浅""重机趣""戒浮泛""忌填塞"四款。"贵显浅"即指创作所用的语言应该像街头巷尾谈话那样自然,直说明言,"凡读传奇而有令人费解,或初阅不见其佳,深思而后得其意之所在者,便非绝妙好词"。其次,所作的曲子应该"绝无一毫书本气"。再次,所填之词应做到深入浅出。"重机趣"中认为"机趣"是传奇的精神风致,"故填词之中,勿使有断续痕,勿使有道学气"。没有"断续痕"就是要做到情节与情节之间、人与人之间要过渡自然,承上启下,环环相扣。没有道学气就是要戒掉迂腐愚昧。"戒浮泛"一款主要讲述戏曲内部语言要注意有所区分,不能一概而论。如生、旦的语言就要隽雅春容,不能和净、丑之语相混。即使都是日常谈论的通俗用语,也要"有当用于此者,有当用于彼者"。"忌填塞"一款论述戏曲语言要通俗易懂,"戏文做与读书人与不读书人同看,又与不读书之妇人小儿同看,故贵浅不贵深",因此戏曲语言一定要浅显易懂,迎合大众,要雅俗共赏,切忌艰难晦涩,诘屈磝碻。

　　曲与诗余[1],同是一种文字。古今刻本中,诗余能佳而曲不能尽佳音，诗余可选而曲不可选也。诗余最短，每篇不过数十字，作者虽多，入选者不多，弃短取长，是以但见其美。曲文最长，每折必须数曲，每部必须数十折，非八斗长才，不能始终如一。微疵偶见者有之，瑕瑜并陈者有之，尚有踊跃于前，懈弛于后，不得已而为狗尾貂续者亦有之。演者观者既存此曲，只得取其所长，恕其所短，首尾并录。无一部而删去数折，止存数折，一出而抹去数曲，止存数曲之理。此戏曲不能尽佳，有为数折可取而挈带全篇，一曲可取而挈带全折，使瓦缶与金石齐鸣者②，职是故也。予谓既工此道，当如画士之传真、闺女之刺绣，一笔稍差便虑神情不似，一针偶缺即防花鸟变形。使全部传奇之曲，得似诗余选本如《花间》《草堂》诸集③，首首有可珍之句，句句有可宝之字，则不愧填词之名，无论必传，即传之千万年，亦非侥幸而得者矣。吾于古曲之中，取其全本不懈、多瑜鲜瑕者，惟《西厢》能之。《琵琶》则如汉高用兵④，胜败不一，其得一胜而王者，命也，非战之力也。《荆》《刘》《拜》《杀》之传，则全赖音律。文章一道，置之不论可矣。

〔注释〕

①诗余：即词，见《结构第一》注解①。
②瓦缶(fǒu)与金石齐鸣：瓦缶，即古代用陶土制作成的打击乐器。

金石,指钟磬等乐器。这里表示优劣参半。

③《花间》《草堂》:《花间》即《花间集》,五代后蜀赵崇祚编撰的词集,共收录晚唐至五代如温庭筠、韦庄等人的词作五百首,后世词派"花间派"即源于此。《草堂》即《草堂诗余》,编者姓名不详,传为南宋何士信编选,收录唐代、五代、宋代的词作。

④汉高:即汉高祖刘邦。

〔译文〕

　　戏曲和词是同一种文章。古今刻本中,诗词能够写好但是戏曲不能全都写好,诗词可被选编而戏曲不能被选编。词最短,每首词不过几十字,写词的人虽然多,但是能够被选编刊刻出来的却很少,放弃不佳的选取佳作,所以人们见到的都是那些优美的作品。戏曲篇幅很长,每折一定要有数曲,每部一定要有数十折,不是才高八斗的人,就不能始终完美如一。有偶有瑕疵的,有好坏并存的,有前边积极活跃,后边松弛懈怠的,也有不得已狗尾续貂的。演员观众既然保存着这个曲子,就只能选取其所长,容忍其所短,从头到尾都收录起来。没有将一部戏曲删去几折只留下几折,或者一出戏之中删除几首曲词只留下几首的道理。这就是戏曲不可能全篇皆佳,有几折写得好就能够带动全篇,有一首曲词写得好就能够带动全折,使得好坏参半,就是这个原因。我认为既然从事作曲这项工作,就要像画工摹写形貌、闺阁女子刺绣一样,有一笔稍差,就会画得神情不相像,偶有一针遗漏,就会使绣的花鸟变形。如果使全部传奇之曲,都像《花间集》《草堂诗余》这样的词选本,每一首都有佳句,每一句都有妙字,这样才不愧于填词之名,不必说一定会流传,就算流传千万年,那也不是侥幸。我认为古曲之中,若选取那些整本戏剧都结构紧凑,优点多而缺点少的曲子,只有《西厢记》是这样。《琵琶记》就像刘邦用兵,胜负不一,打了一场胜仗就能称王,是命运,而不是靠他的用兵能力。《荆钗记》《刘知远白兔记》《拜月记》《杀狗记》等的流传,全靠音律好。至于它们的文章,就可以放在一边暂且不去谈论了。

○贵显浅

曲文之词采,与诗文之词采非但不同,且要判然相反。何也？诗文之词采,贵典雅而贱粗俗,宜蕴藉而忌分明。词曲不然,话则本之街谈巷议,事则取其直说明言。凡读传奇而有令人费解,或初阅不见其佳,深思而后得其意之所在者,便非绝妙好词,不问而知为今曲,非元曲也。元人非不读书,而所制之曲,绝无一毫书本气,以其有书而不用,非当用而无书也,后人之曲则满纸皆书矣。元人非不深心,而所填之词,皆觉过于浅近,以其深而出之以浅,非借浅以文其不深也,后人之词则心口皆深矣。

无论其他,即汤若士《还魂》一剧,世以配飨元人,宜也。问其精华所在,则以《惊梦》《寻梦》二折对。予谓二折虽佳,犹是今曲,非元曲也。《惊梦》首句云:"袅晴丝,吹来闲庭院,摇漾春如线。"以游丝一缕,逗起情丝,发端一语,即费如许深心,可谓惨淡经营矣①。然听歌《牡丹亭》者,百人之中有一二人解出此意否?若谓制曲初心并不在此,不过因所见以起兴②,则瞥见游丝,不妨直说,何须曲而又曲,由晴丝而说及春,由春与晴丝而悟其如线也?若云作此原有深心,则恐索解人不易得矣。索解人既不易得,又何必奏之歌筵,俾雅人俗子同闻而共见乎?其余"停半晌,整花钿,没揣菱花,偷人半面"及"良辰美景奈何天,赏心乐事谁家院""遍青山,啼红了杜鹃"等语,字字俱费经营,字字皆欠明爽。此等妙语,止可作文字观,不得作传奇观。至如末幅"似虫儿般蠢动,把风情扇",与"恨不得肉儿般团成片也,逗的个日下胭脂雨上鲜",《寻梦》曲云"明放着白日青天,猛教人抓不到梦魂前","是这答儿压黄金钏匾",此等曲,则去元人不远矣。而予最赏心者,不专在《惊梦》《寻梦》二折,谓其心花笔蕊③,散见于前后各折之中。《诊祟》曲云:"看你春归何处归,春睡何曾睡,气丝儿,怎度的长天日。""梦去知他实实谁,病来只送得个虚虚的你。做行云,先渴倒在巫阳会。"④"又不是困人天气,中酒心期,魆魆的常如醉。""承尊觑,何时何日来看这女颜回?"《忆女》曲云:"地老天昏,没处把老娘安顿。""你怎撇得下万里无儿白发亲。""赏春香还是你旧罗裙"。《玩真》曲云："如愁欲语,只少口气儿呵。""叫的你喷嚏似天花唾。动凌波,盈盈欲下,不见影儿那"。此等曲,则纯乎元人,置之《百种》前后,几不能辨,以其意深词浅,全无一毫书本气也。

若论填词家宜用之书,则无论经、传、子、史以及诗赋、古文,无一不当熟读,即道家、佛氏、九流、百工之书,下至孩童所习《千字文》《百家姓》,无一不在所用之中。至于形之笔端、落于纸上,则宜洗濯殆尽。亦偶有用着成语之处、点出旧事之时,妙在信手拈来,无心巧合,竟似古人寻我,并非我觅古人。此等造诣,非可言传,只宜多购元曲,寝食其中,自能为其所化。而元曲之最佳者,不单在《西厢》《琵琶》二剧,而在《元人百种》之中。《百种》亦不能尽佳,十有一二可列高、王之上,其不致家弦户诵,出与二剧争雄者,以其是杂剧而非全本,多北曲而少南音,又止可被诸管弦,不便奏之场上。今时所重,皆在彼而不在此,即欲不为纨扇之捐⑤,其可得乎?

[注释]

①惨淡经营:费尽心思,辛苦筹划。

②起兴:诗歌的一种表现手法,是由外界环境或景物等引起的诗兴。

③心花笔蕊:写作时的精巧构思和精致的文笔。

④巫阳会:出自战国宋玉的《高唐赋》,讲述了楚怀王在梦中与巫山神

女相会的故事。

⑤纨(wán)扇之捐:秋天一到,扇子就被弃置一旁了。用来比喻抛弃过时的东西。纨扇,即用细绢制作而成的团扇。捐,即舍弃、抛弃。

〔译文〕

　　曲词的文采和诗词的文采,不仅不同,还要截然相反。为什么呢?诗词的文采,以典雅为贵,以粗俗为贱,适宜含而不露,忌讳清楚分明。曲词不是这样的,说的话应该像人们在街头巷尾的谈话那样,叙事也要直说其意。凡是阅读传奇有令人费解的,或者初次阅读不见其妙,深思之后才能体会其深意的戏曲,都不是绝妙好词,不用问就知道这是现在的曲词,而不是元曲。元人并非不读书,但是他们创作的曲子,绝没有书卷气,这是因为他们有书但是不用,而不是应该用书而没有书,而后人创作的戏曲,通篇都是书本上的话。元人不是不用心深入,他们所填的词,人们都觉得浅显,这是深入浅出的缘故,而不是借助浅显来装点思想的浅薄,后人的曲词在思想和语言上都深奥难懂。

　　不说别的,就说汤显祖《牡丹亭》这部剧,世人把它和元人的戏曲相提并论,这是名实相副的。要说其中的精华所在,那就是《惊梦》《寻梦》二折。我说这二折虽然写得好,却还是今曲,不是元曲。《惊梦》首句说道:"袅晴丝,吹来闲庭院,摇漾春如线。"用一缕游丝挑起情丝,开端的一句话就费了如此心思,真可谓是惨淡经营。然而听唱《牡丹亭》的人,一百人中能有一两个人体会出其中的深意吗?如果说作曲的初心不在这里,不过是用看见的事物来引起情感,那看见了游丝,不如直说,何必如此委婉,由晴丝说到春天,由春天和晴丝感悟到春天像丝线呢?如果说作曲的初心就在此,那么恐怕很难找到能够体会其中深意的人。既然很难找到能够体会其中深意的人,那又何必在舞台上演唱、让高雅人士和凡夫俗子一起观看呢?其他诸如"停半晌,整花钿,没揣菱花,偷人半面""良辰美景奈何天,赏心乐事谁家院""遍青山,啼红了杜鹃"等话语,每一个字都颇费心思,但是每一个字都不够清楚明确。这样奇妙的话语,只能写成文字来看,不能当作传奇来看。至于末幅中的"似虫儿般蠢动,把风情扇",与"恨不得肉儿般团成片也,逗的个日下胭脂雨上鲜",和《寻梦》一折中的"明放着白日青天,猛教人抓不到梦魂前""是这答儿压黄金钏匾"等话语,则和元曲相差不多了。而我最欣赏的,不只是《惊梦》《寻梦》二折,我认为其中的精妙构思和优美文笔,散见于各个折子之中。《诊祟》曲中:"看你春归何处归,春睡何曾睡,气丝儿,怎度的长天日。""梦去知他实实谁,病来只送得个虚虚的你。做行云,先渴倒在巫阳会。""又不是因人天气,中酒心期,魆魆的常如醉。""承尊觑,何时何日来看这女颜回?"《忆女》曲中:"地老天昏,没处把老娘安顿。""你怎撇得下万里无儿白发亲。""赏春香还是你旧罗裙。"《玩真》曲中:"如愁欲语,只少口气儿呵。""叫的你喷嚏似天花唾。动凌波,盈盈欲下,不见影儿那。"这样的词曲,几乎和元人一样了,把它们放在《百种》前后,几乎不能分辨出来,这是因为话语含义深远但是用语浅显,完全没有书卷气。

如果说到适合填词作曲之人用的书,那么应当熟读《经》

《传》《子》《史》以及诗赋、古文，即使是道家、佛家、九流、百工的书，甚至是孩子所学的《千字文》《百家姓》都可以为我所用。到了运于笔端、落到纸上的时候，就应该去掉这些书卷气。就算偶尔使用成语和典故之时，最好是信手拈来，自然随性，就好像古人模仿我，而不是我仿照古人。这样的造诣，不可言传，只能多购买元曲书籍，废寝忘食地阅读，才能吸收其中的精华。而最好的元曲，不仅仅是《西厢记》《琵琶记》二剧，而是在《元人百种》之中。《元人百种》里的作品也不都是好的，大概有十分之一二可在高明、王实甫之上，这些之所以没有家喻户晓地传诵并表演出来，和《西厢记》《琵琶记》一较高下，是因为它们是杂剧而不是全本戏，北方的戏曲多，南方的戏曲少，又只能搭配管弦乐器演唱，不方便在舞台上演出。今天人们所重视的，都在前者而不是后者，就算想让它们不被抛弃，怎么能做到呢？

○重机趣

"机趣"二字，填词家必不可少。机者，传奇之精神；趣者，传奇之风致。少此二物，则如泥人土马，有生形而无生气。因作者逐句凑成，遂使观场者逐段记忆，稍不留心，则看到第二曲，不记头一曲是何等情形，看到第二折，不知第三折要作何勾当。是心口徒劳，耳目俱涩，何必以此自苦，而复苦百千万亿之人哉？故填词之中，勿使有断续痕，勿使有道学气。所谓无断续痕者，非止一出接一出、一人顶一人,务使承上接下,血脉相连,即于情事截然绝不相关之处,亦有连环细笋伏于其中,看到后来方知其妙,如藕于未切之时,先长暗丝以待,丝于络成之后,才知作茧之精,此言机之不可少也。所谓无道学气者,非但风流跌宕之曲、花前月下之情,当以板腐为戒,即谈忠孝节义与说悲苦哀怨之情,亦当抑圣为狂,寓哭于笑,如王阳明之讲道学①,则得词中三昧矣。阳明登坛讲学,反复辨说"良知"二字,一愚人讯之曰:"请问'良知'这件东西,还是白的?还是黑的?"阳明曰:"也不白,也不黑,只是一点带赤的,便是良知了。"照此法填词,则离合悲欢、嬉笑怒骂,无一语一字不带机趣而行矣。

予又谓填词种子,要在性中带来,性中无此,做杀不佳。人问:性之有无,何从辩识?予曰:不难,观其说话行文,即知之矣。说话不迂腐,十句之中,定有一二句超脱;行文不板实,一篇之内,但有一二段空灵,此即可以填词之人也。不则另寻别计,不当以有用精神,费之无益之地。噫!"性中带来"一语,事事皆然,不独填词一节。凡作诗文、书画、饮酒、斗棋与百工技艺之事,无一不具夙根②,无一不本天授。强而后能者,毕竟是半路出家,止可冒斋饭吃,不能成佛作祖也。

〔注释〕

①王阳明：王守仁，字伯安，号阳明。明代著名学者、思想家。
②夙根：灵根，天赋。

〔译文〕

"机趣"这两个字，对于填词作曲的人来说是必不可少的。"机"就是传奇的精神，"趣"就是传奇的风致。少了这两样东西，就像泥人土马，只有形体而没有精气神。因为是作者用一句句话拼凑而成的，所以观众就要逐段记忆，如果稍不留心，那么看到第二曲的时候就不记得第一曲是怎样的情形，看到第二折的时候，就不知道第三折要做什么。这样就会使人们心神俱疲、耳目干涩。何必让自己痛苦，又让千百万亿人跟着痛苦呢？所以填词不要有断续痕迹，不要有道学气。所谓没有断续痕迹，不只是一出戏接着一出戏、一个人接着一个人出场，而是务必承上接下，血脉相连，即使是情感、事件毫无关联的地方，也要埋下互相勾连的伏笔，看到后面才能体会出奥妙，就像还没有切开的藕，先在里面长出丝，等到丝与丝之间都联结起来，才知道作茧的精妙，这说的是不能缺少"机"。这里所说的没有道学气，不只是风流跌宕的曲子、花前月下的情事要避免刻板迂腐，即使是那些讲述忠孝节义和诉说悲苦哀怨的情节，也应该从圣洁清高之感转变为狂放不羁之态，将哭隐含在笑中，就像王阳明讲道学，其中也能体会到词曲创作的诀窍。王阳明在登台讲学时反复提到"良知"二字，一个愚人问道："请问'良知'这个东西，是白的？还是黑的？"王阳明回答道："不白也不黑。只不过带着一点红色，这就是良知。"按照这种方法填词，那么离合悲欢、嬉笑怒骂，没有一字一句不带着机趣。

我还认为填词种子，应从天性中来，天性中如果没有，那么就算是终其一生也做不好。有人问："怎样辨别有没有灵性呢？"我认为不难，就观察他说话、作文，就能知道了。说话不迂腐，十句话中一定有一二句是超脱于世的；作文不刻板，一篇文章中若有一两段空灵之处，这就是可以填词的人。如果不行，那就另寻他法，不应把有用的精神浪费在无益的地方。唉！"性中带来"这句话适用于每一件事，不只是对填词而言的。凡是从事诗文、书画、饮酒、下棋和诸多技艺的事，没有一个不讲求慧根，没有一个不遵循天赋。如果是勉强去做最终做到的人，毕竟是半路出家，只能忝列僧位蹭蹭斋饭吃，而不能成佛为祖。

○戒浮泛

词贵显浅之说，前已道之详矣。然一味显浅而不知分别，则将日流粗俗，求为文人之笔而不可得矣。元曲多犯此病，乃矫艰深隐晦之弊而过焉者也。极粗极俗之语，未尝不入填词，但宜从脚色起见。如在花面口中，则惟恐不粗不俗，一涉生、旦之曲，便宜斟酌其词。无论生为衣冠仕宦、旦为小姐夫人，出言吐词当有隽雅春容之度[①]。即使生为仆从、旦作梅香，亦须择言而发，不与净、丑同声。以生、旦有生、旦之体,净、丑有净、丑之腔故也。元人不察,多混用之。观《幽闺记》之陀满兴福,乃小生脚色,初屈后伸之人也。其《避兵》曲云:"遥观巡捕卒,都是棒和枪。"此花面口吻,非小生曲也。均是常谈俗语,有当用于此者,有当用于彼者。又有极粗极俗之语,止更一二字,或增减一二字,便成绝新绝雅之文者。神而明之,只在一熟。当存其说,以俟其人。

填词义理无穷,说何人,肖何人,议某事,切某事,文章头绪之最繁者,莫填词若矣。予谓总其大纲,则不出"情景"二字。景书所睹,情发欲言,情自中生,景由外得,二者难易之分,判如霄壤。以情乃一人之情,说张三要象张三,难通融于李四。景乃众人之景,写春、夏尽是春、夏,止分别于秋、冬。善填词者,当为所难,勿趋其易。批点传奇者,每遇游山玩水、赏月观花等曲,见其止书所见,不及中情者,有十分佳处,只好算得五分。以风云月露之词,工者尽多,不从此剧始也。善咏物者,妙在即景生情。如前所云《琵琶·赏月》四曲,同一月也,牛氏有牛氏之月,伯喈有伯喈之月。所言者月,所寓者心。牛氏所说之月可移一句于伯喈,伯喈所说之月可挪一字于牛氏乎?夫妻二人之语,犹不可挪移混用,况他人乎?人谓此等妙曲,工者有几,强人以所不能,是塞填词之路也。予曰:不然。作文之事,贵于专一。专则生巧,散乃入愚;专则易于奏工,散者难于责效。百工居肆②,欲其专也;众楚群咻③,喻其散也。舍情言景,不过图其省力,殊不知眼前景物繁多,当从何处说起？咏花既愁遗鸟,赋月又想兼风。若使逐件铺张,则虑事多曲少;欲以数言包括,又防事短情长。展转推敲,已费心思几许,何如只就本人生发,自有欲为之事,自有待说之情,念不旁分,妙理自出。如发科发甲之人④,窗下作文,每日止能一篇二篇,场中遂至七篇。窗下之一篇二篇未必尽好,而场中之七篇,反能尽发所长,而夺千人之帜者,以其念不旁分,舍本题之外,并无别题可做,只得走此一条路也。吾欲填词家舍景言情,非责人以难,正欲其舍难就易耳。

[注释]

①舂(chōng)容:从容不迫。

②百工居肆:出自《论语·子张》:"百工居肆,以成其事,君子学以致其道。"意思是各行各业的工匠住在作坊里来完成自己的工作,这里用来形容做事要像工匠那样专心。

③众楚群咻:众多的楚国人共同来喧扰,指很多的外在干扰因素。出自《孟子·滕文公下》:"一齐人傅之,众楚人咻之,虽日挞而求其齐也,不可得矣。"

④发科发甲:科举考试中榜。

〔译文〕

　　曲词贵在浅显易懂，前文说得已经很详细了。然而如果一味追求浅显而不加以区分，就会日渐粗俗，想要像文人一样写好怕是做不到了。元曲大多有这个毛病，是将艰深晦涩的东西矫正过头了。极其粗俗的话，不是不能用来填词，而是应该服从角色的需求。例如花脸人物的语言，就唯恐不粗俗，一旦涉及生、旦角色，就要斟酌他们的用词了。不必说生是官宦身份、旦是小姐夫人，说话必须要有隽雅从容的境界，就算生是仆人随从、旦是丫鬟婢女，也要择言而说，不能和净、丑说一样的话。这是生、旦有生、旦的风格，净、丑也有净、丑的腔调的原因。元人没有注意到这一点，多数都混用。看《幽闺记》中的陀满兴福，是个小生的角色，是一个最初受委屈，后来飞黄腾达的人。在《避兵》这一曲中说道："遥观巡捕卒，都是棒和枪。"这是花脸的口气，而不是小生的腔调。都是日常俗语，有的该用于这个地方，也有的该用在那个地方。那些特别粗俗的话，只换掉一两个字，或者增减一两个字，就能成为特别新奇文雅的话。能否将语言运用得出神入化，只在于运用是否纯熟。我保留这一说法，等待人们评论。

　　填词的道理没有穷尽，要做到说什么人就像什么人、谈什么事就像什么事，文章的头绪最复杂的，莫过于填词了。我认为概括填词的大纲，不过就是"情景"二字。"景"用来叙述自己看到的，"情"用来阐发自己想说的，情是内在产生的，景是由外界事物得来的,二者的难易程度,有天壤之别。因为感情是一个人的感情,说张三就要像张三,很难和李四一样。景是大家共有的,写春、夏,大家写的都是春、夏,只和秋、冬有分别。擅长填词的人,要做难的事情,不要全去做那些容易的事。批点传奇的人,每当看到游山玩水、赏月观花的曲子,看到只写了所见到的事情,而不涉及情感的,即使有十分的好,也只能算五分。因为擅长写风云月露的人很多,不是从这部剧才开始的。擅长歌咏物品的,精妙之处在于触景生情。例如前面说的《琵琶记·赏月》四曲,同样一个月亮,牛氏有牛氏的月亮,伯喈有伯喈的月亮。这里所说的月亮,指的是一种心境。难道牛氏所说的月亮可以有一句移到伯喈身上吗?伯喈所说的月亮可以有一句移到牛氏身上吗?夫妻二人的话,尚且不能够混用,更何况别人呢?大家认为擅长写这样好曲子的能有几个人?勉强他们去做他们做不到的事情,是阻塞填词的道路。我说:不是这样的。作文这种事,贵在专一。专一就能够变得灵巧,散漫就会变得愚笨;专一易于奏效,散漫难以成功。百工居肆,想要告诉人们专心的重要性。众楚群咻,用来说明散漫就干不成事。放弃写情而去说景,不过就是贪图省力气,殊不知眼前的事物那么多,应当从何说起呢?歌咏鲜花又担心落下飞鸟,谈论月亮又想说说清风。如果将每一件事情都铺展开来,又会忧虑说的事情多而词曲少;想要用几句话概括,又担心事情短而情感太多。几经推敲,就已经费了许多心血了,怎么能比得上从自身出发,自然有想做的事,自然有想说的情,思绪不杂乱,自然会产生巧妙的文理。就像那些考中科举的人,在家里一天只能写一二篇文章,在考场上却能够写七篇;在家写的一篇二篇未必都是好的,而考场中的七篇,反而能够发挥自己的长处,在几千人之中胜出。这是因为他没有分心,除了要求做的题目之外,没有别的题目可做,就只能走这一条路。我主张让填词的人舍弃写景而去言情,并不是责人所难,正是想要他们放弃难的事情而去做简单的事情罢了。

○忌填塞

填塞之病有三:多引古事,迭用人名,直书成句。其所以致病之由亦有三:借典核以明博雅,假脂粉以见风姿,取现成以免思索。而总此三病与致病之由之故,则在一语。一语维何?曰:从未经人道破。一经道破,则俗语云"说破不值半文钱",再犯此病者鲜矣。古来填词之家,未尝不引古事,未尝不用人名,未尝不书现成之句,而所引所用与所书者,则有别焉:其事不取幽深,其人不搜隐僻,其句则采街谈巷议。即有时偶涉《诗》《书》,亦系耳根听熟之语,舌端调惯之文,虽出《诗》《书》,实与街谈巷议无别者。总而言之,传奇不比文章,文章做与读书人看,故不怪其深;戏文做与读书人与不读书人同看,又与不读书之妇人小儿同看,故贵浅不贵深。使文章之设,亦为与读书人、不读书人及妇人小儿同看,则古来圣贤所作之经传,亦只浅而不深,如今世之为小说矣。人曰:文人之作传奇与著书无别,假此以见其才也,浅则才于何见?予曰:能于浅处见才,方是文章高手。施耐庵之《水浒》、王实甫之《西厢》,世人尽作戏文小说看,金圣叹①特标其名曰"五才子书"②"六才子书"者③,其意何居?盖愤天下之小视其道,不知为古今来绝大文章,故作此等惊人语以标其目。噫!知言哉!

〔注释〕

①金圣叹:明末清初文学家、文学批评家。名采,字若采,明朝灭亡后改名人瑞,又名喟,字圣叹,后因"哭庙案"被处斩。
②五才子书:即指金圣叹批点的《水浒传》。
③六才子书:金圣叹将《庄子》《离骚》《史记》《水浒传》《西厢记》和"杜甫律诗"合称为"六才子书"。

〔译文〕

填塞的毛病有三点:过多引用古事,频繁使用人名,直接书写成句。导致这种毛病的原因也有三点:借用典故显示自己学识渊博,借用脂粉来展现自己的风姿,选用现成的句子以免去自己的思考。而只用一句话就能概括这三点毛病以及致病的缘由。这句话是什么呢?就是:从没被人道破。一经道破,就像俗话说的"说破不值半文钱",再犯这种毛病的人就少了。古往今来的填词家,不是不引用古事,不是不使用人名,不是不使用现成的句子,而是他们所引、所用、所书的是有所区别:古事不引幽深晦涩的,人名不写隐僻不为人知的,句子都是选择街头巷尾人们谈论的。就算偶尔使用涉及《诗》《书》上的内容,那也是人们耳熟能详、经常诵读的,虽然出自《诗》《书》,但是和街头巷尾人们谈论的没什么区别。总而言之,传奇和文章不同,文章是写给读书人看的,所以不怪它深奥;戏文是同时做给读书人和不读书的人看的,也是给不读书的妇女儿童看的,所以贵浅显不贵深奥。如果文章也是给读书人、不读书的人及妇女儿童一起看的,那么古往今来圣贤所作的经传,也只浅显而不深奥,就跟现在的小说一样了。有人说:文人写传奇和写书没有区别,不过都是借此来展现自己的才华,如果写得浅显,那么才华从哪里展现呢?我说:能够在浅显处展现自己才华的,才是作文高手。施耐庵的《水浒传》、王实甫的《西厢记》,世人都当作戏文小说看,金圣叹将它们突出地称为"五才子书""六才子书",是什么用意呢?大概是不满世人小看了它们的道理,不知道这是古往今来的大文章,所以用如此惊人的话来标明。唉!多么明智的语言啊!

演习部

演习部主要阐述戏曲表演艺术的相关内容,包括选剧第一(内含别古今、剂冷热二款)、变调第二(内含缩长为短、变旧成新二款)、授曲第三(内含解明曲意、调熟字音、字忌模糊、曲严分合、锣鼓忌杂、吹合宜低六款)、教白第四(内含高低抑扬、缓急顿挫二款)、脱套第五(内含衣冠恶习、声音恶习、语言恶习、科诨恶习四款)。选剧部分讲述在选择登台演出的剧本时,要选择古本以及那些雅俗共赏、引人共鸣的剧本,这样才能受众广泛,引发观众共情。变调部分论述要灵活调整剧本长短以及把握变与不变的尺度,这样求创新才能抓住观众眼球,满足观众日益提升的审美需求。

选剧第一

〔题解〕

戏曲创作专为登场而作,而戏剧能否登台演出且取得好的效果,又取决于剧本本身是否优秀。因"优师教曲,每加工于旧而草草于新。以旧本人人皆习，稍有谬误，即形出短长；新本偶尔一见，即有破绽，观者、听者未必尽晓，其拙尽有可藏"。所以首先要选择古本剧教授歌童。"予谓传奇无冷热，只怕不合人情"。其次在选择剧本时应该选择合乎人情的本子，观众知其味，由此牵动情绪，引发共鸣，比起追求文雅高尚的词曲，这样的本子更喜闻乐见一些。

填词之设，专为登场；登场之道，盖亦难言之矣。词曲佳而搬演不得其人，歌童好而教率不得其法，皆是暴殄天物，此等罪过，与裂缯毁璧等也。方今贵戚通侯，恶谈杂技，单重声音，可谓雅人深致，崇尚得宜者矣。所可惜者：演剧之人美，而所演之剧难称尽美；崇雅之念真，而所崇之雅未必果真。尤可怪者：最有识见之客，亦作矮人观场①，人言此本最佳，而辄随声附和，见单即点，不问情理之有无，以致牛鬼蛇神塞满氍毹②之上。极长词赋之人，偏与文章为难，明知此剧最好，但恐偶违时好，呼名即避，不顾才士之屈伸，遂使锦篇绣帙，沉埋瓿瓮之间。汤若士之《牡丹亭》《邯郸梦》得以盛传于世，吴石渠之《绿牡丹》《画中人》得以偶登于场者，皆才人侥幸之事，非文至必传之常理也。若据时优本念，则愿秦皇复出，尽火文人已刻之书，止存优伶所撰诸抄本，以备家弦户诵而后已。伤哉，文字声音之厄，遂至此乎！

吾谓《春秋》之法,责备贤者③,当今瓦缶雷鸣、金石绝响,非歌者投胎之误、优师指路之迷,皆顾曲周郎之过也。使要津之上,得一二主持风雅之人,凡见此等无情之剧,或弃而不点,或演不终篇而斥之使罢,上有憎者,下必有甚焉者矣。观者求精,则演者不敢浪习,黄绢色丝之曲、外孙齑臼之词④,不求而自至矣。吾论演习之工而首重选剧者,诚恐剧本不佳,则主人之心血、歌者之精神,皆施于无用之地。使观者口虽赞叹,心实咨嗟,何如择术务精,使人心口皆羡之为得也。

〔注释〕

①矮人观场:即矮子看戏,比喻只知道附和别人,自己没有主见。《朱子语类》卷二十七《论语九》:"正如矮人看戏一般,见前面人笑,他也笑。他虽眼不曾见,想必是好笑,便随他笑。"

②氍(qú)毹(shū):毛织的布或地毯,旧时演戏多用来铺在地上,因此代指舞台。

③"《春秋》之法"二句:语出《新唐书·太宗本纪》:"《春秋》之法,常责备于贤者。"孔子作《春秋》的原则,常常对贤者的批评十分严格。

④"黄绢色丝之曲"二句:语出《世说新语·捷悟》:"魏武(曹操)尝过曹娥碑下,杨修从。碑背上见题作'黄绢幼妇,外孙齑臼'八字。魏武谓修曰:'解不?'答曰:'解。'魏武曰:'卿未可言,待我思之。'行三十里,魏武乃曰:'吾已得。'令修别记所知。修曰:'黄绢,色丝也,于字为"绝"。幼妇,少女也,于字为"妙"。外孙,女子也,于字为"好"。齑臼,受辛也,于字为"辞"(古字也写作"辤")。所谓"绝妙好辞"也。'"

[译文]

　　填词的设制,是为了登台演出;登台演出的门道,就很难说清楚了。词和曲都很好,而扮演找不到合适的演员,歌童好但教的方法不好,都是暴殄天物,这种罪过与撕裂绸缎、毁坏璧玉毫无差别。如今的贵戚通侯,厌恶谈论技艺表演,只注重声音,可以说是志趣深远,崇尚得当。可惜的是,演剧的人很美,但所演的剧目却很难称好;崇尚风雅的想法是真的,但所推崇的风雅之事不一定是真的。更可怪的是,最有见识的人,也和矮子看戏一样,别人说这个剧本最好,他就随声附和,见戏单就点,不问有没有情理,导致牛鬼蛇神塞满舞台。非常擅长写词作赋的人,却偏要和文章为难,明明知道这部剧本最好,但恐怕违背当时人的喜好,一提名字就躲开了,不管才士的沉浮进退,就使得华美文章沉埋在瓿瓮之中。汤显祖的《牡丹亭》《邯郸梦》得以盛传于世,吴石渠的《绿牡丹》《画中人》能够偶然登台演出,都是才子侥幸的事,不是文章好就必然流传的常理。若根据如今演员的心愿,则希望秦始皇再生,把文人已刻的书全部烧掉,只保存优伶自己所撰写的抄本,留着让家家弦歌、户户吟诵。悲哀啊,文字声音的困境,已经到了这种地步!我认为孔子写《春秋》的原则是责备贤人使之变得更好,如今粗糙剧作风行于世,精良的佳作却被埋没,不是演员投错了胎,或是戏师指错了路,都是鉴赏点评戏曲的人误导造成的。假使在关键时节,有一两个主持风雅的人,凡是见到这种没有情调的剧本,或放弃不点,或者演不完就斥责他停止，上层有讨厌它的人，下层民众一定更讨厌它。观众追求精品，那么表演者就不敢胡乱排练演出，绝妙的好剧本就会不求自来了。我认为演习的技艺最重要的是选剧，实在是害怕剧本不好，那么主人的心血、歌者的精神，都用在了无用之地。就算观众口中虽然赞叹，心里却在叹气，哪比得上选择剧本务必精良，让人心口都称赞演得好的呢。

○别古今

选剧授歌童，当自古本始。古本既熟，然后间以新词，切勿先今而后古。何也？优师教曲，每加工于旧，而草草于新。以旧本人人皆习，稍有谬误，即形出短长；新本偶尔一见，即有破绽，观者、听者未必尽晓，其拙尽有可藏。且古本相传至今，历过几许名师，传有衣钵，未当而必归于当，已精而益求其精，犹时文中"大学之道""学而时习之"诸篇[①]，名作如林，非敢草草动笔者也。新剧则如巧搭新题，偶有微长，则动主司之目矣。故开手学戏，必宗古本。而古本又必从《琵琶》《荆钗》《幽闺》《寻亲》等曲唱起，盖腔板之正，未有正于此者。此曲善唱，则以后所唱之曲，腔板皆不谬矣。旧曲既熟，必须间以新词。切勿听拘士腐儒之言，谓新剧不如旧剧，一概弃而不习。

盖演古戏，如唱清曲，只可悦知音数人之耳，不能娱满座宾朋之目。听古乐而思卧,听新乐而忘倦②。古乐不必《箫》《韶》,《琵琶》《幽闺》等曲,即今之古乐也。但选旧剧易,选新剧难。教歌习舞之家,主人必多冗事,且恐未必知音,势必委诸门客、询之优师。门客岂尽周郎?大半以优师之耳目为耳目。而优师之中,淹通文墨者少,每见才人所作,辄思避之,以凿枘不相入也③。故延优师者,必择文理稍通之人,使阅新词,方能定其美恶。又必藉文人墨客参酌其间,两议佥同④,方可授之使习。此为主人多冗,不谙音乐者而言。若系风雅主盟,词坛领袖,则独断有余,何必知而故询。噫!欲使梨园风气丕变维新,必得一二缙绅长者主持公道,俾词之佳者必传、剧之陋者必黜,则千古才人心死,现在名流,有不以沉香刻木而祀之者乎?

〔注释〕

①"大学之道""学而时习之":二句分别出自《大学》《论语》,当时作文常用之题。

②"听古乐而思卧"二句:语出《礼记·乐记》:"魏文侯问于子夏曰:'吾端冕而听古乐,则唯恐卧;听郑卫之音,则不知倦。'"

③凿枘(ruì):圆凿方枘的省略。凿是榫眼,枘是榫头。榫眼和榫头本为两两相配,但圆榫眼和方榫头则格格不入。

④佥(qiān)同:一致赞同。

〔译文〕

　　选剧教授歌童,应当从古本开始。古本熟悉了之后,再添加些新词,千万不要先今后古。为什么呢?优师教曲,都是在旧剧下功夫,对于新词草草了事。因为旧本人人都练习,稍微有点错误,就会被看出好坏;新的剧本偶尔看见一次,即使有破绽,观众、听众也未必都知道,它的不足之处都能隐藏。而且古本流传到现在,经历了多少名师,衣钵相传,不恰当的一定会改得恰当,已经完美的还要精益求精,就像写"大学之道""学而时习之"这样题目的文章一样,名作如林,都不是轻易草草动笔的。新的剧本就像构思新题,偶尔有一点长处,都会吸引考官的眼睛。所以开始学戏,一定以古本为宗。而古本又一定从《琵琶》《荆钗》《幽闺》《寻亲》等戏曲唱起,唱曲的调子和节拍没有比这几个更规范的。这几个曲子唱得好,那么以后唱的曲子,曲调和节拍都不会错了。旧曲子熟悉了,必须加上新词。切记不要听迂腐之人的话,说新剧不如旧剧,一概放弃不学。

　　演古戏,就如唱清曲,只能使少数知音悦耳,不能让满座宾朋娱目。听古乐想睡觉,听新乐却能忘记疲倦。古乐不一定必须是《箫》《韶》,《琵琶》《幽闺》等曲目,就是今天的古乐。但是选旧剧容易,选新剧很难。教歌习舞之家,主人必然有很多繁冗的事,而且恐怕未必懂音乐,势必会委托给门客,请教优师。门客怎么可能都是精通赏乐的周郎,大半把优师的耳目当成耳目。而优师之中,精通文辞的又少,每见才子的作品,就想避开,因为双方格格不入。所以聘请优师，一定选择稍微精通文辞义理的人，让他阅读新词，才能判别好坏。又必经文人墨客在其中参考斟酌，两方意见一致赞同，才能教给歌童学习。这是对于主人多繁冗之事、又不懂音乐者来说的。如果是风雅主盟、词坛领袖，则自己判断都绰绰有余，何必明知故问呢。唉！想要使戏曲的风气革新大变，必须要有一两个缙绅长者主持公道，使得好的词一定流传，剧本中粗陋的必须废除，那么千古才人心死，现在的名流，会有不用沉香刻木主来祭祀的吗？

○剂冷热

今人之所尚，时优之所习，皆在"热闹"二字；冷静之词、文雅之曲，皆其深恶而痛绝者也。然戏文太冷、词曲太雅，原足令人生倦，此作者自取厌弃，非人有心置之也。然尽有外貌似冷而中藏极热，文章极雅而情事近俗者，何难稍加润色，播入管弦？乃不问短长，一概以冷落弃之，则难服才人之心矣。予谓传奇无冷热，只怕不合人情。如其离合悲欢，皆为人情所必至，能使人哭，能使人笑，能使人怒发冲冠，能使人惊魂欲绝，即使鼓板不动，场上寂然，而观者叫绝之声，反能震天动地。是以人口代鼓乐、赞叹为战争，较之满场杀伐、钲鼓雷鸣而人心不动，反欲掩耳避喧者为何如？岂非冷中之热胜于热中之冷；俗中之雅逊于雅中之俗乎哉？

〔译文〕

　　现在人推崇的，现在演戏的人所学习的，都在"热闹"二字；沉着稳重的词、文雅的曲子，都是他们深恶痛绝的。然而戏文太冷静、词曲太文雅，原本就足以让人产生倦意，这是作者自取厌弃，不是别人故意使之如此的。然而尽有外貌似冷而中藏极热，文章极其文雅而剧情很俗的，稍加润色配乐演出，有什么难的？但是不论缺点和长处，一概冷落放弃，这样难服才子的心。我认为传奇没有冷热，只怕不合乎人情。如果它的离合悲欢，都是人情的必然归向，能让人哭，能使人笑，能使人怒发冲冠，能使人惊魂欲绝，即使鼓板不动，场上寂静，但是观众叫绝的声音，反而能震天动地。这样用人们的嘴巴代替鼓乐、赞叹当作战争，和那些满场打打杀杀、钲鼓雷鸣而人心不为所动，反而想要捂着耳朵躲避喧闹的戏比起来怎么样？难道不是冷中之热胜于热中之冷，俗中之雅比不上雅中之俗吗？

变调第二

〔题解〕

　　所谓变调就是把古调变为新调，李渔认为"变则新，不变则腐；变则活，不变则板"。变调有二法，一为缩长为短。李渔根据观众的看剧心理以及身份差异对剧本的长短进行了调整，既有减省之法,"取其情节可省之数折,另作暗号记之,遇清闲无事之人,则增入全演,否则拔而去之"。也有增益之法,如"于所删之下折,另增数语,点出中间一段情节",或"于所删之前一折,预为吸起"等。二为变旧为新。李渔指出"仍其体质,变其丰姿"。体质是曲文和大段关目,是不能改变的;丰姿是科诨与细微说白,是不可不变的。除此之外,对那些"缺略不全之事,刺谬难解之情",后人也应该进行弥补,不能让它成为残缺之作。变调就是变旧为新以适应不同观众在不同时期的审美需求。

变调者,变古调为新调也。此事甚难,非其人不行,存此说以俟作者。才人所撰诗赋古文,与佳人所制锦绣花样,无不随时更变。变则新,不变则腐;变则活,不变则板。至于传奇一道,尤是新人耳目之事,与玩花赏月同一致也。使今日看此花,明日复看此花,昨夜对此月,今夜复对此月,则不特我厌其旧,而花与月亦自愧其不新矣。故桃陈则李代,月满即哉生①。花月无知,亦能自变其调,矧词曲出生人之口,独不能稍变其音而百岁登场,乃为三万六千日雷同合掌之事乎?吾每观旧剧,一则以喜,一则以惧。喜则喜其音节不乖,耳中免生芒刺;惧则惧其情事太熟,眼角如悬赘疣。学书学画者,贵在仿佛大都,而细微曲折之间,正不妨增减出入,若止为

演习部 | 71

依样葫芦,则是以纸印纸,虽云一线不差,少天然生动之趣矣。因创二法,以告世之执郢斤者[2]。

[注释]

①月满即哉生:月满时开始转缺。《尚书·康诰》有:"惟三月,哉生魄。"月魄是月黑无光的部分。哉生魄即始生月魄,指农历每月十六日,月开始转缺。

②郢(yǐng)斤:语出《庄子·徐无鬼》:"郢人垩慢其鼻端若蝇翼,使匠石斫之。匠石运斤成风,听而斫之,尽垩而鼻不伤,郢人立不失容。"后用来形容技艺高超、纯熟。

[译文]

所谓变调,就是变古调为新调。这件事做起来很难,不是大才之人不行,留存这个说法等待大才之人。才子撰写的诗赋古文,与佳人制作的锦绣花样,无不随时代而更新变化。变化就会新颖,不变就会陈腐;变化就会鲜活,不变就会死板。至于传奇,更是让人耳目一新的东西,与玩花赏月是一样的。假如今天看这朵花,明天还看这朵花,昨夜欣赏这轮明月,今夜还是面对这轮月亮,这样不只是我厌烦它旧,就连花和月也自愧不新了。所以,桃陈就以李代,月满就开始转缺。花月没有感知,都能自变其调,何况词曲诞生于人的口中,唯独不能稍微改变它的音调吗,而登场演出一百年,就是三万六千天雷同合掌的事情吗?我每次观看旧剧,又开心又害怕,开心的是它的音调节奏和谐,耳朵中不会产生芒刺;害怕的是对它的剧情太过熟悉,眼角像是悬挂着赘疣。学书学画的人,贵在大体上相同,而在细微曲折之间,不妨做一些增减使它不同,如果只是依样画葫芦,那么就成了用纸印纸,虽说丝毫不差,但是缺少天然生动的趣味。因此总结出这两个方法,用来告诫世上从事传奇创作的人。

○缩长为短

观场之事,宜晦不宜明。其说有二:优孟衣冠[1],原非实事,妙在隐隐跃跃之间。若于日间搬弄,则太觉分明,演者难施幻巧,十分音容,止作得五分观听,以耳目声音散而不聚故也。且人无论富贵贫贱,日间尽有当行之事,阅之未免妨工。抵暮登场,则主客心安,无妨时失事之虑,古人秉烛夜游,正为此也。然戏之好者必长,又不宜草草完事,势必阐扬志趣,摹拟神情,非达旦不能告阕。然求其可以达旦之人,十中不得一二,非迫于来朝之有事,即限于此际之欲眠,往往半部即行,使佳话截然而止。予尝谓好戏若逢贵客,必受腰斩之刑。虽属谑言,然实事也。与其长而不终,无宁短而有尾,故作传奇付优人,必先示以可长可短之法:取其情节可省之数折,另作暗号记之,遇清闲无事之人,则增入全演,否则拔而去之。此法是人皆知,在梨园亦乐于为此。但不知减省之中,又有增益之法,使所省数折,虽去若存,而无断文截角之患者,则在秉笔之人略加之意而已。法于所删之下折,另增数语,点出中间一段情节,如云昨日某人来说某话,我如何答应之类是也;或于所删之前一折,预为吸起,如云我明日当差某人去干某事之类是也。如此,则数语可当一折,观者虽未及看,实与看过无异,此一法也。

予又谓多冗之客,并此最约者亦难终场,是删与不删等耳。尝见贵介命题,止索杂单,不用全本,皆为可行即行,不受戏文牵制计也。予谓全本太长,零出太短,酌乎二者之间,当仿《元人百种》之意,而稍稍扩充之,另编十折一本,或十二折一本之新剧,以备应付忙人之用。或即将古书旧戏,用长房妙手②,缩而成之。但能沙汰得宜,一可当百,则寸金丈铁,贵贱攸分,识者重其简贵,未必不弃长取短,另开一种风气,亦未可知也。此等传奇,可以一席两本,如佳客并坐,势不低昂,皆当在命题之列者,则一后一先,皆可为政,是一举两得之法也。有暇即当属草,请以下里巴人,为《白雪》《阳春》之倡。

〔注释〕

①优孟衣冠:这里指演员出场表演。优孟是春秋时期楚国艺人,相传楚相孙叔敖死后,优孟穿戴了孙叔敖的衣冠去见楚王,楚王及左右不能别。事具《史记·滑稽列传》。

②长房妙手:指神仙费长房的缩地神功,据传一日之间,人见其在千里之外者数处。事具《后汉书·方术列传》。

〔译文〕

　　观戏的场所,适宜晦暗不适合明亮。原因有两个:登场演戏,原本就不是真实的事,隐隐约约才更好。如果在白天演出,就觉得太过分明,演员难以施用幻术,十分的声音与容貌,观者听众只能感受到五分,因为耳目声音分散而不聚集。而且人们无论富贵贫贱,白天都有应当要做的事情,看戏未免妨碍工作。等到日暮登场,演员观众都心安,没有耽误时间和工作的顾虑,古人秉烛夜游,正是这个道理。然而好戏必定比较长,又不适合草草完事,势必要宣扬志趣,模仿神情,非通宵达旦不能结束。然而其中可以通宵的人,十个里面找不到一两个,不是迫于第二天清晨有事,就是被这个时候的困意所限制,往往看一半就走了,使趣谈佳话截然停止。我曾经说过,好戏如果遇到贵客,必然会承受腰斩之刑。虽然是戏谑的话,但也是事实。与其长剧而不能看到剧终,不如宁可短一点而能看到结尾,所以作传奇交付给演员,必须先向他展示可长可短的方法:选取其中可以省略的几折情节,另外作暗号记住,遇到清闲没事的人,就增加进去全部演出,否则就去掉。这种方法是人人都知道的,在戏曲界也都喜欢这么做。但不知道这种减省中,也包含有增益的方法,使省去的几折,虽然省去但好像依然存在,因而没有断文截角的烦恼,只是需要执笔的人稍加留意而已。依照所删的下折,另增几句话,点出中间的一段情节。例如说:昨日某人来说某话,我如何答应之类的。或者在删去的前一折,预先引出下面的情节。

比如说：我明天应当让某人去干某事之类。像这样，几句话就可以当一折，观众虽然没有看到，实际与看过没有区别，这是一种方法。

我又说过事情繁多的观众，这种最简约的戏剧也难以看到结束。这样删和不删是一样的。曾经看见贵客点戏，只索要杂单，不用全本，为的就是想走就走，不受戏文牵制的考虑。我认为全本太长，零出太短，斟酌两者之间，应当仿照《元人百种》的做法，把它稍稍扩充，另外编十折一本，或者十二折一本的新剧，以备应付忙人来用。或就把古书旧戏，用费长房的缩地妙手，缩减而成。如果能删减适当，一本可当百本，达到寸金抵得上丈铁的效果，贵贱区分，认识的看重它的简贵，未必不弃长取短，另开一种风气，也不是不可能的。这种传奇，可以一席两本，如果佳客并坐，势力不分高低，都应当在戏单命题之列，那么一后一先，都能做主，是一举两得的方法。有空闲时间就起草，请允许我以下里巴人，作为《白雪》《阳春》的倡导。

○变旧成新

演新剧如看时文，妙在闻所未闻、见所未见；演旧剧如看古董，妙在身生后世、眼对前朝。然而古董之可爱者，以其体质愈陈愈古、色相愈变愈奇。如铜器、玉器之在当年，不过一刮磨光莹之物耳，迨其历年既久，刮磨者浑全无迹，光莹者斑驳成文，是以人人相宝，非宝其本质如常，宝其能新而善变也。使其不异当年，犹然是一刮磨光莹之物，则与今时旋造者无别，何事什佰其价而购之哉？旧剧之可珍，亦若是也。今之梨园，购得一新本，则因其新而愈新之，饰怪妆奇，不遗余力；演到旧剧，则千人一辙，万人一辙，不求稍异。观者如听蒙童背书，但赏其熟，求一换耳换目之字而不得，则是古董便为古董，却未尝易色生斑，依然是一刮磨光莹之物，我何不取旋造者观之，犹觉耳目一新，何必定为村学究，听蒙童背书之为乐哉？

然则生斑易色，其理甚难，当用何法以处此？曰：有道焉。仍其体质，变其丰姿，如同一美人，而稍更衣饰，便足令人改观，不俟变形易貌，而始知别一神情也。体质维何？曲文与大段关目是已。丰姿维何？科诨与细微说白是已。曲文与大段关目不可改者，古人既费一片心血，自合常留天地之间，我与何仇，而必欲使之埋没？且时人是古非今，改之徒来讪笑，仍其大体，既慰作者之心，且杜时人之口。科诨与细微说白不可不变者，凡人作事，贵于见景生情，世道迁移，人心非旧，当日有当日之情态，今日有今日之情态，传奇妙在入情，即使作者至今未死，亦当与世迁移，自啫其舌，必不为胶柱鼓瑟之谈，以拂听者之耳。况古人脱稿之初，便觉其新，一经传播，演过数番，即觉听熟之言难于复听，即在当年，亦未必不自厌其繁，而思陈言之务去也。我能易以新词，透入世情三昧,虽观旧剧,如阅新篇,岂非作者功臣?使得为鸡皮三少之女①,前鱼不泣之男②,地下有灵,方颂德歌功之不暇,而忍心矫制责之哉?但须点铁成金,勿令画虎类狗。又须择其可增者增、当改者改,万勿故作知音,强为解事,令观者当场喷饭,而群罪作俑之人,则湖上笠翁不任咎也。此言润泽枯槁,变易陈腐之事。予尝痛改《南西厢》,如《游殿》《问斋》《逾墙》《惊梦》等科诨,及《玉簪·偷词》《幽闺·旅婚》诸宾白,付伶工搬演,以试旧新,业经词人谬赏,不以点窜为非矣③。尚有拾遗补缺之法,未语同人,兹请并终其说。

旧本传奇,每多缺略不全之事、刺谬难解之情④。非前人故为破绽,留话柄以贻后人,若唐诗所谓"欲得周郎顾,时时误拂弦"⑤,乃一时照管不到,致生漏孔,所谓"至人千虑,必有一失"。此等空隙,全靠后人泥补,不得听其缺陷,而使千古无全文也。女娲氏炼石补天,天尚可补,况其他乎?但恐不得五色石耳。姑举二事以概之。赵五娘于归两月,即别蔡邕,是一桃夭新妇。算至公、姑已死,别墓寻夫之日,不及数年,是犹然一冶容诲淫之少妇也。身背琵琶,独行千里,即能自保无他,能免当时物议乎?张大公重诺轻财,资其困乏,仁人也,义士也。试问衣食名节,二者孰重?衣食不继则周之,名节所关则听之,义士仁人,曾若是乎?此等缺陷,就词人论之,几与天倾西北、地陷东南无异矣,可少补天塞地之人乎?若欲于本传之外,劈空添出一人送赵五娘入京,与之随身作伴,妥则妥矣,犹觉伤筋动骨,太涉更张。不想本传内现有一人,尽可用之而不用,竟似张大公止图卸肩,不顾赵五娘之去后者。其人为谁?着送钱米助丧之小二是也。《剪发》白云:"你先回去,我少顷就着小二送来。"则是大公非无仆从之人,何以吝而不使?予为略增数语,补此缺略,附刻于后,以政同心⑥。此一事也。

《明珠记》之《煎茶》,所用为传消递息之人者,塞鸿是也。塞鸿一男子,何以得事嫔妃?使宫禁之内,可用男子煎茶,又得密谈私语,则此事可为,何事不可为乎?此等破绽,妇人小儿皆能指出,而作者绝不经心,观者亦听其疏漏;然明眼人遇之,未尝不哑然一笑,而作无是公看者也⑦。若欲于本家之外,凿空构一妇人,与无双小姐从不谋面,而送进驿内煎茶,使之先通姓名,后说情事,便则便矣,犹觉生枝长节,难免赘语。不知眼前现有一妇,理合使之而不使,非特王仙客至愚,亦觉彼妇太忍。彼妇为谁?无双自幼跟随之婢,仙客现在作妾之人,名为采苹是也。无论仙客觅人将意,计当出此,即就采苹论之,岂有主人一别数年,无由把臂,今在咫尺,不图一见,普天之下有若是之忍人乎?予亦为正此迷谬,止换宾白,不易填词,与《琵琶》改本并刊于后,以政同心。又一事也。其余改本尚多,以篇帙浩繁,不能尽附。总之,凡予所改者,皆出万不得已,眼看不过,耳听不过,故为铲削不平,以归至当,非勉强出头,与前人为难者比也。凡属高明,自能谅其心曲。

插科打诨之语,若欲变旧为新,其难易较此奚止百倍。无论剧剧可增、出出可改,即欲隔日一新,逾月一换,亦诚易事。可惜当世贵人,家蓄名优数辈,不得一诙谐弄笔之人,为种词林萱草,使之刻刻忘忧。若天假笠翁以年,授以黄金一斗,使得自买歌童,自编词曲,口授而身导之,则戏场关目,日日更新,毡上诙谐,时时变相。此种技艺,非特自能夸之,天下人亦共信之。然谋生不给,遑问其他?只好作贫女缝衣⑧,为他人助娇,看他人出阁而已矣。

〔注释〕

①鸡皮三少:语出唐宇文士及《妆台记序》引春秋时谚:"夏姬得道,鸡皮三少。"意思是夏姬有驻颜的法术,三次变老,又三次重获青春。这里是指已故的女优们。

②前鱼不泣:典故出自《战国策·魏策四》,讲的是魏王与其男宠龙阳君钓鱼,龙阳君从钓到大鱼而想抛弃小鱼的行为,想到自己有朝一日也有可能像被抛弃的小鱼一样被魏王抛弃,忍不住流下泪来。后用"前鱼"比喻被遗弃、被淘汰的人或事物。这里说"前鱼不泣",是反用典故,比喻已

经去世的男优。

③点窜:修正字句。

④剌(là)谬:违背,悖谬。

⑤"欲得周郎顾"二句:语出唐李瑞《听筝》,全文为:"鸣筝金粟柱,素手玉房前。欲得周郎顾,时时误拂弦。"意思是因为想要得到周瑜的青睐,所以故意经常拨错琴弦。

⑥"《剪发》白云"句:原书此篇后附李渔《琵琶记·寻夫》改本和《明珠记·煎茶》改本,本书因篇幅原因从略。

⑦无是公:西汉司马相如《子虚赋》中虚构的人物,后来用它泛指虚构的人物。《史记·司马相如列传》:"无是公者,无是人也。"

⑧贫女缝衣:出自唐秦韬玉《贫女》:"蓬门未识绮罗香,拟托良媒益自伤。谁爱风流高格调,共怜时世俭梳妆。敢将十指夸针巧,不把双眉斗画长。苦恨年年压金线,为他人作嫁衣裳。"

〔译文〕

演新剧犹如看时文,妙在闻所未闻、见所未见;演旧剧如同看古董,妙在虽然身生后世,但眼睛可以对视前朝。然而古董的可爱之处,在于它的体质越存放越古朴、色相越变越奇特。比如铜器、玉器在当年不过是一个刮磨得光润晶莹的物件,等它经历年数多了,刮磨的痕迹完全没有了,光亮晶莹变成了斑驳的纹理,因此人人把它看作宝物,不是因为它本质像以前一样而宝贵,而是因为它能新善变而宝贵。假使它与当年没有区别,依然是一件刮磨得光润晶莹的物件,那么就和当今制造不久的物件没有区别了,为什么还要花十倍百倍的价格来购买它呢?旧剧的珍贵，也像这样。如今的戏院，购买一个新剧本，就因为它新，想要让它更加新奇，服饰奇怪妆容奇特，不遗余力；演到旧剧本，则千人一样，万人一辙，不求一点不同。观众像在听蒙童背书，只观赏戏曲的熟练，想寻求一个耳目一新的字都不能，那么就是古董便是古董，却没经过改色生斑，依然是一件刮磨得光莹的东西，我为何不选新造不久的观赏呢，还能觉得耳目一新，何必一定要当村中的学究，以听蒙童背书来取乐呢？

然而生斑变色，其中包含的哲理非常深刻，应当用什么办法来处理呢？我说：有办法。仍然是它的体质，改变它的丰度姿态，如同一个美人，而稍微更换衣服配饰，便足以令人改观，不等她改变形体容貌，就已经知道别是一番神情了。体质指什么呢？是戏曲中的唱词和关目。丰姿又是什么呢？是插科打诨和细微的说白。曲中的唱词和大段说白不能更改的原因，是古人既然费了一片心血，自然应当常留在天地之间，我和他有什么仇而想要使他埋没呢？况且当今的人肯定古代的事物、否定当代的事物，改变它只会带来讥笑，仍然保留它的主体，既能安慰作者的心，又能堵住现代人的嘴。插科打诨和细微的说白不可不变是因为：凡是人做的事，贵在见景生情，世道在变化，人心不是旧的，以前有以前的情态，现在有现在的情态，传奇的妙处在于入情。即使作者至今未死，也应当和世道变迁一起，自行转换语言，必然不做胶柱鼓瑟之类的违逆听众耳朵的事情。况且古人在脱稿之初，就觉得它新颖，一经传播，演过几次，就觉得听熟了的语言难以反复地听，即便在以前，也未必不自厌其繁，而想要务必去除陈旧的语言。我能用新词换旧剧本,加入进去世情三昧,虽观看的是旧剧,但又像是阅读新篇,岂不是作者的功臣?使得已经作古的女演员和男演员们地下有灵,歌功颂德还来不及,哪里忍心责备我改了他们的剧本呢?但必须点铁成金,不能画虎像狗。又必须选择其中可增加的地方增加、适合改动的地方改动,千万不能故作知音,故作行家,令观者当场喷饭,而全都追罪始作俑者,那么我湖上笠翁也难逃罪责了。这些是说润泽枯槁,改变陈腐滥言的事。我曾经痛改《南西厢》,如《游殿》《问斋》《逾墙》《惊梦》等剧本的科诨,以及《玉簪·偷词》《幽闺·旅婚》等剧的道白,交付给演员登台演出,来试探变旧为新,已经有词人谬赏,不以我修整字句为误。还有拾遗补缺的方法,没有说给志向相同的人,请允许我一气说完。

旧本的传奇,每每多有缺略不全、悖谬难解的情事。并非前人故意露出破绽,给后人留下话柄,像唐诗所说的"欲得周郎顾,时时误拂弦",而是一时照顾不周,导致产生漏洞,这就是所谓的"至人千虑,必有一失"。这种空隙,全靠后人弥补,不能听任缺陷存在,而使其千古没有全文。女娲氏炼石补天,天都可以补,何况其他的呢?怕的是找不到补天的五色石。姑且举两个事例来概括它。赵五娘出嫁两个月,就告别蔡邕,是一个年少美貌的新婚女子。算上公、婆去世,告别坟墓寻夫的日子,也没有几年,仍然是一个装饰妖艳而容易招致奸淫之事的少妇。她身背琵琶,独行千里,就算能自保无事,能避免当时的非议吗?张大公注重承诺、轻视财产,在她困顿时给予资助,是仁人义士。

演习部 | 83

试问衣食和名节,二者哪个更重要?衣食无法为继就周济她,跟名节有关的就放任不管,义士仁人,难道都是这样吗?这种缺陷,对词人来说,几乎和天倾西北、地陷东南没有差别,能缺少补天塞地的人吗?如果想在本传之外,凭空添上一个人送赵五娘入京,和她随身作伴,妥贴倒是妥贴,但依然觉得伤筋动骨,改变得太大。不想着本传里有现成的人,完全可以用,但是不用,竟然像张大公一样只图逃避责任,不管赵五娘的离开之后如何。这个人是谁?是送钱米帮助办理丧事的小二。《剪发》中的对白说:"你先回去,我少顷就着小二送来。"则是大公不是没有仆从的人,为什么怜惜而不用呢?我为它稍微增加几句话,补上这个空缺,附刻在后面,用以求证同道中人。这是一个例子。

《明珠记》的《煎茶》里,传递消息的人是塞鸿。塞鸿是一个男子,为什么能侍奉嫔妃呢?宫禁之内,如果能用男子煎茶,又能密谈私语,如果这种事可以做,还有什么事不能做呢?这种破绽,妇人和小孩子都能指出,而作者绝对没有用心,观众也听出了疏漏;然而明眼人遇到了,禁不住笑出声来,就当作没有这事一样看。如果想在本家之外,凭空构造一个妇人,与无双小姐从未谋面,而被送进驿中煎茶,让她先通报姓名,再说事情,简单是简单了,还是觉得生枝长节,难免多出无用的言语。不知眼前就有一个女子,理应使唤她而不使,不只是王仙客太愚笨,也让人觉得那位女子太狠心。那女子是谁?是自幼跟随无双的婢女,也是王仙客现在的妾,名叫采苹。先不说王仙客找人表达心意,应当先考虑她,即便就采苹而论,哪有与主人一别几年,没有机会亲近,如今近在咫尺,也不想见一面,普天之下有像她这样硬心肠的人吗?我也为此感到不解。只换宾白,不改填词,与《琵琶》改本并列到后面,用以求正同道中人。这是又一个例子。其余改本还有很多,因为篇帙浩繁,不能全都附在后面。总之,凡是我所改动的,都出于万不得已,眼睛看不过去,耳朵听不过去,所以为了铲削不平,以求更为适当,并不能与勉强出头、与前人为难的人相比。大概高明之人,自然能谅解我的想法。

插科打诨的话语,若想变旧为新,其难易程度与此相比何止百倍?且不说每个剧本都可增加,每出戏都可更改,即便想隔一天更新一次,每月换一次,也都是件容易的事。可惜当世贵人,家中蓄养很多名优,却没有一个会写诙谐文章的人,为其种植词林萱草,使其时时刻刻忘却忧愁。若上天借我笠翁几年时间,给我一斗黄金,让我自己买歌童,自己编词作曲,对他们言传身教,则戏场情节,每天都能更新,舞台上的诙谐,时时变更形式。这种技艺,并非是我自夸,天下的人也都相信。然而现在我连谋生都难以自足,哪有闲心做其他事?只好聊作贫女缝衣,为他人添助娇媚,看他人出嫁而已。

声容部

　　声容部是从审美角度对人外貌仪表、穿着打扮展开论述的。女子要注重仪表美和服饰美。仪表美又分为外在美和内在美，服饰美讲究简单精致、适合自己，若是做到这两点，即便不是国色天香，也是佳人一枚。声容部分包括选姿第一（内含肌肤、眉眼、手足、态度四款）、修容第二（内含盥栉、熏陶、点染三款）、治服第三（内含首饰、衣衫、鞋袜三款）、习技第四（内含文艺、丝竹、歌舞三款）。"选姿"部分讲人的外表美和内在美的问题。"修容"部分讲人修饰容貌时要注意的三个方面。"治服"部分讲服饰的相关问题，例如首饰不必太过烦琐、衣衫的选择要"相体裁衣"等。"习技"部分讲女子要循序渐进地识文，识文才能明理，同时要选择适合自己品性的丝竹乐器，能习歌舞。但是李渔在这一部中也发表了许多虚妄的、封建腐朽的观念和男权思想的看法。如认为人的肌肤的颜色与"父精""母血"有关，认为女子的足越小越瘦才美，认为女子熏香、习歌练舞是为了在男女之事上满足男子的欲望等，这些都是李渔的主观臆断，存有诸多不可取之处。不过，李渔详尽地发表了关于仪容美和服饰美的言论，穷尽各种角度，仍值得研究学习。

选姿第一

〔题解〕

　　"选姿"部分论述如何判断人长得美丽,从肌肤、眉眼、手足、态度四部分展开论述。在肌肤方面,李渔以白为贵,他认为"妇人本质,惟白最难"。且认为"多受父精而成胎者,其人之生也必白。父精母血交聚成胎,或血多而精少者,其人之生也必在黑白之间"。在今天看来,李渔关于肤色的判断并没有科学根据。在眉眼方面,李渔指出"相人必先相面。相面必先相目""目细而长者,秉性必柔;目粗而大者,居心必悍"等,李渔认为通过眼睛就能观察出一个人的内心或性情,颇有我们所说的"眼睛是心灵的窗户"之义,但并不绝对,不具有科学依据。在手足方面,李渔的有些论述可谓无稽之谈,带有旧时代的落后腐朽观念。例如李渔认为"手嫩者必聪,指尖者多慧",又如"瘦欲无形,越看越生怜惜,此用之在日者也;柔若无骨,愈亲愈耐抚摩,此用之在夜者也"。李渔在这里提到的"态度",指的是女子的"媚态"。媚态较颜色更加重要,但是媚态是天生的,且对于媚态的判断方法只能意会不可言传,这与我们如今说的"气质"一词意思相近,不失为女子容貌的一种加持。

　　"食色性也。"[1]"不知子都之姣者,无目者也。"[2]古之大贤择言而发,其所以不拂人情,而数为是论者,以性所原有,不能强之使无耳。人有美妻美妾而我好之,是谓拂人之性;好之不惟损德,且以杀身。我有美妻美妾而我好之,是还吾性中所有,圣人复起,亦得我心之同然,非失德也。孔子云:"素富贵,行乎富贵。"③人处得为之地,不买一二姬妾自娱,是素富贵而行乎贫贱矣。王道本乎人情,焉用此矫清矫俭者为哉?但有狮吼在堂④,则应借此藏拙,不则好之实所以恶之、怜之适足以杀之,不得以红颜薄命借口,而为代天行罚之忍人也。予一介寒生,终身落魄,非止国色难亲、天香未遇,即强颜陋质之妇,能见几人?而敢谬次音容,侈谈歌舞,贻笑于眠花藉柳之人哉!然而缘虽不偶,兴则颇佳;事虽未经,理实易谙,想当然之妙境,较身醉温柔乡者倍觉有情。如其不信,但以往事验之。楚襄王,人主也。六宫窈窕,充塞内庭;握雨携云,何事不有?而千古以下,不闻传其实事,止有阳台一梦,脍炙人口。阳台今落何处?神女家在何方?朝为行云,暮为行雨⑤,毕竟是何情状?岂有踪迹可考,实事可缕陈乎?皆幻境也。幻境之妙,十倍于真,故千古传之。能以十倍于真之事,谱而为法,未有不入闲情三昧者。凡读是书之人,欲考所学之从来,则请以楚国阳台之事对。

〔注释〕

①食色性也:饮食男女之事,是人的本性。语出《孟子·告子上》。

②"不知子都之姣者"二句:不认为子都美的人,都是没有眼睛的人。此句出自《孟子·告子上》。子都疑指春秋时期郑国的公孙阏。《诗经·郑风·山有扶苏》:"不见子都,乃见狂且。"《毛传》:"子都,世之美好者也。"可见春秋时期,子都就已经成为美男子的代名词。

③"素富贵"二句:出自《中庸》,大意是处于富贵的地位,就做富贵人应做的事。

④狮吼:亦作"河东狮吼",出自苏轼《寄吴德仁兼简陈季常》"忽闻河东狮子吼,拄杖落手心茫然",形容妻子十分凶悍。

⑤"阳台一梦"二句:指男女欢爱之事。典出宋玉《高唐赋》,楚襄王梦见临幸巫山神女,神女临别时说:"妾在巫山之阳,高丘之阻。且为朝云,暮为行雨。朝朝暮暮,阳台之下。"

〔译文〕

"食色性也"。"不知子都之姣者,无目者也"。古代的大贤者选择合适的话来发言,之所以不违背人情,反复这样论说,是因为本性原本就存在,不能强迫让它消失啊。别人有美丽的妻妾,我喜欢,这就叫作违背人的本性;喜欢她们不只是有损德誉,还有杀身之祸。我有美丽的妻妾并且我喜欢,这是还我本性所有,圣人重生,也会和我的本心一致,这不是失德。孔子说道:"素富贵,行乎富贵。"一个人处于富贵的境地,不买一两个姬妾用来自娱,这是虽处在富贵之中但行为却是贫贱的。王道本源

声容部 | 89

于人情,哪里用得着这样伪装清贫节俭呢?但是如果有"河东狮吼"的悍妇在家,就应该凭借它藏拙,不然的话喜欢她实际上就是厌恶她,爱怜她却足以让她受到伤害,不得以红颜薄命当作借口,而成为代天行罚的忍人。我是一介贫寒书生,终身落魄,不仅难以遇到和接近国色天香的美女,就算是强颜陋质的妇人也见不了几个,哪里敢荒谬地品评音容,谈论歌舞,岂不是让那些眠花宿柳的人耻笑!然而虽没有缘分偶见佳人,兴趣却颇深;虽没有亲身经历那些事,实则容易领会其中道理、想当然的妙境,比沉醉于温柔乡的人更觉有情。如果不相信,就用以往之事验证。楚襄王,一代人主。六宫美人,充满了他的内庭;男女欢合,什么事情没有经历过?然而千百年来,没有听到过他真实的艳事流传,只有阳台一梦脍炙人口。阳台如今坐落在什么地方?神女家在哪里?朝为行云,暮为行雨,到底是什么情形?可有踪迹可以考证、真实的事件可以一一陈述吗?都不过是幻境罢了。幻境比真实的事物美妙十倍,所以千古流传。能用比真实美妙十倍的幻境,把它们谱写下来而成为人们心中追寻的目标,没有不入闲情三昧的。凡是读这本书的人,想要考证这些学问从何处来,就请拿楚国阳台这件事来应答。

○肌肤

妇人妩媚多端,毕竟以色为主。《诗》不云乎"素以为绚兮"①?素者,白也。妇人本质,惟白最难。常有眉目口齿般般入画,而缺陷独在肌肤者。岂造物生人之巧，反不同于染匠，未施漂练之力，而遽加文采之工乎？曰：非然。白难而色易也。曷言乎难？是物之生，皆视根本，根本何色，枝叶亦作何色。人之根本维何？精也，血也。精色带白，血则红而紫矣。多受父精而成胎者，其人之生也必白。父精母血交聚成胎，或血多而精少者，其人之生也必在黑白之间。若其血色浅红，结而为胎，虽在黑白之间，及其生也，豢以美食，处以曲房②，犹可日趋于淡，以脚地未尽缁也。有幼时不白，长而始白者，此类是也。至其血色深紫，结而成胎，则其根本已缁，全无脚地可漂。及其生也，即服以水晶云母，居以玉殿琼楼，亦难望其变深为浅，但能守旧不迁，不致愈老愈黑，亦云幸矣。有富贵之家，生而不白，至长至老亦若是者，此类是也。知此，则知选材之法，当如染匠之受衣：有以白衣使漂者受之，易为力也；有白衣稍垢而使漂者亦受之，虽难为力，其力犹可施也；若以既染深色之衣，使之剥去他色，漂而为白，则虽什佰其工价，必辞之不受。以人力虽巧，难拗天工，不能强既有者而使之无也。

妇人之白者易相，黑者亦易相，惟在黑白之间者，相之不易。有三法焉：面黑于身者易白，身黑于面者难白；肌肤之黑而嫩者易白，黑而粗者难白；皮肉之黑而宽者易白，黑而紧且实者难白。面黑于身者，以面在外而身在内，在外则有风吹日晒，其渐白也为难；身在衣中，较面稍白,则其由深而浅,业有明征,使面亦同身,蔽之有物,其验亦若是矣,故易白。身黑于面者反此,故不易白。肌肤之细而嫩者,如绫罗纱绢,其体光滑,故受色易,退色亦易,稍受风吹,略经日照,则深者浅而浓者淡矣。粗则如布如毯,其受色之难十倍于绫罗纱绢,至欲退之,其工又不止十倍,肌肤之理亦若是也,故知嫩者易白,而粗者难白。皮肉之黑而宽者,犹绸缎之未经熨、靴与履之未经楦者[3],因其皱而未直,故浅者似深、淡者似浓,一经熨楦之后,则纹理陡变,非复曩时色相矣。肌肤之宽者,以其血肉未足,犹待长养,亦犹待楦之靴履,未经烫熨之绫罗纱绢,此际若此,则其血肉充满之后必不若此,故知宽者易白、紧而实者难白。

相肌之法,备乎此矣。若是,则白者、嫩者、宽者为人争取,其黑而粗、紧而实者遂成弃物乎?曰:不然。薄命尽出红颜,厚福偏归陋质,此等非他,皆素封伉俪之材[4]、诰命夫人之料也。

〔注释〕

①素以为绚兮:好像在洁白的质地上画着美丽的图案。今本《诗经·卫风·硕人》作:"巧笑倩兮,美目盼兮。"《论语·八佾》引为:"巧笑倩兮,美目盼兮,素以为绚兮。"清代王先谦认为第三句见于《鲁诗》。

②曲房:幽深的房子。

③楦(xuàn):撑大、填紧鞋子的中空部分。

④素封:无官爵封邑但财产丰厚的富人。语出《史记·货殖列传》:"今有无秩禄之奉,爵邑之入,而乐与之比者,命曰'素封'。"

[译文]

妇女妩媚多端,都是以肤色为主。《诗经》不是说"素以为绚兮"吗?素就是白。妇人的本质肤色,只有白为最可贵。有的人常常眉目口齿处处如画,却唯独在肌肤上有缺陷。这难道不是造物生人的巧妙,反而与染匠不同,没有施加漂练之力,而匆匆涂染色彩之工吗?我认为:不是这样。白色本身难而染色容易。为什么这么说呢?大凡事物的生长,都看根本,根本是什么颜色,枝叶就作什么颜色。人之根本是什么?是精,是血。精的颜色是白的,血的颜色则是红而紫的。受父亲的精多而形成胎形的,这个人生下来肌肤一定是白的。父精和母血交聚而形成胎形的,或者是血多而精少的,这个人生下来肌肤一定在黑白之间。倘若血的颜色是浅红色,结合后化为胎形,肤色虽在黑白之间,等到她生下来,用美食喂养她,让她住在幽静的内室,她的肤色就可以一天天淡下去,是她的质地还没完全染黑的缘故。有的人年幼时肌肤不白,长大了才开始变白,就是这种情况。至于血色深紫,结合而形成的胎儿,则是她的根本已经是黑的了,完全没有可以染漂的质地,等到她生下来,就算给她吃水晶云母,让她住玉殿琼楼,也难指望她的肤色由深变浅,只能保持这个状态不变,不至于年龄越大越黑,也可以说是幸事了。有的人生在富贵之家,生下来却不白,长大到老去都是这样,就是这种情况。明白了这个道理,就知道了选材的办法,应当和染匠接受客人的衣物一样:有拿来白衣让染匠漂染的,很容易办到;有白衣稍稍有点污垢拿来让染匠漂染的,也能接受,虽然费力,仍然有可以施力的地方;倘若是拿来已经染过深色的衣物,让染匠去除其他颜色,将其漂染成白色,那么即使出十倍百倍工钱,染匠一定推辞不接受。这是因为人力虽然巧妙,也难拗过天工,不能强迫让已有的东西消失。

  肌肤白嫩的妇女容易判断,肌肤黑的也容易判断,只有肌肤在黑白之间的妇女不容易判断。有三种方法:脸比身体肤色深的容易变白,身体比脸肤色深的很难变白;肌肤黑且嫩的容易变白,肌肤黑且粗的难以变白;皮肉黑且松弛的容易变白,皮肉黑且紧实的难以变白。脸比身体肤色深的,因为脸在外面露着而身体在衣服内不外露,在外面就会面对风吹日晒,渐渐变白也难;身体在衣服里,比脸稍稍白些,那么它由深变浅,已经有明确的征状,假如脸也同身体那样,有衣物遮蔽,结果也是这样,所以容易变白。身体比脸肤色深的正好相反,所以不容易变白。肌肤细嫩的人,像绫罗纱绢一样,它们质地光滑,所以容易染色,也容易褪色,稍微经受风吹日照,深色就会变浅、浓色就会变淡。肌肤粗糙的人就像粗布厚毯,它们染色比绫罗纱绢困难十倍,到想要把颜色褪掉的时候,需费的工时又十倍不止,肌肤的道理也是这样,所以我们知道皮肤细嫩的人容易变白,而皮肤粗糙的人难以变白。皮肉黑又松弛的人,就像绸缎没有经过熨烫、鞋子没有填紧一样,因为它们皱而不直,所以浅色像深色一样、淡色像浓色一样，一经熨烫填紧后，纹理一下就改变了，不再是以往时候的色相了。肌肤宽松的人，因为其血肉不足，还需要等待生长滋养，就像是等待填撑的鞋靴、没有经过熨烫的绫罗纱绢，现在是这样，等到血肉充满之后一定不是这样了，所以我们知道皮肤松弛的人容易变白、皮肤紧实的人难以变白。

判断肌肤的方法，这里都讲全了。若是这样，那么皮肤白嫩、松弛的人被人争相要，皮肤黑且粗糙、紧实的人难道就成了弃物了吗？我认为：不是这样。薄命都出于红颜，厚福偏属于丑女，这种女子大都是素封伉俪、诰命夫人的材料。

○眉眼

面为一身之主，目又为一面之主。相人必先相面，人尽知之；相面必先相目，人亦尽知，而未必尽穷其秘。吾谓相人之法，必先相心，心得而后观其形体。形体维何？眉、发、口、齿、耳、鼻、手、足之类是也。心在腹中，何由得见？曰：有目在，无忧也。察心之邪正，莫妙于观眸子，子舆氏笔之于书①，业开风鉴之祖。予无事赘陈其说，但言情性之刚柔、心思之愚慧。四者非他，即异日司花执爨之分途②，而狮吼堂与温柔乡接壤之地也③。目细而长者，秉性必柔；目粗而大者，居心必悍；目善动而黑白分明者，必多聪慧；目常定而白多黑少、或白少黑多者，必近愚蒙。然初相之时，善转者亦未能遽转，不定

声容部 | 95

者亦有时而定。何以试之？曰：有法在，无忧也。其法维何？一曰以静待动，一曰以卑瞩高。目随身转，未有动荡其身而能胶柱其目者；使之乍往乍来，多行数武，而我回环其目以视之，则秋波不转而自转，此一法也。妇人避羞，目必下视，我若居高临卑，彼下而又下，永无见目之时矣。必当处之高位，或立台坡之上，或居楼阁之前，而我故降其躯以瞩之，则彼下无可下，势必环转其睛以避我。虽云善动者动，不善动者亦动，而勉强自然之中，即有贵贱妍媸之别④，此又一法也。至于耳之大小、鼻之高卑、眉发之淡浓、唇齿之红白，无目者犹能按之以手，岂有识者不能鉴之以形？无俟哓哓⑤，徒滋繁渎。

眉之秀与不秀，亦复关系情性，当与眼目同视。然眉、眼二物，其势往往相因。眼细者眉必长，眉粗者眼必巨，此大较也，然亦有不尽相合者。如长短粗细之间，未能一一尽善，则当取长恕短，要当视其可施人力与否。张京兆工于画眉⑥，则其夫人之双黛，必非浓淡得宜、无可润泽者。短者可长，则妙在用增；粗者可细，则妙在用减。但有必不可少之一字，而人多忽视之者，其名曰"曲"。必有天然之曲，而后人力可施其巧。"眉若远山""眉如新月"，皆言曲之至也。即不能酷肖远山、尽如新月，亦须稍带月形、略存山意，或弯其上而不弯其下，或细其外而不细其中，皆可自施人力。最忌平空一抹,有如太白经天;又忌两笔斜冲,俨然倒书八字。变远山为近瀑,反新月为长虹,虽有善画之张郎,亦将畏难而却走。非选姿者居心太刻,以其为温柔乡择人,非为娘子军择将也。

〔注释〕

①子舆氏:即孟子,名轲,字子舆。此论断出自《孟子·离娄上》:"存乎人者,莫良于眸子。眸子不能掩其恶。胸中正,则眸子瞭焉;胸中不正,则眸子眊焉。听其言也,观其眸子,人焉廋哉?"

②司花执爨(cuàn):指女子两种不同的境地。司花即司花女,指管理百花等典雅活动的女子。执爨即司炊事,指从事烧火做饭等粗活的女子。

③狮吼堂、温柔乡:狮吼堂比喻女子嫉妒凶悍,温柔乡比喻女子体贴温柔。

④妍媸(chī):美好与丑恶。

⑤哓(xiāo)哓:此处指唠叨。

⑥张京兆:张敞,曾为京兆尹,人称张京兆。据《汉书·张敞传》记载其常"为妇画眉",后人用"张敞画眉"比喻夫妻感情好。

〔译文〕

脸是一身之主,眼睛又是一面之主。看人一定要先看脸,人们都知道这个道理;看一个人的脸一定要先看他的眼睛,人们也都是知道的,但未必能看破其中的秘密。我所说的看人的方法,一定先看内心,看懂了内心再去观察其形体。形体指的是什么?眉、发、口、齿、耳、鼻、手、足这类都是。心在肚子里,怎样能看得见呢？我说：有眼睛在，不用担忧。观察心的正邪，没有比看眼眸更好的了，孟子书中所写的，已经开创了鉴别眼眸的先河。我不是重复赘述他的观点，只是想谈情性的刚与柔、心思的愚蠢和智慧。这四种东西不是别的，是日后成为司花女还是执囊人区分的途径，是狮吼堂与温柔乡交接的地方。眼睛细而长的人，秉性一定是温柔的；眼睛粗而大的人，居心一定是凶悍的；眼睛善于转动并且黑白分明的人，一定多聪慧；眼珠常常不动并且白多黑少的人，或者眼珠白少黑多的，一定近乎愚蠢。然而一开始看眼睛的时候，善于转动眼珠的人或许没有快速转动，眼珠转动的人有时也会定住不动。如何去试探呢？我说：有办法，不用担忧。这方法是什么呢？一个是以静待动，一个是以低处瞩视高处。眼睛随着身体转动，没有身体摇晃却能使眼睛保持不动的人；让他来来回回多走几步，而我循环往复盯着其眼睛看，那么其眼中秋波不转也得转，这是一个办法。妇人害羞，眼睛一定向下看，我要是站在高处俯视低处，对方目光一味向下，就永远没有看见她眼睛的时候了。一定要让她站在高处，或者站在台坡上，或者站在楼阁前面，而我故意弯下身躯来注视她的眼睛，那么对方眼神就下无可下，一定会来回转动眼睛来躲避我。虽然说喜欢转动眼珠的人会动、不善于转动眼珠的人也动，但在勉强转动和自然转动之中，就有贵贱、美丑的分别了，这又是一个办法。至于耳朵的大小、鼻子的高低、眉毛头发的浓淡、唇齿的红与白，没有眼睛的人尚且能用手摸出来，难道有辨别能力的人不能通过形状鉴别出来吗？这方面不用我啰啰嗦嗦，徒增厌烦了。

眉毛秀不秀气,也与情性相关,应当与眼睛同样看待。然而眉、眼这两者,它们的长势往往相关。眼睛细的人眉毛一定长,眉毛粗的人眼睛一定大,大致是这样的,然而也有不全能对上的。比如长短粗细之间,不能尽善尽美,那么就该选取长处而忽略短处,要看能不能人为弥补。张京兆擅长画眉,那么他夫人的眉毛,一定不是浓淡相宜、没有可以润色的地方。眉毛短的可以描长,妙在运用延长的方法;眉毛粗的可以变细,妙在运用减少的方法。只有一个必不可少的字,但人们容易忽视它,就是"曲"。一定要先有天然的弯曲,后天才能人为施巧。"眉若远山""眉如新月",都在说弯曲得恰到好处。就算不能神似远山、都像新月那样,也需要稍微有点月的形状、稍微存点远山的意味,或是上面弯而下面不弯,或是外边细而中间不细,这些都可施加人力来修饰。眉毛最忌讳平空一抹,长得像太白星划过天空;也忌讳两笔斜着挑上去,长得俨然像倒写的八字一样。把远山变为近处的瀑布,将新月变为长虹,就算有擅长画眉的张京兆,也将会因畏惧困难而逃走。这不是挑选容貌的人居心苛刻,因为这是为温柔乡挑选美人,而不是为娘子军挑选将领啊。

修容第二

〔题解〕

"修容"就是"修饰",李渔认为凡是女子都要修饰一番,即使那些长相完美的人也要加以修饰。修容可以从以下三个方面着手：一为盥栉。也就是洗脸梳头。洗脸的方法一定是"濯垢务尽"。善于匀面的人要"先洁其巾"，且"拭面之巾，止供拭面之用"。至于梳头一事，更为精致，"善栉不如善篦""当以百钱买梳，千钱购篦""而梳之为物，则越旧越精"等，都是人们出于审美需要逐渐衍生出来的。二为熏陶。是从嗅觉和味觉上进行修饰，或是使用花露、香皂盥洗擦身，或是食用香茶、荔枝使口腔留香。但李渔认为女子使自己增香，多是为男人服务的，这就不免带有一些封建思想了，今人不能作如是观。三为点染。即涂脂抹粉。使用脂粉要做到浓淡相宜、调和无痕、富有层次，且不同部位的上妆方法略有不同。

　　妇人惟仙姿国色，无俟修容；稍去天工者，即不能免于人力矣。然予所谓"修饰"二字，无论妍媸美恶，均不可少。俗云"三分人材，七分妆饰"，此为中人以下者言之也。然则有七分人材者，可少三分妆饰乎？即有十分人材者，岂一分妆饰皆可不用乎？曰：不能也。若是，则修容之道不可不急讲矣。

　　今世之讲修容者，非止穷工极巧，几能变鬼为神，我即欲勉竭心神，创为新说，其如人心至巧，我法难工，非但小巫见大巫，且如小巫之徒，往教大巫之师，其不遭喷饭而唾面者鲜矣。然一时风气所趋，往往失之过当。非始初立法之不佳，一人求胜于一人，一日务新于一日，趋而过之,致失其真之弊也。"楚王好细腰,宫中皆饿死;楚王好高髻,宫中皆一尺;楚王好大袖,宫中皆全帛。"①细腰非不可爱,高髻大袖非不美观,然至饿死,则人而鬼矣。髻至一尺,袖至全帛,非但不美观,直与魑魅魍魉无别矣。此非好细腰、好高髻、大袖者之过,乃自为饿死、自为一尺、自为全帛者之过也。亦非自为饿死、自为一尺、自为全帛者之过,无一人痛惩其失,著为章程,谓止当如此,不可太过,不可不及,使有遵守者之过也。吾观今日之修容,大类楚宫之末俗,著为章程,非草野得为之事。但不经人提破,使知不可爱而可憎,听其日趋日甚,则在生而为魑魅魍魉者,已去死人不远,矧腰成一缕,有饿而必死之势哉!予为修容立说,实具此段婆心。凡为西子者,自当曲体人情,万毋遽发娇嗔,罪其唐突。

〔注释〕

①"楚王好细腰"六句:"楚王好细腰"其典故最早见于《墨子·兼爱》:"昔者楚灵王好士细要,故灵王之臣,皆以一饭为节,胁息然后带,扶墙然后起。比期年,朝有黧黑之色。"此几句化用《后汉书·马廖传》两段歌谣。

〔译文〕

妇人只有长得仙姿国色,才可不用修饰容颜;稍微距离天工美貌差一点的,就不能省去人力修饰了。然而我所说的"修饰"

二字，无论美丑都不能少。俗话说"三分人材，七分妆饰"，这是对中等偏下姿色的人说的。然而有七分姿色的人，可以省去那三分的妆饰吗？即使有十分姿色的人，怎么能一分的妆饰都不用呢？回答说：不能。如果是这样，那么修容的方法就不得不赶紧讲出来。

　　如今讲修容的人，不只是技艺非常精巧，几乎能把鬼变成神，我即使想要竭尽心力创立新说，可是他们的心思极为精巧，我的方法难以精致，不只是小巫见大巫，更像是小巫的徒弟去请教大巫的师父，遭到喷饭唾脸般羞辱也在所难免啊。然而受到一时风气趋向，往往犯了过当的错误。并不是一开始立的规矩不好，而是一人总想胜过一人，一日总要比一日新，迎合太过，导致犯了失真的毛病。"楚王喜欢细腰，宫中多有因节食而饿死的人；楚王喜欢高的髻子，宫中人都梳一尺高的髻子；楚王喜欢宽大的袖子，宫中人都穿全帛"。细腰不是不可爱，高髻、大袖不是不美观，然而导致饿死，人就变成鬼了。髻子高一尺，衣袖用全帛，不仅不美观，简直和魑魅魍魉没有区别了。这并不是喜欢细腰、喜欢高髻、大袖之人的过错，而是自己饿死自己、梳一尺高髻、穿全帛的人的过错。其实也不是自己饿死自己、梳一尺高髻、穿全帛的人的过错，而是没有一个人严厉惩罚他们的过错、创立章程、告诉他们只应当如此、不能太过、也不能不及、让大家可以遵守之人的过错。我看如今修饰容颜，大都像楚宫的旧俗，创立的章程，不是草野之人能做的事。只是没让人说破，让他们知道如今的修容不可爱反而可憎。任由这种现象日趋严重，那就是活着就已经成了魑魅魍魉,离死人不远了。况且腰成了一缕那么细,有一饿必死的态势啊!我为修容创立学说,实在是有这样的苦心,凡想要成为西施这样的美女的,自然应当体谅人情,千万不要突发娇嗔、怪罪我的唐突。

○盥栉

盥面之法,无他奇巧,止是濯垢务尽。面上亦无他垢,所谓垢者,油而已矣。油有二种,有自生之油,有沾上之油。自生之油,从毛孔沁出,肥人多而瘦人少,似汗非汗者是也。沾上之油,从下而上者少,从上而下者多,以发与膏沐势不相离①,发面交接之地,势难保其不侵。况以手按发,按毕之后,自上而下亦难保其不相挨擦,挨擦所至之处,即生油发亮之处也。生油发亮,于面似无大损,殊不知一日之美恶系焉,面之不白不匀,即从此始。从来上粉着色之地,最怕有油,有即不能上色。倘于浴面初毕、未经搽粉之时,但有指大一痕为油手所污,迨加粉搽面之后,则满面皆白而此处独黑,又且黑而有光,此受病之在先者也。既经搽粉之后,而为油手所污,其黑而光也亦然,以粉上加油,但见油而不见粉也,此受病之在后者也。此二者之为患,虽似大而实小,以受病之处止在一隅,不及满面,闺人尽有知之者。尚有全体受伤之患,从古佳人暗受其害而不知者,予请攻而出之。

从来拭面之巾帕，多不止于拭面，擦臂抹胸，随其所至；有腻即有油，则巾帕之不洁也久矣。即有好洁之人，止以拭面，不及其他，然能保其上不及发，将至额角而遂止乎？一沾膏沐，即非无油少腻之物矣。以此拭面，非拭面也，犹打磨细物之人，故以油布擦光，使其不沾他物也。他物不沾，粉独沾乎？凡有面不受妆，越匀越黑；同一粉也，一人搽之而白，一个搽之而不白者，职是故也。以拭面之巾有异同，非搽面之粉有善恶也。故善匀面者，必须先洁其巾。拭面之巾，止供拭面之用，又须用过即浣，勿使稍带油痕，此务本穷源之法也。

　　善栉不如善篦②，篦者，栉之兄也。发内无尘，始得丝丝现相，不则一片如毡，求其界限而不得，是帽也，非髻也；是退光黑漆之器，非乌云蟠绕之头也。故善蓄姬妾者，当以百钱买梳、千钱购篦。篦精则发精，稍俭其值，则发损头痛，篦不数下而止矣。篦之极净，便使用梳③。而梳之为物，则越旧越精。"人惟求旧，物惟求新"。古语虽然，非为论梳而设。求其旧而不得，则富者用牙，贫者用角。新木之梳，即搜根剔齿者，非油浸十日，不可用也。

　　古人呼髻为"蟠龙"。蟠龙者，髻之本体，非由妆饰而成。随手绾成，皆作蟠龙之势，可见古人之妆，全用自然，毫无造作。然龙乃善变之物，发无一定之形，使其相传至今，物而不化，则龙非蟠龙，乃死龙矣；发非佳人之发，乃死人之发矣。无怪今人善变，变之诚是也。但其变之之形，只顾趋新，不求合理；只求变相，不顾失真。凡以彼物肖此物，必取其当然者肖之，必取其应有者肖之，又必取其形色相类者肖之，未有凭空捏造、任意为之而不顾者。古人呼发为"乌云"、呼髻为"蟠龙"者，以二物生于天上，宜乎在顶。发之缭绕似云，发之蟠曲似龙，而云之色有乌云、龙之色有乌龙。是色也、相也、情也、理也，事事相合，是以得名，非凭捏造，任意为之而不顾者也。窃怪今之所谓"牡丹头""荷花头""钵盂头"，种种新式，非不穷新极异，令人改观，然于当然应有、形色相类之义，则一无取焉。人之一身，手可生花，江淹之彩笔是也④；舌可生花，如来之广长是也⑤；头则未见其生花，生之自今日始。此言不当然而然也。发上虽有簪花之义，未有以头为花，而身为蒂者；钵盂乃盛饭之器，未有倒贮活人之首，而作覆盆之象者，此皆事所未闻，闻之自今日始。此言不应有而有也。群花之色，万紫千红，独不见其有黑。设立一妇人于此，有人呼之为"黑牡丹""黑莲花""黑钵盂"者，此妇必艴然而怒⑥，怒而继之以骂矣。以不喜呼名之怪物，居然自肖其形，岂非绝不可解之事乎？吾谓美人所梳之髻，不妨日异月新，但须筹为理之所有。理之所有者，其象多端，然总莫妙于

声容部 | 105

云、龙二物。仍用其名而变更其实,则古制新裁,并行而不悖矣。勿谓止此二物,变来有限,须知普天下之物,取其千态万状,越变而越不穷者,无有过此二物者矣。龙虽善变,犹不过飞龙、游龙、伏龙、潜龙、戏珠龙、出海龙之数种。至于云之为物,顷刻数迁其位,须臾屡易其形,"千变万化"四字,犹为有定之称,其实云之变相,"千万"二字,犹不足以限量之也。若得聪明女子,日日仰观天象,既肖云而为髻,复肖髻而为云,即一日一更其式,犹不能尽其巧幻、毕其离奇,矧未必朝朝变相乎?若谓天高云远,视不分明,难于取法,则令画工绘出巧云数朵,以纸剪式,衬于发下,俟栉沐既成,而后去之,此简便易行之法也。云上尽可着色,或簪以时花,或饰以珠翠,幻作云端五彩,视之光怪陆离。但须位置得宜,使与云体相合,若其中应有此物者,勿露时花珠翠之本形,则尽善矣。肖龙之法:如欲作飞龙、游龙,则先以己发梳一光头于下,后以假髢制作龙形[7],盘旋缭绕,覆于其上。务使离发少许,勿使相粘相贴,始不失飞龙、游龙之义,相粘相贴则是潜龙、伏龙矣。悬空之法,不过用铁线一二条,衬于不见之处,其龙爪之向下者,以发作线,缝于光发之上,则不动矣。戏珠龙法,以髢作小龙二条,缀于两旁,尾向后而首向前,前缀大珠一颗,近于龙嘴,名为"二龙戏珠"。出海龙亦照前式,但以假髢作波浪纹,缀于龙身空隙之处,皆易为之。是数法者,皆以云、龙二物分体为之,是云自云而龙自龙也。予又谓云、龙二物势不宜分,"云从龙,风从虎"⑧,《周易》业有成言,是当合而用之。同用一髢,同作一假,何不幻作云、龙二物,使龙勿露全身,云亦勿作全朵,忽而见龙,忽而见云,令人无可测识,是美人之头,尽有盘旋飞舞之势,朝为行云,暮为行雨,不几两擅其绝,而为阳台神女之现身哉?噫!笠翁于此搜尽枯肠,为此髻者,不可不加尸祝⑨。天年以后,倘得为神,则将往来绣阁之中,验其所制,果有裨于花容月貌否也。

〔注释〕

①膏沐:古代妇女润发的油脂。

②栉(zhì):梳子。笓:密齿梳子。

③使便用梳:芥子园本作"使便用梳",翼圣堂本作"始便用梳",今从芥子园本。

④江淹之彩笔:据《南史·江淹传》载,江淹年少时,梦得神人授以五色笔,故文采俊发。后以"江淹笔"比喻杰出的文才。

⑤如来之广长:比喻善于言辞。典出《法华经》:"现大神力,出广长舌,上至梵世。"

⑥艴(bó)然:生气的样子。

⑦髢(bì):假发。

⑧"云从龙"二句:出自《周易·乾》卦,意思大致是云从龙而起,风由

声容部 | 107

虎而生。

⑨尸祝:出自《庄子·逍遥游》:"庖人虽不治庖,尸祝不越樽俎而代之矣。"尸祝,指祭祀时主读祝文的人,在这里为崇拜之意。

[译文]

洗脸的方法,没有其他奇巧的,只是务必要洗干净污垢。脸上也没有别的污垢,所谓污垢,就是油而已。油分为两种,有自身滋生出来的油,有沾上的油。自己滋生出来的油,从毛孔沁出来,胖人滋生得多,瘦人少,像汗又不是汗的东西就是油。沾上的油,从下到上的少,从上到下的多,因为头发和润发油一定离不开,头发与脸相交的地方,一定难以保证不沾上油。况且用手按摩头发,按摩完后,自上而下也同样难保证它们不互相摩擦,摩擦到的地方,就是滋生油脂发亮的地方。生油发亮,对脸来说似乎没有什么大损害,殊不知这关系到一天的美丑,脸部不白不均匀,就从这里开始。上粉着色的地方,最怕有油脂,有的话就不能上色。倘若刚洗完脸、还没搽粉的时候,却有一块被油手弄脏的手指大小的污痕,等到用粉搽脸之后,满脸都变白了,只有这一处是黑的,而且又黑又有光,这是在搽粉之前就有的毛病。在搽粉后,脸被油手弄脏,黑又有光也是这样,因为是在粉上添了油污,只能看见油却看不见粉,这是在搽粉之后才有的毛病。这两者犯的毛病,虽然看似很大实际上却很小,因为犯的毛病都只在一小处,没有波及全脸,女人们都是知道的。还有伤及全体的毛病,从古到今佳人们都暗受其害却浑然不知,请让我把它揭示出来。从古以来擦脸的手巾,大多都不只是用来擦脸,擦臂抹胸,随身体游走;有黏腻的地方就有油,那么手巾早就不干净了。即便有爱干净的人,只用手巾来擦脸,不擦其他地方,然而能保证擦拭的时候上面不沾到头发,将要到额角就停止呢?一沾上润发油,就不是没有油脂的物件了。用它来擦脸,就不是擦脸,而像是打磨细物的人,之所以用油布把物件擦光滑,就是为了让它不沾染其他物品。不沾染其他物品,只能沾染粉吗?凡是脸部不上妆,就会越涂越黑;同样是搽粉,一人搽上变白了,另一个搽上却不白,正是这个缘故。是因为擦脸的手巾有区别,而不是涂脸脂粉有好坏的区别。所以擅长搽脸的人,必须先清洁手巾。擦脸的手巾,只做擦脸用,并且需要用过就洗,不要让它带一点油脂,这就是最根本的方法。

善于用梳子不如善于用篦子,篦子是梳子的兄长。头发里没有灰尘,才能使一根根头发丝显现,不然的话就像是一片毛毡,分不清界限,那是帽子,不是发髻;是失去光泽漆黑的器物,不是乌云蟠绕的头。所以喜欢蓄养姬妾的人,应当用少量的钱买梳子,多数钱购买篦子。篦子精巧头发就精巧,稍稍节俭买的篦子便宜了,就会损伤头发招致头痛,篦子梳了没几下就得停了。篦子梳得很干净了,再用梳子梳。而梳子这个东西,却是越旧越好。"人惟求旧,物惟求新",古语虽然这样讲,但不是为梳子作此言论的。如果搜求不到旧梳子,富有的人会用象牙,贫穷的人用动物的角。新木头做的梳子,挑剔讲究的人,不用油浸泡十天的话是不能用的。

古人把发髻叫作"蟠龙"。蟠龙就是发髻原本的样子,不是靠妆饰形成的。随手盘起来,就完全是蟠龙的态势,可见古人的妆,全靠自然,毫无造作。然而龙是善变的动物,发须没有固定的形状,能让发髻形状相传至今,没有变化,那么龙就不是蟠龙,而是死龙;头发也不是佳人的头发,是死人的头发。无须责怪如今的人们善变,善变是应该的。但是变化它们的形状,只顾着追求新鲜,不顾及它的合理性;只追求改变状态,不顾及失真。凡是用别的东西比喻这个东西,一定要选取恰当的去比喻,一定要选取应有的去比喻,又一定要选取形与色相似的去比喻,没有凭空捏造、任意去做不管不顾的。古人称头发为"乌云",称发髻为"蟠龙",是因为这二者生在天上,适合于头顶。头发缭绕像云,头发蟠曲像龙,而云的颜色有乌云,龙的颜色有乌龙。这是颜色、外形、情、理,事事都相贴合,由此得名,不是凭空捏造,任意去做不管不顾的。我疑惑现在所说的"牡丹头""荷花头""钵盂头",各种新的样式,不是不追求新奇,令人改观,而是对于依理应有、形与色相似的意思,一个都没有选取啊。人的一身,手可以生花,是江淹手中的彩笔;舌头可以生花,是如来的广长舌;头却没有瞧见生花的,如果有生花的,就是从现在开始的。这是说没有依理去比喻的。头发上虽然可以簪花,却没有以头为花,以身为蒂的;钵盂是盛饭的器皿,却没有倒着放活人的头并且做成覆盖着盆的样子的,这些事都闻所未闻,从今天开始才听说。这是说没有依理去比喻。百花的颜色万紫千红,唯独不见有黑色的花。假使一个妇人站在这里,有人称呼她为"黑牡丹""黑莲花""黑钵盂",这位妇人一定会勃然大怒,大怒之后接着大骂。因为不喜欢称名的怪物，居然还要比喻它们的形状，难道不是绝对不可理解的事情吗？我认为美人所梳的发髻，应该日新月异，但是必须得是符合事理的。有情理的事物，它的景象变化多端，然而总是没有妙过云和龙这两个事物的。仍然使用它的名字却变更它的本质，那就是用古制变新花样，二者并行不悖。不要说只有云和龙这两个事物变化是有限的，须知普天下的事物，选取他们的千态万状，越变越没有穷尽的，没有胜过这两个事物的。龙虽然善于变化，仍然不过是飞龙、游龙、伏龙、潜龙、戏珠龙、出海龙这几种。至于云，顷刻间多次变换它的位置，须臾之间多次改变形状，"千变万化"四个字，还是有定数的称呼，其实云的变化，"千万"两个字，仍然不足以形容它。若有聪明的女子，天天仰头观天象，既仿效云来梳发髻，又仿效发髻幻化成云，即便一天更换一种样式，仍不能将巧幻和离奇用尽，况且并不是天天变换样式呢？如果说天高云远，看不清楚，难以仿效，那么让画工画出几朵巧云来，用纸剪下式样，衬在头发下面，等到沐浴梳理完头发后，把它去掉，这是简便可操作的方法。巧云上可以尽情着色，或是簪上时兴的花朵，或是用珠翠修饰，幻化成五彩祥云，看起来光怪陆离。但位置一定要得当，要让它们与云体相结合，仿佛其中就应该有这些东西，不要展露时花珠翠原本的形态，这样就尽善尽美了。仿效龙的方法，假如想要做飞龙、游龙的样式，那么就先把自己的头发梳成一个光滑的发型用作底型，再用假发制成龙的形状，将假发盘旋缭绕覆盖在自己的头发上。一定让假发稍微离开一点头发，不要让他们粘连在一

声容部 | 111

起,才能不失去飞龙或游龙的意蕴,粘连在一起的那就是潜龙和伏龙了。假发悬空的方法,不过是用一两根铁线,衬在看不见的地方,把朝下的龙爪,用头发作绳线,缝在光滑的头发上,假发就固定不动了。做戏珠龙的方法,是用假发做两条小龙,点缀在两边,龙尾在后龙头在前,前面缀上一颗大珠,靠近龙嘴的地方,叫作"二龙戏珠"。仿效出海龙可以照搬前面的式样,只需用假发做成波浪纹的形状,点缀在龙身上有空隙的地方,这都容易做到。这几种方法,都是把云和龙分别制作,所以云是云、龙是龙。我又说云、龙二物不适合分开来,"云从龙,风从虎",《周易》已有这样的话,所以应当合起来用。同样是使用一顶假发,同样是制作一顶假发,为什么不变幻成云和龙这两种事物,让龙不要露出全身、云也不要制作整朵,一会儿见龙,一会儿见云,让人没法辨识,这美人的头发,尽有盘旋飞舞的态势,早晨行云,夜间行雨,这不正是云和龙二者擅长的绝活,就像是阳台神女现身了吗?唉,我李笠翁在此苦思冥想,梳这种发髻的人,不能不对我心生崇拜。我死之后,倘若能够修成神仙,那时我将往来行走在绣阁中,检验她们所制作的发髻,是否真的有益于修饰花容月貌。

○熏陶

名花美女,气味相同,有国色者,必有天香。天香结自胞胎,非由熏染,佳人身上实实有此一种,非饰美之词也。此种香气,亦有姿貌不甚娇艳,而能偶擅其奇者。

总之一有此种，即是夭折摧残之兆，红颜薄命未有捷于此者。

有国色而有天香，与无国色而有天香，皆是千中遇一，其余则熏染之力不可少也。其力维何？富贵之家，则需花露。花露者，摘取花瓣入甑①，酝酿而成者也。蔷薇最上，群花次之。然用不须多，每于盥浴之后，挹取数匙入掌②，拭体拍面而匀之。此香此味，妙在似花非花，是露非露，有其芬芳，而无其气息，是以为佳，不似他种香气，或速或沉，是兰是桂，一嗅即知者也。

其次则用香皂浴身、香茶沁口，皆是闺中应有之事。皂之为物，亦有一种神奇，人身偶染秽物，或偶沾秽气，用此一擦，则去尽无遗。由此推之，即以百和奇香拌入此中，未有不与垢秽并除、混入水中而不见者矣，乃独去秽而存香，似有攻邪不攻正之别。皂之佳者，一浴之后，香气经日不散，岂非天造地设，以供修容饰体之用者乎？香皂以江南六合县出者为第一，但价值稍昂，又恐远不能致，多则浴体，少则止以浴面，亦权宜丰俭之策也。至于香茶沁口，费亦不多，世人但知其贵，不知每日所需，不过指大一片，重止毫厘，裂成数块，每于饭后及临睡时以少许润舌，则满吻皆香，多则味苦，而反成药气矣。凡此所言，皆人所共知，予特申明其说，以见美人之香不可使之或无耳。

别有一种,为值更廉,世人食而但甘其味,嗅而不辨其香者,请揭出言之:果中荔子,虽出人间,实与交梨、火枣无别③,其色国色,其香天香,乃果中尤物也。予游闽粤,幸得饱啖而归,庶不虚生此口,但恨造物有私,不令四方皆出。陈不如鲜,夫人而知之矣。殊不知荔之陈者,香气未尝尽没,乃与橄榄同功,其好处却在回味时耳。佳人就寝,止啖一枚,则口脂之香,可以竟夕,多则甜而腻矣。须择道地者用之,枫亭是其选也。人问:沁口之香,为美人设乎?为伴美人者设乎?予曰:伴者居多。若论美人,则五官四体皆为人设,奚止口内之香。

〔注释〕

①甑(zèng):古代做饭用的一种陶器。
②挹(yì):舀,把液体盛出来。
③交梨、火枣:指道教经书中所说的"仙果"。语出《真诰·运象二》:"玉醴金浆,交梨火枣,此则腾飞之药,不比于金丹也。"

〔译文〕

名花和美女,气味相同,倾国容貌的美人,一定有天然的香气。天然的香气在胎中就结成了,不是由熏染形成的,佳人身上确实有一种天然的香气,这不是夸赞她们的话。这种香气,有些姿色容貌不是很出色的好,也能拥有这种奇香。总之,一旦有这种天香,就是夭折摧残的前兆,红颜薄命没有比这个更快捷的了。

　　有倾国容貌也有天然香气的，和没有倾国容貌而有天然香气的，都是千里挑一，剩下的就不能缺少熏染的力量了。这个力量是什么？富贵之家，需要花露。花露是摘取花瓣放进陶器里酝酿而成的。蔷薇是最好的，其他各种花次之。然而使用花露不需要多，每次洗浴后，舀取几勺在掌心，擦拭身体拍打面部涂抹上。这种香味，妙在似花不是花，是露又不是露，有花的芬芳，又没有花的气息，因此才是好的，不像别的香气，要么迅速蒸发，要么牢牢附着，是兰花还是桂花，一闻就知道了。

　　其次则是用香皂沐浴身体、香茶漱口，都是闺房中应该有的事。香皂这个东西，也有一种神奇的效用，人身上沾染污秽之物，或者是沾染污秽之气，用它一擦，就会去除无痕。由此推理出，用各种香料混合拌在香皂中，没有不和污秽一起去除、混在水中消失不见的，而是去除污秽留有余香，似乎有攻邪不攻正的区别。好的香皂，一次沐浴之后，香气经久不散，这难道不是天造地设、专门供修饰容颜美化身体的人用的吗？香皂以江南六合县出产的为第一，但价格稍贵，又怕六合县太远不容易买到，所以如果多就用来洗身体，少就只能用来洗脸，也是根据情况调整丰俭的办法。至于香茶沁在口中，耗费的也不多，世人只知道香茶贵重，却不知道每天需要的，不过是指甲那么大一片，也只有毫厘的重量，分成几块，每次在饭后和睡前含上一点用来润舌，满口都是香味；含的多了味道苦，反而成了药的味道了。凡是这里所说的，都是人所共知的，我特别申明这种说法，是因为美人的香味不能让它丢掉了。

还有一种，价钱更低，世人吃了只知道它的味道甜美，光靠闻却辨别不出它的香气，就让我揭示出来：水果中的荔枝，虽然出自人间，其实和道教经书中所说的仙果没有差别，它称得上国色，也是天香，是水果中的尤物。我去游历闽粤一带，有幸得以饱尝而归，这才不白长了这张嘴。但遗憾的是造物者存有私心，不能让各地都盛产荔枝。变质的荔枝不如新鲜的，这是人们都知道的。殊不知变质的荔枝，香气并没有尽数散去，和橄榄有同样的功效，它的好处是在回味的时候体现的。佳人准备上床睡觉，只吃一颗，就口齿生香，可以保留一整夜，吃多了就会感到甜腻了。需要选择地道的荔枝食用，枫亭出产的荔枝是一个好选择。有人问：沁口的香气，是为美人专设的吗？还是为陪伴美人的人设立的呢？我说：为陪伴的人而设这种可能居多。若是论起美人来，那么她们的五官和四体都是为人们设立的，又哪里只是口齿生香这一桩呢。

治服第三

〔题解〕

这部分谈论着装问题，李渔提出"衣以章身"，即衣服和人的地位、身份、形貌是相互印证的。在"首饰"部分，李渔提出佩戴首饰的好处是"增娇益媚"，但是不可"见金而不见人"。且

"戴珠顶翠之事",戴一个月就足够,寻常日子应佩戴一簪一珥,也可以用鲜花装饰鬓发。李渔对用作装饰的鲜花的颜色和品类、簪子的颜色、材质和形貌以及耳环的大小、形状等都做了说明。"衣衫"部分谈论服装,李渔对此提出很多看法,如:"妇人之衣,不贵精而贵洁,不贵丽而贵雅,不贵与家相称,而贵与貌相宜。"首饰与衣服相得益彰,更能衬出佳人的美貌。要"相体裁衣",可以根据皮肤的颜色、肌肤的状况等具体分析等。李渔还概括了衣服颜色的流行趋向,指出衣服的颜色以青色为最好。除了说明衣服的审美问题外,还注意到衣服的实用性,衣服的设计不能"缠身碍足",也不能"拘挛桎梏"。但谈起"鞋",更多谈的是审美功能,脚大之人借鞋子藏拙,脚小之人借鞋子将玉足修饰得更娇小,不注重实用性和舒适度,"鞋用高底。使小者愈小,瘦者越瘦,可谓制之尽美又尽善者矣"。这反映的是从南唐李后主时代开始的畸形变态审美观念。

古云:"三世长者知被服,五世长者知饮食。"[①]俗云:"三代为宦,着衣吃饭。"古语今词,不谋而合,可见衣食二事之难也。饮食载于他卷,兹不具论,请言被服一事。寒贱之家,自羞褴褛,动以无钱置服为词,谓一朝发迹,男可翩翩裘马,妇则楚楚衣裳。孰知衣衫之附于人身,亦犹人身之附于其地。人与地习,久始相安,以极奢极美之服,而骤加俭朴之躯,则衣衫亦类生人,常有不服水土之患。宽者似窄,短者疑长,手欲出而袖使之藏,

声容部 | 117

项宜伸而领为之曲,物不随人指使,遂如桎梏其身。"沐猴而冠"为人指笑者②,非沐猴不可着冠,以其着之不惯,头与冠不相称也。此犹粗浅之论,未及精微。

"衣以章身"③,请晰其解。章者,著也,非文采彰明之谓也。身非形体之身,乃智愚贤不肖之实备于躬,犹"富润屋,德润身"之身也④。同一衣也,富者服之章其富,贫者服之益章其贫;贵者服之章其贵,贱者服之益章其贱。有德有行之贤者,与无品无才之不肖者,其为章身也亦然。设有一大富长者于此,衣百结之衣⑤,履踵决之履⑥,一种丰腴气象,自能跃出衣履之外,不问而知为长者。是敝服垢衣,亦能章人之富,况罗绮而文绣者乎?丐夫菜佣窃得美服而被焉,往往因之得祸,以服能章贫,不必定为短褐,有时亦在长裾耳。"富润屋,德润身"之解,亦复如是。富人所处之屋,不必尽为画栋雕梁,即居茅舍数椽,而过其门、入其室者,常见荜门圭窦之间⑦,自有一种旺气,所谓"润"也。公卿将相之后,子孙式微,所居门第未尝稍改,而经其地者,觉有冷气侵人,此家门枯槁之过,润之无其人也。

从来读《大学》者,未得其解,释以雕镂粉藻之义。果如其言,则富人舍其旧居,另觅新居而加以雕镂粉藻;则有德之人亦将弃其旧身,另易新身而后谓之心广体胖乎?甚矣!读书之难,而章句训诂之学非易事也。予尝以此论见之说部⑧,今复叙入《闲情》。噫!此等诠解,岂好闲情、作小说者所能道哉?偶寄云尔。

〔注释〕

①"三世长者知被服"二句:出自曹丕《诏群臣》,意思是只有连续经历三五代的富贵传承,才能真正懂得被服、饮食方面的讲究。

②沐猴(hóu)而冠:出自《史记·项羽本纪》:"人言楚人沐猴而冠耳;果然。"

③衣以章身:出自《左传·闵公二年》:"衣,身之章也;佩,衷之旗也。"后称服饰为章身之具。

④"富润屋"二句:出自《礼记·大学》:"富润屋,德润身,心广体胖。故君子必诚其意。"意思是财富可以修饰房屋,道德可以修饰身心。

⑤百结:用碎布缀成的衣服。

⑥踵决:鞋跟破裂。

⑦荜门圭窦:贫苦人家的简陋住所。荜门,柴门。圭窦,小门,凿壁为门,上尖下方,形状如圭。

⑧说部:指古代小说、笔记、杂著一类书籍,这里指李渔所著小说《十二楼》。

〔译文〕

古话说:"三世长者知被服,五世长者知饮食。"俗话说:"三代为官,穿衣吃饭。"古今语句不谋而合,可见衣和食这两件事有多难!饮食记载在其他卷里,这里不具体论述,请让我谈论衣服这些事。贫寒的人家,自认为衣衫褴褛很羞耻,动不动就以没钱添置衣服为说辞，说有朝一日有钱了，男子可以风度翩翩、穿裘骑马，女子可以楚楚衣冠。有谁知道衣衫穿在人身上，就像是人依附于他生长的地方一样。人与这片土地处得久了，开始相安，把极其奢美的衣服突然加在俭朴的身躯上，那么衣衫也和刚来的生人一样，常常有不服水土的毛病。衣服宽却好像是窄的，衣服短却好像是长的，手想要伸出去但袖子却让手藏起来，脖子适合伸出来而衣领却让脖子蜷缩着，外物不受人指使，就像是桎梏加在人身上一样。"沐猴而冠"被人指点嘲笑的原因，不是猕猴不能戴帽子，是因为它戴着不习惯，头和帽子不相称。这仍是粗浅的论说，没有触及到精微之处。

这里详细解释一下"衣以章身"。章，是彰显的意思，不是文采彰明的意思。身不是指形体的那个"身"，而是包含智与愚、贤与不肖于一身，就像"富润屋，德润身"的"身"一样。同一件衣服，富人穿起来能彰显他的富庶，穷人穿起来越发显露他的贫穷；贵人穿起来能彰显他的贵气，低贱的人穿起来越发显露他的低贱。对于有德有行的贤者，和无品无才的不肖之人，彰显其身也是一样。设想有一个富有的长者在这里，穿着用碎布缀成的衣服，脚穿鞋跟破裂的鞋子，但他有一种丰腴的气象，自然能跳出衣服外，不用问就知道是位富贵长者。所以说破旧的衣服，也能彰显人的富贵，何况是丝绸和绣花的衣服呢？乞丐、仆人偷来好衣服穿，往往因此引来灾祸，因为衣服能显露贫苦，不一定是粗布衣衫，有时长袍也能体现出来。"富润屋，德润身"的意思，也是这样。富人居住的屋子，不必都是雕梁画栋，即使居住在几间茅舍里,路过他门口、进他房间的人,常见陋室之内,自然具有一种旺气,这就是所谓的"润"。公卿将相的后人,子孙由盛转衰,所居住的地方和以前一样没有一点改变,而路过此地的人,会感觉有冷气侵入,这是家门枯槁的原因,没有人去润泽它的缘故。

古往今来读《大学》的人,没有真正理解这句话的意味,将它解释成修饰房屋的意思。果真如其所说,那么富人舍弃他的旧居,另寻新的住处而加以刻意修饰;那么有德行的人也将舍弃他原身,再换一个新身,然后叫它心宽体胖吗?读懂书可太难了,因为章句训诂的学问并不容易。我曾经把此番见解写进小说,现在又把它归到《闲情偶寄》里了。唉,这样的解释,哪里是喜欢闲情、写小说的人能说明白的?偶作寄托罢了。

○首饰

珠翠宝玉,妇人饰发之具也,然增娇益媚者以此,损娇掩媚者亦以此。所谓增娇益媚者,或是面容欠白,或是发色带黄,有此等奇珍异宝覆于其上,则光芒四射,能令肌发改观,与玉蕴于山而山灵、珠藏于泽而泽媚同一理也。若使肌白发黑之佳人满头翡翠、环鬓金珠,但见金而不见人,犹之花藏叶底、月在云中,是尽可出头露面之人,而故作藏头盖面之事。巨眼者见之,犹能略迹求真,谓其美丽当不止此,使去粉饰而全露天真,还不知如何妩媚；使遇皮相之流，止谈妆饰之离奇，不及姿容之窈窕，是以人饰珠翠宝玉，非以珠翠宝玉饰人也。故女子一生，戴珠顶翠之事，止可一月，万勿多时。所谓一月者，自作新妇于归之日始，至满月卸妆之日止。只此一月，亦是无可奈何。父母置办一场，翁姑婚娶一次，非此艳妆盛饰，不足以慰其心。过此以往，则当去桎梏而谢羁囚，终身不修苦行矣。一簪一珥，便可相伴一生。此二物者，则不可不求精善。富贵之家，无妨多设金玉犀贝之属，各存其制，屡变其形，或数日一更，或一日一更，皆未尝不可。贫贱之家，力不能办金玉者，宁用骨角，勿用铜锡。骨角耐观，制之佳者，与犀贝无异，铜锡非止不雅，且能损发。

簪珥之外，所当饰鬟者，莫妙于时花数朵，较之珠翠宝玉，非止雅俗判然，且亦生死迥别。《清平调》之首句云："名花倾国两相欢。"①欢者，喜也。相欢者，彼既喜我，我亦喜彼之谓也。国色乃人中之花，名花乃花中之人，二物可称同调，正当晨夕与共者也。汉武云："若得阿娇，贮之金屋。"②吾谓金屋可以不设，药栏花榭则断断应有③，不可或无。富贵之家如得丽人，则当遍访名花，植于阃内，使之旦夕相亲，珠围翠绕之荣不足道也。晨起簪花，听其自择。喜红则红，爱紫则紫，随心插戴，自然合宜，所谓两相欢也。寒素之家，如得美妇，屋旁稍有隙地，亦当种树栽花，以备点缀云鬟之用。他事可俭，此事独不可俭。妇人青春有几，男子遇色为难。尽有公侯将相、富室大家，或苦缘分之悭，或病中宫之妒，欲亲美色而毕世不能。我何人斯，而擅有此乐，不得一二事娱悦其心，不得一二物妆点其貌，是为暴殄天物，犹倾精米洁饭于粪壤之中也。

即使赤贫之家，卓锥无地，欲艺时花而不能者，亦当乞诸名园，购之担上。即使日费几文钱，不过少饮一杯酒，既悦妇人之心，复娱男子之目，便宜不亦多乎？更有俭于此者，近日吴门所制像生花④，穷精极巧，与树头摘下者无异，纯用通草⑤，每朵不过数文，可备月余之用。绒绢所制者，价常倍之，反不若此物之精雅，又能肖真。而时人所好，偏在彼而不在此，岂物不论美恶、止论贵贱乎？噫！相士用人者，亦复如此，奚止于物。

吴门所制之花，花像生而叶不像生，户户皆然，殊不可解。若去其假叶而以真者缀之，则因叶真而花益真矣。亦是一法。

时花之色，白为上，黄次之，淡红次之，最忌大红，尤忌木红。玫瑰，花之最香者也，而色太艳，止宜压在鬓下，暗受其香，勿使花形全露，全露则类村妆，以村妇非红不爱也。

花中之茉莉，舍插鬓之外，一无所用。可见天之生此,原为助妆而设,妆可少乎？珠兰亦然。珠兰之妙,十倍茉莉,但不能处处皆有,是一恨事。

予前论髻,欲人革去"牡丹头""荷花头""钵盂头"等怪形,而以假髮作云、龙等式。客有过之者,谓："吾侪立法,当使天下去赝存真,奈何教人为伪？"予曰："生今之世,行古之道,立言则善,谁其从之？不若因势利导,使之渐近自然。"妇人之首,不能无饰,自昔为然矣。与其饰以珠翠宝玉,不若饰之以髮。髮虽云假,原是妇人头上之物,以此为饰,可谓还其固有,又无穷奢极靡之滥费,与崇尚时花、鄙黜珠玉,同一理也。予岂不能为高世之论哉？虑其无裨人情耳。

簪之为色,宜浅不宜深,欲形其发之黑也。玉为上,犀之近黄者、蜜蜡之近白者次之,金银又次之,玛瑙琥珀皆所不取。簪头取象于物,如龙头、凤头、如意头、兰花头之类是也。但宜结实自然,不宜玲珑雕斫；宜与发相依附,不得昂首而作跳跃之形。盖簪头所以压发,服贴为佳,悬空则谬矣。

饰耳之环,愈小愈佳,或珠一粒,或金银一点,此家常佩戴之物,俗名"丁香",肖其形也。若配盛妆艳服,不得不略大其形,但勿过丁香之一倍二倍。既当约小其形,复宜精雅其制,切忌为古时络索之样。时非元夕,何须耳上悬灯？若再饰以珠翠,则为福建之珠灯、丹阳之料丝灯矣。其为灯也犹可厌,况为耳上之环乎?

〔注释〕

①名花倾国两相欢:出自李白《清平调词三首·其三》:"名花倾国两相欢,常得君王带笑看。"

②"若得阿娇"二句:《汉武故事》记载,汉武帝四岁时曾说,如果能娶表姐阿娇为妻,会造金屋给她住。后有成语"金屋藏娇"。

③药栏:种了药草的小园子。花榭:鲜花映衬下的亭台楼阁。

④吴门:指苏州或苏州一带。像生花:人造花。

⑤通草:植物名,可以入药。

〔译文〕

珠翠宝玉,是妇人装饰头发的东西,然而它们能增益娇媚,也能减损娇媚。所谓增益娇媚,或是脸色不够白,或是头发颜色带黄,有这样的奇珍异宝戴在头上,就能光芒四射,能令肌肤头发有所改观,和玉藏在山中山会有灵气、珠藏在沼泽之中沼泽会发光是一个道理。倘若让肌肤白净、头发乌黑的佳人满头翡翠、鬓上挂满金珠,只见金却不见人,就像花藏在叶子底下、月藏在云中,完全可以出头露面的人,却故意做藏头盖面的事情。有慧眼的人见了,仍能略过痕迹追求真实,说她的美丽应当不止于此,假如去掉粉饰露出真容,还不知是怎样妩媚呢;如果遇到肤浅的人,只是谈论妆饰的离奇,不谈姿色容貌的窈窕,那么这就是以人来装饰珠翠宝玉,而不是珠翠宝玉装饰人了。所以女人的一生,戴珠宝翠玉这种事,只能戴一个月,千万不要时间太长。

所谓的一个月,是从新娘嫁过来那天开始算起,到满月卸下妆面的时候为止。只戴这一个月,也是无可奈何。自己父母置办一场,公婆迎娶一次,不用这样的盛情妆扮,不足以宽慰长辈的心。过了婚娶以后,就应该卸去桎梏、摆脱羁绊,终身不再修炼这戴满头珠宝的苦事了。一个簪子一副耳环,便可以相伴一生。这两样东西,不能不追求精善。富贵的人家,不妨多准备些金玉犀贝之类的,各种款式的都存一些,勤变换造型,或是几天一更换,或是一天一更换,都不是不可以。贫贱的人家,财力不足以置办金玉的,宁可用骨角,不要用铜锡。骨角耐看,制造得好的,与犀贝没有什么两样,铜锡不但不雅致,并且还损伤头发。

簪子、耳环之外,可以用来修饰发髻的,没有比几朵时令鲜花更妙的了,与珠翠宝玉比较起来,不仅仅是雅与俗分明,生机与死板也是迥然不同。《清平调》的首句写道:"名花倾国两相欢。"欢,是喜的意思。相欢,是说对方喜欢我,我也喜欢对方。国色是人中之花,名花是花中之人,二者可称得上是同调,应当朝夕与共。汉武帝说:"若得阿娇,贮之金屋。"我说可以不设立金屋,药栏花榭却是绝对应有,不可或缺的。富贵人家若是得了佳人,则应该遍访名花,种植在闺房内,让佳人与花朝夕相处,此时珠围翠绕的荣耀就不值得说了。清早起来戴花,任由佳人自己选择。喜欢红色就戴红花,喜爱紫色就戴紫花,随心插花佩戴,花与人自然相配,这就是所谓的"两相欢"。清寒贫素的人家,若是得了貌美的女子,房屋旁边稍稍有空余的地方,也应该种树栽花,用来给女子点缀云鬓用。其他事情可以节俭,唯独这件事不能节俭。女子的青春有几时？男子也难得遇到美色。总有一些公侯将相、富贵世家，或是苦于缺乏缘分，或是害怕正室妒忌，想要亲近美色却终生不能亲近。我是何人，却独享此乐，不拿一两件事来使美人开心，不拿一两件物品来妆饰她们的容貌，就是暴殄天物，就像把精致干净的米饭倾倒在粪土中一样。

即使是一贫如洗的人家，家里无立锥之地，想要种植时令鲜花却不能的，也应当向各种名园请求，购买担上的花朵。即使每天花费几文钱，不过是少喝一杯酒，既愉悦了妇人的身心，也娱乐了男子的眼睛，好处不也很多吗？还有比这更节俭的，最近苏州一带制作的人造花，极其精巧，和刚从树枝上摘下的花朵没有什么差别，全部用通草制成，每朵不过几文钱，可以用一月有余。绒绢制成的花，价格通常要加倍，反而不如用通草制成的花精美雅致，又有逼真的效果。可当下人们所喜欢的，偏偏是绒绢做的花而不是通草做的花，难道物品不注重美丑，只注重贵贱吗？唉，相看贤士选用人才，也是这样，哪里是只对物品这样呢。

苏州一带制作的人造花，花朵像真的，叶子却不像真的，家家都如此，实在不能理解。如果把假叶子去掉而把真叶子缀上，那么因为叶子是真的，花也显得更真了。这也是一个办法。

时令鲜花的颜色，白色为上，黄色次之，淡红色再次之，最忌讳大红色，尤其忌讳木红色。玫瑰是花里最香的，但颜色太过浓艳，只适合压在发髻下面，暗暗感受它的香味，不要把花全部露在外面，全露出来就像是村姑的妆容，因为村姑只喜欢红色。

花中的茉莉，除了把它插在鬓角以外，没有一点儿用处。可见上天造出茉莉来,原本是为帮助化妆设立的,怎么能少了化妆呢?珠兰花更是这样。珠兰花比茉莉妙十倍,却不能到处都种植珠兰花,这是一件遗憾的事。

我以前谈论发髻,想要人们舍掉"牡丹头""荷花头""钵盂头"等奇形怪状的式样,用假发做成云和龙等等式样。有客人路过我这儿,说:我辈创立法度,应当让天下去伪存真,为什么教人去作假呢?我说:生在如今的社会,施行古人之道,立论是好的,可谁听从呢?不如因势利导,使人们渐渐接近自然。妇人的头上不能没有饰品,向来就是这样。与其用珠翠宝玉装饰头部,不如用假发去装饰它。假发虽说是假的,但原本也是妇人头上的东西,用它来装饰,可以说是恢复固有的样子,又没有穷奢极靡的浪费,和崇尚时令鲜花、鄙视珠翠宝玉是同一个道理。我难道不能高谈阔论吗?只是念在它于人情全无益处罢了。

簪子的颜色,宜浅不宜深,为的是衬托头发的乌黑。玉是最好的,接近黄色的犀角、接近白色的蜜蜡次之,再次是金银,玛瑙和琥珀都不可取。簪头的样子仿的是物的形象,比如龙头、凤头、如意头、兰花头之类的。但以结实自然为好,不应该雕刻得玲珑;应该与头发相互依附,不应该一仰头就做出跳跃的形状。本来簪头是用来压制头发的,最好是服帖的,悬空起来就不对了。

装饰耳朵的耳环,越小越好,或是珠子一颗,或是金银一点,这种家常佩戴的物品,俗名叫作"丁香",是因为仿效丁香的形状。若是搭配华丽的妆容和衣服,就不得不稍大一点,但不要超过丁香一两倍。既应该缩小耳环的形状,也应该制作得精巧雅致一点,切忌制成古时候一连串的样子。又不是元宵节,何须在耳朵上悬挂灯笼呢?若是再装饰上珠翠,就成了福建的珠灯、丹阳的料丝灯了。这种灯就够让人厌烦的了,何况是耳朵上的耳环呢?

○衣衫

妇人之衣,不贵精而贵洁,不贵丽而贵雅,不贵与家相称,而贵与貌相宜。绮罗文绣之服,被垢蒙尘,反不若布服之鲜美,所谓贵洁不贵精也。红紫深艳之色,违时失尚,反不若浅淡之合宜,所谓贵雅不贵丽也。贵人之妇,宜披文采;寒俭之家,当衣缟素,所谓与人相称也。然人有生成之面,面有相配之衣,衣有相配之色,皆一定而不可移者。今试取鲜衣一袭,令少妇数人先后服之,定有一二中看、一二不中看者,以其面色与衣色有相称、不相称之别,非衣有公私向背于其间也。使贵人之妇之面色,不宜文采而宜缟素,必欲去缟素而就文采,不几与面为仇乎?故曰不贵与家相称,而贵与面相宜。大约面色之最白最嫩,与体态之最轻盈者,斯无往而不宜。色之浅者显其淡,色之深者愈显其淡;衣之精者形其娇,衣之粗者愈形其娇。此等即非国色,亦去夷光、王嫱不远矣[①],然当世有几人哉?稍近中材者,即当相体裁衣,不得混施色相矣。

相体裁衣之法，变化多端，不应胶柱而论，然不得已而强言其略，则在务从其近而已。面颜近白者，衣色可深可浅；其近黑者，则不宜浅而独宜深，浅则愈彰其黑矣。肌肤近腻者，衣服可精可粗；其近糙者，则不宜精而独宜粗，精则愈形其糙矣。然而贫贱之家，求为精与深而不能，富贵之家欲为粗与浅而不可，则奈何？曰：不难。布苎有精粗深浅之别，绮罗文采亦有精粗深浅之别，非谓布苎必粗而罗绮必精、锦绣必深而缟素必浅也。绸与缎之体质不光、花纹突起者，即是精中之粗、深中之浅；布与苎之纱线紧密、漂染精工者，即是粗中之精、浅中之深。凡予所言，皆贵贱咸宜之事，既不详绣户而略衡门②，亦不私贫家而遗富室。盖美女未尝择地而生，佳人不能选夫而嫁，务使得是编者人人有裨，则怜香惜玉之念，有同雨露之均施矣。

迩来衣服之好尚，有大胜古昔，可为一定不移之法者，又有大背情理，可为人心世道之忧者，请并言之。其大胜古昔，可为一定不移之法者，大家富室，衣色皆尚青是已（青非青也，元也。因避讳，故易之③）。记予儿时所见，女子之少者尚银红、桃红，稍长者尚月白。未几而银红、桃红皆变大红，月白变蓝，再变则大红变紫，蓝变石青。迨鼎革以后④，则石青与紫皆罕见，无论少长男妇,皆衣青矣,可谓"齐变至鲁,鲁变至道"⑤,变之至善而无可复加者矣。其递变至此也,并非有意而然,不过人情好胜,一家浓似一家,一日深于一日,不知不觉,遂趋到尽头处耳。然青之为色,其妙多端,不能悉数。但就妇人所宜者而论,面白者衣之,其面愈白,面黑者衣之,其面亦不觉其黑,此其宜于貌者也。年少者衣之,其年愈少,年老者衣之,其年亦不觉甚老,此其宜于岁者也。贫贱者衣之,是为贫贱之本等,富贵者衣之,又觉脱去繁华之习,但存雅素之风,亦未尝失其富贵之本来,此其宜于分者也。他色之衣,极不耐污,略沾茶酒之色,稍侵油腻之痕,非染不能复着,染之即成旧衣。此色不然,惟其极浓也,凡淡乎此者,皆受其侵而不觉;惟其极深也,凡浅乎此者,皆纳其污而不辞,此又其宜于体而适于用者也。贫家止此一衣,无他美服相衬,亦未尝尽现底里,以覆其外者色原不艳,即使中衣敝垢,未甚相形也;如用他色于外,则一缕欠精,即彰其丑矣。富贵之家,凡有锦衣绣裳,皆可服之于内,风飘袂起,五色灿然,使一衣胜似一衣,非止不掩中藏,且莫能穷其底蕴。诗云"衣锦尚䌹"⑥,恶其文之著也。此独不然,止因外色最深,使里衣之文越著,有复古之美名,无泥古之实害。二八佳人,如欲华美其制,则青上洒线,青上堆花,较之他色更显。反复求之,衣色之妙,未有过于此者。后来即有所变,亦皆举一废百,不能事事咸宜,此予所谓大胜古昔,可为一定不移之法者也。

至于大背情理,可为人心世道之忧者,则零拼碎补之服,俗名呼为"水田衣"者是已⑦。衣之有缝,古人非好为之,不得已也。人有肥瘠长短之不同,不能像体而织,是必制为全帛,剪碎而后成之,即此一条两条之缝,亦是人身赘瘤,万万不能去之,故强存其迹。赞神仙之美者,必曰"天衣无缝",明言人间世上,多此一物故也。而今且以一条两条、广为数十百条,非止不似天衣,且不使类人间世上,然则愈趋愈下,将肖何物而后已乎?推原其始,亦非有意为之,盖由缝衣之奸匠,明为裁剪,暗作穿窬⑧,逐段窃取而藏之,无由出脱,创为此制,以售其奸。不料人情厌常喜怪,不惟不攻其弊,且群然则而效之。毁成片者为零星小块,全帛何罪,使受寸磔之刑⑨?缝碎裂者为百衲僧衣,女子何辜,忽现出家之相?风俗好尚之迁移,常有关于气数,此制不昉于今,而昉于崇祯末年。予见而诧之,尝谓人曰:"衣衫无故易形,殆有若或使之者,六合以内,得无有土崩瓦解之事乎?"未几而闯氛四起,割裂中原,人谓予言不幸偶中。方今圣人御世,万国来归,车书一统之朝,此等制度,自应潜革。倘遇同心,谓刍荛之言⑩,不甚訾谬,交相劝谕,勿效前辙,则予为是言也,亦犹鸡鸣犬吠之声,不为无补于盛治耳。

云肩以护衣领，不使沾油，制之最善者也。但须与衣同色，近观则有，远视若无，斯为得体。即使难于一色，亦须不甚相悬。若衣色极深，而云肩极浅，或衣色极浅，而云肩极深，则是身首判然，虽曰相连，实同异处，此最不相宜之事也。予又谓云肩之色，不惟与衣相同，更须里外合一，如外色是青，则夹里之色亦当用青；外色是蓝，则夹里之色亦当用蓝。何也？此物在肩，不能时时服贴，稍遇风飘，则夹里向外，有如飓吹残叶、风卷败荷，美人之身不能不现历乱萧条之象矣。若使里外一色，则任其整齐颠倒，总无是患。然家常则已，出外见人，必须暗定以线，勿使与服相离，盖动而色纯，总不如不动之为愈也。

妇人之妆，随家丰俭，独有价廉功倍之二物，必不可无。一曰半臂，俗呼"背褡"者是也⑪；一曰束腰之带，欲呼"鸾绦"者是也⑫。妇人之体，宜窄不宜宽，一着背褡，则宽者窄，而窄者愈显其窄矣。妇人之腰，宜细不宜粗，一束以带，则粗者细，而细者倍觉其细矣。背褡宜着于外，人皆知之；鸾绦宜束于内，人多未谙。带藏衣内，则虽有若无，似腰肢本细，非有物缩之使细也。

裙制之精粗，惟视折纹之多寡。折多则行走自如，无缠身碍足之患；折少则往来局促，有拘挛桎梏之形。

折多则湘纹易动,无风亦似飘飖;折少则胶柱难移,有态亦同木强。故衣服之料,他或可省,裙幅必不可省。古云:"裙拖八幅湘江水。"⑬幅既有八,则折纹之不少可知。予谓八幅之裙,宜于家常;人前美观,尚须十幅。盖裙幅之增,所费无几,况增其幅,必减其丝。惟细縠轻绡可以八幅十幅⑭,厚重则为滞物,与幅减而折少者同矣。即使稍增其值,亦与他费不同。妇人之异于男子,全在下体。男子生而愿为之有室,其所以为室者,只在几希之间耳。掩藏秘器,爱护家珍,全在罗裙几幅,可不丰其料而美其制、以贻采葑采菲者诮乎⑮?近日吴门所尚"百裥裙",可谓尽美。予谓此裙宜配盛服,又不宜于家常,惜物力也。较旧制稍增,较新制略减,人前十幅,家居八幅,则得丰俭之宜矣。吴门新式,又有所谓"月华裙"者,一裥之中,五色俱备,犹皎月之现光华也,予独怪而不取。人工物料,十倍常裙,暴殄天物,不待言矣,而又不甚美观。盖下体之服,宜淡不宜浓,宜纯不宜杂。予尝读旧诗,见"飘飏血色裙拖地""红裙妒杀石榴花"等句⑯,颇笑前人之笨。若果如是,则亦艳妆村妇而已矣,乌足动雅人韵士之心哉?惟近制"弹墨裙",颇饶别致,然犹未获我心,嗣当别出新裁,以正同调。思而未制,不敢轻以误人也。

〔注释〕

①夷光:一般指春秋时期越国美女西施。王嫱:指西汉美女王昭君。

②绣户:这里指富户。衡门:简陋的房屋,这里应指贫寒的人家。

③此处为李渔自注。元色即玄色,即青黑色,因避清圣祖玄烨讳,改玄为元。

④鼎革:指改朝换代。

⑤"齐变至鲁"二句:出自《论语·雍也》:"齐一变,至于鲁;鲁一变,至于道。"大意是齐国的政治一经变革,便可达到鲁国的样子;鲁国一有变革,就可以达到合乎大道的境界。

⑥衣锦尚䌹:出自《礼记·中庸》:"《诗》曰'衣锦尚䌹',恶其文之著也。"䌹是一种半透明的薄纱,古代有修养的人穿华美的衣服时,外罩薄纱以淡化耀眼的花纹。

⑦水田衣:又名百衲衣、斗背褡,指用各色零碎布料拼接而成的衣服,因色彩互相交错形如水田,故名。

⑧穿窬(yú):通过钻洞和爬墙进行偷窃的行为,这里仅指偷窃。

⑨寸磔(zhé):古代的一种酷刑,碎解肢体,斩成许多小段。

⑩刍荛(ráo):草野鄙陋,是讲话者的谦辞。

⑪背褡:指背心、马甲。

⑫鸾绦:束腰的带子。

⑬裙拖八幅湘江水:语出唐李群玉《同郑相并歌姬小饮戏赠》:"裙拖六幅湘江水,鬓耸巫山一段云。"

⑭縠(hú):绉纱一类的丝织品。绡:用生丝织成的绸子。

⑮采葑(fēng)采菲:出自《诗经·邶风·谷风》:"采葑采菲,无以下体。"葑即蔓菁,叶和根、茎都可食。诗意谓采者不可只要叶子不要根。

声容部 | 135

⑯飘飐血色裙拖地：出自宋代僧惠洪《秋千》。红裙妒杀石榴花：出自唐代万楚《五日观妓》。

〔译文〕

妇人的衣服，不贵在精巧而贵在洁净，不贵在华丽而贵在典雅，不贵在与身家相称，而贵在与相貌相宜。丝绸绣花的衣服沾上灰尘，反而不如布帛衣服鲜美了，这就是所谓的衣服贵在洁净而不是贵在精巧。像红色、紫色这种深艳的色彩，违逆了时尚，反而不如浅淡的衣服合适，这就是所谓的衣服贵在雅致而不是贵在华丽。富贵人家的妇人，适合穿华美的衣服；贫寒节俭的人家，应当穿素色的衣服，这就是所谓的衣服与人相称。然而人有天生的面庞，面容有与之相配的衣服，衣服有相配的颜色，这些都是有定数的不能转移。如今试着取来一套新衣服，让几个少妇先后穿上，一定有一两个中看的、一两个不中看的，是因为面色与衣服颜色有相称和不相称的区别，不是衣服有私心向着其中的某一个人。假如富贵人家妇人的面色，不适合华服而适合素服，却坚持要去除素服让她穿华服，不是几近与面容为仇吗？所以说不贵在与身家相称，而贵在与面容相配。大概面色最白最嫩、体态最轻盈的人，穿什么都不会不合适。衣服颜色浅的显出妇人的淡雅，衣服颜色深的愈发显出妇人的淡雅；衣服精巧的显出妇人的娇态，衣服粗陋的愈发显出妇人的娇态。这等妇人即便不是国色，也离西施、王昭君不远了，然而当今世上有几个这样的人呢？稍微接近中等身材的，应当量体裁衣，不能混着施用色相。

量体裁衣的方法变化多端，不应该死板地论说，然而不得已强行说个大概，那就要追求其相近而已。面部颜色较白的人，衣服颜色深或浅都可以；面部颜色较黑的人，就不适合浅色只适合深色，浅色愈发彰显面部黑。肌肤较为细腻的人，衣服精巧或是粗陋都可以；肌肤比较粗糙的人，就不适合精巧的衣服只适合粗陋的衣服，精巧的衣服愈发显得其肌肤粗糙。然而贫贱的人家，不能追求衣服精深，富贵的人家想要追求粗浅也不可以，这要怎么办呢？回答说：不难。苎麻布有精细粗陋、颜色深浅的区别，丝绸绣花也有精细粗陋、颜色深浅的区别，不是说苎麻布一定是粗陋的而丝绸一定是精致的，也不是说锦绣一定颜色深而素服一定颜色浅。绸缎中质量不光滑、花纹突起的，就是精致物品中的粗陋者，一众深色中的浅色；苎麻布中纱线紧密、漂染精细的，就是粗陋物品中的精品、一众浅色中的深色。凡是我说的，都是贵贱相宜的事情，既不对富贵人家说得详尽也不忽略贫寒人家，更不偏袒贫贱人家而遗漏富贵人家。只因为美女无法选择地方出生，佳人也不能挑选夫婿出嫁，一定要让读这本书的人都受益，那么我这怜香惜玉的念头也没有白费，就像雨露均沾了一样。

近来衣服的风尚，大大超过从前，能成为固定不移的原则，也有十分违背情理、能成为人心世道的忧患的，请让我一并说了吧。那些大大超过从前的，能成为固定不移的原则的，都是富贵的大家族，衣服颜色都崇尚青黑色。记得我儿时见到的，少女崇尚银红色、桃红色，年龄稍大些的崇尚月白色。没过几年崇尚银红色、桃红色的,都变成了崇尚大红色,崇尚月白色变为崇尚蓝色。再变化就是从崇尚大红色变为崇尚紫色,崇尚蓝色变为崇尚石青色了。等到改朝换代之后,石青色与紫色都很少见了,无论是年少还是年长的男子妇人,都穿青黑色衣服,可以说是"齐变至鲁,鲁变至道"了,变成最好的就不能再增加什么了。崇尚的衣服颜色递变到如此地步,并不是有意为之,不过是人生来就好胜,一家比一家强烈,一天比一天深重,不知不觉就走到了尽头罢了。然而青黑色这个颜色妙处有很多,难以详尽地叙述出来。但按照女人适宜来说,脸白的人穿上青黑色衣服,脸色愈发白皙,脸黑的人穿青黑色衣服也不觉得脸黑,这说明它与容貌相宜。年龄小的人穿青黑色衣服,显得愈发年少,年老的人穿青黑色衣服也不觉得年龄很大,这说明它与年龄相宜。贫贱的人穿青黑色衣服,这是贫贱的本色,富贵的人穿青黑色衣服,又觉得卸去了繁华的风气,只存留着典雅朴素的风气,也没有失掉他们本来的富贵,这说明它与身份相宜。其他颜色的衣服,极其不耐脏,稍微沾点茶、酒的颜色,稍微沾点油腻的痕迹,不漂染不能复原,但漂染了的话就成了旧衣服。青黑色却不是这样,因为它极其浓厚,凡是比它淡的颜色,都是沾上一点却感觉不到;因为它的颜色够深,凡是比它颜色浅的,都能够包容这些污渍,这说明青黑色衣服适合穿也适合别作用途。清贫的人家只有这一种衣服,没有其他的华美衣服做衬,也没有显现底色,是因为覆在外面的衣服颜色原本不艳丽,即使穿在里面的衣服破旧不干净,也显露不出来;如果把其他颜色的衣服穿在外面,那么有一点点不够精细就彰显出丑来。富贵的人家，凡是有锦绣华服的，都可以穿在里面，风吹起衣袖，里面的华服五光十色，一件衣服的美丽胜过一件，不只是掩饰不住里面的衣服，而且没法穷尽衣服底色。《诗经》说"衣锦尚䌹"，这是为了避免锦衣花纹的显露。这里却独独不是这样，只因为外面穿的衣服颜色最深，使得里面的衣服花纹更显著，有复古的美名，却没有拘泥古代说法、墨守成规的实际害处。十六岁的妙龄少女，如果想要衣服华美，就在青黑色上洒线、堆花，相较其他颜色更为明显。思考再三，衣服颜色没有比青黑色更妙的了。后来即使有所变化，也都是举一废百，不能事事相宜，这就是我所说的大大超过从前，能成为固定不移的原则。

至于十分违背情理、能成为人心世道的忧患的，就是那种零碎拼接起来的衣服，俗称为"水田衣"的。衣服有缝，不是古人喜欢这样，而是不得已。人有高低胖瘦的不同，不能照着人的体型去织布，那么一定是制成全帛，剪碎然后制成衣服，这些一条两条的缝，也像是人身上的瘤，万万不能把它去掉，所以勉强留存着痕迹。称赞神仙的美丽，一定会说"天衣无缝"，明确说出人间世上多出这么一物的缘故。然而如今从一两条缝，增扩成几十几百条缝，非但不像天衣，而且也不像人间世上的衣服，然而这样愈演愈烈，将要仿效什么东西后才能停止呢？推断这种"水田衣"的起始，也不是有意为之，大概是由缝制衣服的狡猾工匠，名义上是裁剪，实则暗地偷布料，一段段偷藏起来，没法销赃，创立了这种缝制方法，来售卖赃物。不承想人之常情都厌恶平庸喜欢怪异，不但不攻击它的弊病，反而是群起而效仿它。把成片的衣服毁成零星的小块，全帛有什么罪呢，却受到分解的酷刑？把碎裂的布块缝成僧人的百衲衣，女子又有什么罪呢，忽然之间就显现出出家人的样子来？风俗时尚的变迁，常常与气数相关，这种制度不是现在才有的，而是开始于崇祯末年。我见到后很惊诧，曾对人说："衣衫无故被改变形状，可能有什么在指使着，天地之间，有什么土崩瓦解的事发生吗？"没过多长时间，闯王起义，战乱四起，割裂了中原，人们说我的话不幸言中了。如今圣人治理天下，万国归附，车轨书文统一的时代，这种制度，自然应该更正。倘若遇到志同道合的人，说我这些鄙陋的言论不是很荒谬，相互劝告不要效仿这种制衣方法，那么我说的这些话，也像是鸡鸣犬吠的声音，也不算是对盛世治理毫无益处了。

云肩是保护衣领的，不让衣领沾到油，它是一种非常完善的发明。但必须与衣服一个颜色，近看是有的，远看像没有一样，这才得体。即使难做到与衣服一个颜色，也需要相差不是很多的。如果衣服颜色很深、云肩颜色很浅，或者是衣服颜色很浅、云肩颜色很深，那头与身相差很远，虽说是相连的，实则像不在同处一样，这是最不相宜的事情。再说云肩的颜色，不只是和衣服颜色相同，更需要里外合一，如果外面衣服颜色是青色，那么衬里的颜色也应当用青色，外面衣服颜色是蓝色，那么衬里的颜色也应当用蓝色。为什么这样呢？这个东西在肩上，不能时时刻刻都是服帖的，稍微遇到风吹，衬里向外翻，像是大风吹卷残落的树叶、风卷起残败的荷叶，美人的身形不得不显现出萧条的形象啊。如果让里外保持一个颜色,那么任由它整齐或是颠倒,总是没有顾虑。然而这样家常穿还行,去到外面见人,必须暗暗拿线固定,不要让它与衣服分离,大抵翻动时里外颜色一致,总不如不翻动的好。

妇人的妆饰,是按照家庭具体情况来决定富裕还是节俭,唯独有两个价钱低廉功效翻倍的物件,一定不能缺少。一个是半臂,俗称"背褡";一个是束腰的带子,称作"鸾绦"。妇人的体形,宜窄不宜宽,一穿上背褡,会让身材宽的人看起来身材窄、身材窄的人愈发显得窄了。妇人的腰身,宜细不宜粗,一束上带子,会让腰粗的人看起来细、腰细的人更觉得细了。背褡适合穿在外面,人们都知道;鸾绦适合束在里面,人们大多不知道。衣带藏在衣服里,虽然有但就像没有似的,像是腰肢原本就纤细,不像是用物件缩着才让腰肢纤细的。

裙子制作是精细还是粗陋,只看折纹的多少就知道了。折纹多的话行走自如,没有缠绕身体碍手碍脚的毛病;折纹少的话往来行走显得局促,有束缚、不能伸展自如的感觉;折纹多的话湘纹容易波动,没有风也像随风飘荡;折纹少的话难以移动,即使好看也像木头一样。所以衣服的用料,其他或许可以省掉,裙幅一定不能省掉。古人说:"裙拖八幅湘江水。"裙幅既有八幅,那么就可以从中得知折纹并不少。我认为八幅的裙子适合家常穿;要想人前美观大方,则需要十幅的裙子。大概裙幅的增加,花不了几个钱,况且增添裙幅,一定会减少丝绸用料。只有细柔轻巧的纱绸可以做八幅十幅,厚重的料子做出来一定是不流畅的裙子,这就与裙幅少、折纹少的裙子一样了。即使稍稍多花点钱,也与其他花费不同。妇人与男子不同的地方,全在下半身。男子生来愿意为之有"室",之所以是"室",只在毫厘之间。那掩藏秘密的器物、爱护的家珍,全在这几幅罗裙里,怎能不增添料子制作精美而让采葑采菲的人讥笑呢?最近苏州一带崇尚的"百裥裙",可以说是十分漂亮。我认为这种裙子适合搭配华服,又不适合家常穿,可惜了物力财力了。比旧时的样式稍稍增加一些,比新的样式略微减少一些,在人前穿十幅裙,在家穿八幅裙,这样富裕节俭就相宜了。

苏州的新式样,又有叫"月华裙"的,一个裙幅里具备多种颜色,就像皎皎明月发出光辉,我自己却觉得怪异不能接受。人工物料比寻常的裙子多十倍,暴殄天物自不必说,又不是很美观。大概下身的衣服,适宜清淡不宜浓烈,适宜纯色不适宜杂色。我曾经读旧诗,见到"飘飐血色裙拖地""红裙妒杀石榴花"等句,大笑前人笨。假如果真是这样,那也不过是化浓妆的村姑罢了,哪里足以撼动雅人韵士的心呢?只有最近的样式"弹墨裙",很是雅致,然而仍然不符合我内心的期待,我想要设计新的款式,来求正志趣相同的人。我正构思还没制作,不敢轻易误导别人。

居室部

居室部包括房舍第一（内含向背、途径、高下、出檐深浅、置顶格、蹩地、洒扫、藏垢纳污八款）、窗栏第二（内含制体宜坚、取景在借二款）、墙壁第三（内含界墙、女墙、厅壁、书房壁四款）、联匾第四（内含蕉叶联、此君联、碑文额、手卷额、册页匾、虚白匾、石光匾、秋叶匾八款）、山石第五（内含大山、小山、石壁、石洞、零星小石五款）。"房舍"部分，李渔提出了"因地制宜"理念，并介绍了几种兼具特色性和实用性的建造思路，如"添置活檐法""斗笠之形"的顶格、铺地和洒扫之法以及在书房墙壁开孔用以解决生理需求的创新之法。"窗栏"部分着重叙述了一些窗栏的形式。"墙壁"部分介绍了墙壁的重要性以及不同墙壁的装饰方法。"联匾"部分列举了八款不同材质、不同形状、不同功用的匾额。"山石"部分讲述园林建造中大小山、石壁石洞等的重要性以及建造注意事项。古人对屋舍要求极高，不求雕栏玉砌，也要门庭雅致、屋舍清丽，在这一部中主要体现的是李渔关于房屋和园林建造的审美思想和实用理念，以及如何妥善处理人和自然的关系等内容，其中的设计理念和美学思想在今天仍具有借鉴意义。

房舍第一

〔**题解**〕

  这一部分是李渔的房屋建筑观念,在小序部分李渔指出房舍的建造应该和房屋主人的身份、地位等相符合,"夫房舍与人,欲其相称"。建筑应该独具创意,并且不可铺张浪费。房舍下又包括八款:一为向背。李渔指出房屋的朝向以坐北朝南为正,如果房屋面北,要在房后侧开窗;如果房屋面东,则在房右侧开窗;如果房屋面西,则在房左侧开窗,如果房屋没有开窗的余地,则在房顶开天窗,这是李渔对因地制宜的运用。二为途径。李渔提出直径便捷、曲径奇妙,二者要"雅俗俱利"才能达到"理致兼收"。三为高下。房屋要前高后低,地形则要因地制宜。四为出檐深浅。在这里李渔介绍了一种"添置活檐法",这种方法可以巧妙地达到利用天气的目的,使得"我能用天,而天不能窘我矣"。五为置顶格。李渔提出了一种"斗笠之形"的顶格新样式,这种顶格不仅具有"简而文"的审美功能,而且具有"时开时闭""纳无限器物于中"的实用功能。六为甃地。这一款讲述铺地之法,李渔指出最好的铺地之法还是用砖,富裕的人家就对其进行抛光打磨,清贫的人家就使用其本来面目。七为洒扫。这种打扫之法为"先洒后扫",洒和扫是相互联系的。但是切忌天天洒扫,"洒过数日,必留一日勿洒",这样才能使"水土交相为用,而不交相为害矣"。八为藏垢纳污。这一款中李渔提出了一些独特的设计之法,如在房屋之中设"套房",作为临时储蓄垃圾之用,在"书室之旁,穴墙为孔"以解决内急等。

人之不能无屋,犹体之不能无衣。衣贵夏凉冬燠^①,房舍亦然。"堂高数仞,榱题数尺"^②,壮则壮矣,然宜于夏而不宜于冬。登贵人之堂,令人不寒而栗,虽势使之然,亦廖廓有以致之;我有重裘,而彼难挟纩故也^③。及肩之墙,容膝之屋,俭则俭矣,然适于主而不适于宾。造寒士之庐,使人无忧而叹,虽气感之耳,亦境地有以迫之;此耐萧疏,而彼憎岑寂故也。

吾愿显者之居,勿太高广。夫房舍与人,欲其相称。画山水者有诀云:"丈山尺树,寸马豆人。"^④使一丈之山,缀以二尺三尺之树;一寸之马,跨以似米似粟之人,称乎?不称乎?使显者之躯,能如汤、文之九尺、十尺,则高数仞为宜;不则堂愈高而人愈觉其矮,地愈宽而体愈形其瘠,何如略小其堂,而宽大其身之为得乎?处士之庐,难免卑隘。然卑者不能耸之使高,隘者不能扩之使广,而污秽者、充塞者则能去之使净,净则卑者高而隘者广矣。

吾贫贱一生,播迁流离,不一其处,虽债而食、赁而居,总未尝稍污其座。性嗜花竹,而购之无资,则必令妻

居室部 | 145

孥忍饥数日⑤,或耐寒一冬,省口体之奉,以娱耳目。人则笑之,而我怡然自得也。性又不喜雷同,好为矫异,常谓人之葺居治宅,与读书作文同一致也。譬如治举业者⑥,高则自出手眼,创为新异之篇;其极卑者,亦将读熟之文移头换尾、损益字句而后出之,从未有抄写全篇,而自名善用者也。乃至兴造一事,则必肖人之堂以为堂、窥人之户以立户,稍有不合,不以为得,而反以为耻。常见通侯贵戚,掷盈千累万之资以治园圃,必先谕大匠曰:亭则法某人之制,榭则遵谁氏之规,勿使稍异。而操运斤之权者,至大厦告成,必骄语居功,谓其立户开窗,安廊置阁,事事皆仿名园,纤毫不谬。噫,陋矣!以构造园亭之胜事,上之不能自出手眼,如标新创异之文人;下之至不能换尾移头,学套腐为新之庸笔,尚嚣嚣以鸣得意⑦,何其自处之卑哉!

予尝谓人曰:生平有两绝技,自不能用,而人亦不能用之,殊可惜也。人问:绝技维何?予曰:一则辨审音乐,一则置造园亭。性嗜填词,每多撰著,海内共见之矣。设处得为之地,自选优伶,使歌自撰之词曲,口授而躬试之,无论新裁之曲,可使迥异时腔,即旧日传奇,一概删其腐习而益以新格,为往时作者别开生面,此一技也。一则创造园亭,因地制宜,不拘成见,一榱一桷⑧,必令出自己裁,使经其地、入其室者,如读湖上笠翁之书，虽乏高才，颇饶别致，岂非圣明之世、文物之邦，一点缀太平之具哉？噫，吾老矣，不足用也。请以崖略付之简篇⑨，供嗜痂者采择⑩。收其一得，如对笠翁，则斯编实为神交之助尔。

土木之事，最忌奢靡。匪特庶民之家当崇俭朴，即王公大人亦当以此为尚。盖居室之制，贵精不贵丽，贵新奇大雅，不贵纤巧烂漫。凡人止好富丽者，非好富丽，因其不能创异标新，舍富丽无所见长，只得以此塞责。譬如人有新衣二件，试令两人服之，一则雅素而新奇，一则辉煌而平易，观者之目，注在平易乎？在新奇乎？锦绣绮罗，谁不知贵，亦谁不见之？缟衣素裳，其制略新，则为众目所射，以其未尝睹也。凡予所言，皆属价廉工省之事，即有所费，亦不及雕镂粉藻之百一。且古语云："耕当问奴，织当访婢。"予贫士也，仅识寒酸之事。欲示富贵，而以绮丽胜人，则有从前之旧制在。

新制人所未见，即缕缕言之，亦难尽晓，势必绘图作样。然有图所能绘，有不能绘者。不能绘者十之九，能绘者不过十之一。因其有而会其无，是在解人善悟耳。

〔注释〕

①燠(yù)：暖和。
②"堂高数仞"二句：出自《孟子·尽心下》。仞，古代长度单位，一仞

七尺或八尺。榱(cuī)题:亦作"榱提",屋檐。

③挟纩(kuàng):身上穿着丝绵,比喻感到温暖。挟,用胳膊夹住。纩,丝绵。

④"丈山尺树"二句:出自唐代王维《山水论》,指创作山水画所要求的尺寸比例。

⑤妻孥:妻子和子女的总称。

⑥治举业:指科举考试。

⑦嚣嚣:傲慢。

⑧一榱(cuī)一桷(jué):榱、桷皆为屋檐。

⑨崖略:大略,概略。

⑩嗜痂(jiā)者:语出南朝刘敬叔《异苑》:"东莞刘邕性嗜食疮痂,以为味似鳆鱼。"指喜欢吃痂的人,后来比喻品味怪异的人。

〔译文〕

人不能没有房屋,就像身体不能没有衣服一样。衣服贵在夏凉冬暖,房屋也是一样。"堂高数仞,榱题数尺",壮观是很壮观,但是只适合夏天,不适合冬天。进入贵人的堂屋,让人不寒而栗,虽然是情势导致这样,但是也和高远空旷有关;这就是我有厚厚的皮衣,却没有感到温暖的原因。及肩的墙壁,容膝的屋子,俭朴是俭朴,但适合主人而不适合宾客。造访寒士的草庐,使人没有忧愁却心生叹息,虽然是气氛感染的缘故,也与当时所处的狭小的地方产生的压迫感有关。这是房屋主人耐得住萧条荒凉而宾客憎恶孤独冷清的缘故。

我希望显达之人的房屋不要太过高大广阔。房屋和人,应该相互匹配。画山水画的人有句口诀说："丈山尺树,寸马豆人。"一丈高的山,用二尺三尺的树来点缀;一寸高的马,跨上像米像粟大的人,相称吗?不相称吗?假如显贵者的身躯像商汤王、周文王一样九尺、十尺,那么房屋高数仞是合适的;否则的话,房屋越高,越是显得人矮;占地越宽广,越显得人体型瘦弱,哪比得上把房屋稍微缩小,而使人显得高大一些好呢?寒士的草庐,难免低矮狭窄,然而低矮者不能使之突然变得高大,狭窄者也不能扩展使之宽广,而污秽的、堵塞的地方,就能打扫,使之变得干净,干净了低矮的地方就变高了,狭窄的地方也变得宽阔。

我贫贱一生,搬迁流离,居无定所,虽然借钱度日、租赁而居,但从没有让房子稍有污染。我生性喜欢花竹,而没钱购买,但也一定要让妻子儿女忍饥数日,或耐寒一冬,省出口中食物、身上衣服的钱,买来花竹以娱耳目。别人笑话我,而我怡然自得。我生性又不喜欢雷同,喜欢做标新立异的事情,经常说人修房造屋与读书作文一个道理。比如考科举的人,水平高的自出手眼,创作出新异的篇章;水平低下的,也将读熟的文章移头换尾、增减字句之后写出来,从来没有抄写全篇而自称善于作文的人。说到建造房屋这件事,有的人必会模仿别人的厅堂修造自己的厅堂,偷看别人的门户修建自己的门户,稍微有一点不同,不认为有所得,反而以为这是耻辱。经常见到通侯贵戚,花费盈千累万的资金来建造园圃,一定会先告诉造园子的大工匠:亭子要依照某人家的体制,台榭则遵照谁家的规格,不要有差异。而掌握运斤之权的大匠,到大厦建成,一定会自以为有功劳而骄傲地说,这园子的立户开窗、安廊置阁,事事都仿制名园,纤毫不差。唉,真是浅陋啊!像构造园亭这样美好的事情,上不能自出手眼,像标新创异的文人;下不能换尾移头,学套腐为新的庸笔,还要傲慢地自鸣得意,是多么地自处低贱之地呀!

我曾经告诉别人说:生平有两个绝技,自己不能用,而别人也不能用,实在是可惜。有人问:是什么绝技呢?我说:一是辨审音乐,一是置造园亭。我天性喜欢填词,每每有多种撰著,海内人士都见到了。假设我有自己的场所与合适的条件,自己挑选演员,让他们唱我自己撰写的词曲,口头教授,亲自测试,不要说新作的曲子,可以使它迥异于流行的腔调,即便是以前的传奇故事,一概删除其中守旧的部分而添加新的格调,为以往的作者开创新形式,这是一个绝技。一是创造园亭。因地制宜,不拘泥于往日的成见,一榱一桷,必须让它出自我自己的设计,让经过此地、进入此室内的人,如同阅读湖上笠翁的书,虽然缺乏高才,却颇感别致,这岂不是圣明之世、文物之邦,一个点缀太平的工具吗?唉,我老了,不中用了。请让我把这粗略的想法付之简篇,以供有同样喜好的人选取、采纳。如果有一点收获,那么对于笠翁来说,这些文字实在是神交的助手。

土木的事情,最忌讳奢靡。不只是普通的人家应当崇尚俭朴,即便是王公大人也应当以俭朴为尚。房屋的建造,贵在精致而不是华丽,贵在新奇大雅而不是纤巧烂漫。那些只喜好富贵华丽的人,并不是喜好富贵华丽,是因为他不能创异标新,除了富贵华丽一无所长,只能用此敷衍了事。就比如有两件新衣服,让两个人来试穿,一件雅素而新奇,另一件辉煌而平易,观者的目光,是注意平易的呢?还是新奇的呢?锦绣绮罗,谁不知道珍贵?又有谁没见过呢?缟衣素裳,它的款式稍微新奇一些,就被大家的目光所注视,因为大家不曾见过。凡是我所说的,都属于省钱省工的事,即使有所花费,那也不及雕镂粉藻的百分之一。况且古语说:"耕当问奴,织当访婢。"我一介贫士,只知道这些寒酸的事。想要显示富贵,凭借绮丽超过他人,则有从前旧的款式存在。

新的款式人们没有见到,就算一条一条地说,也很难全部说清楚,势必要绘图作样。然而有的图能画,有的不能画。不能画的占十分之九,能画的不超过十分之一。通过有的去领会没有的,这全在善解人意之人领悟了。

○向背

屋以面南为正向。然不可必得,则面北者宜虚其后,以受南熏①;面东者虚右,面西者虚左,亦犹是也。如东、西、北皆无余地,则开窗借天以补之。牖之大者,可抵小门二扇;穴之高者,可敌低窗二扇,不可不知也。

〔注释〕

①南熏:指从南面刮来的风,暖风。相传虞舜《南风》歌中有:"南风之熏兮,可以解吾民之愠兮。"

〔译文〕

房屋以面朝南方为正向。但不是都能朝南,面朝北的房屋应当在其后开窗,用以接收南面的暖风;面朝东的开右窗,面朝西的开左窗,也是这个道理。如果东、西、北都没有开窗的余地,就开天窗,借助天窗补救。大的窗户,可以抵两扇小门;高的窗户可以抵两扇低窗,这点不能不知道。

○途径

径莫便于捷,而又莫妙于迂。凡有故作迂途,以取别致者,必另开耳门一扇,以便家人之奔走,急则开之,缓则闭之,斯雅俗俱利,而理致兼收矣。

〔译文〕

道路没有比直路更便捷的,而又没有比迂回更精妙的。凡是故意建造迂回的小路,以取得别致的效果的,必定要另开一扇小门,以便于家人来回奔走,着急用就开,否则就关闭,这样雅俗都有利,而义理与情致都能顾到了。

○高下

房舍忌似平原,须有高下之势,不独园圃为然,居宅亦应如是。前卑后高,理之常也。然地不如是,而强欲如是,亦病其拘。总有因地制宜之法:高者造屋,卑者建楼,一法也;卑处叠石为山,高处浚水为池,二法也。又有因其高而愈高之,竖阁磊峰于峻坡之上;因其卑而愈卑之，穿塘凿井于下湿之区。总无一定之法，神而明之，存乎其人①，此非可以遥授方略者矣。

〔注释〕

①"神而明之"二句：事物的奥妙，在于各人的领会。出自《周易·系辞上》："继而裁之，存乎变；推而行之，存乎通；神而明之，存乎其人。"

〔译文〕

房屋忌讳像平原一样，必须有高下起伏之势，不只是园圃这样，居住的房宅也应如此。前面低后面高，这是常理。然而如果地势不是这样，而硬要改成这样，也犯了拘谨死板的毛病。总有因地制宜的办法：高的地方造屋，低的地方建楼，这是一种办法。地势低处叠石成山，地势高处浚水为池，这是第二种办法。又有凭借高的地势，使它更高，在峻坡之上竖阁垒峰；也有凭借地势之低，而使它更低，在低湿的地区穿塘凿井。总没有一成不变的办法，要真正明白这其中的奥妙，在于各人的领会。这不是泛泛地教授方法策略就能办到的。

窗栏第二

〔题解〕

这一部分分为二款：一为制体宜坚。李渔指出无论是窗还是栏，最重要的"止在一字之'坚'"。且"宜简不宜繁，宜自然不

居室部 | 153

宜雕斫"。窗栏的样式不外乎"纵横""欹斜""屈曲"三种,"纵横格"最为雅致和坚固,"欹斜格"具有令人意想不到的美,"屈曲格"最为坚固且节省费用。二为取景在借。开窗户的妙处在于借景,李渔在这一款中提出了几种窗户的样式,有板内嵌窗的湖舫式、有便面窗外推板装花式、便面窗花卉式及虫鸟式、山水图窗、尺幅窗图式、梅窗几种。窗户样式的设计在于不同的环境中最大限度地借景,为人们提供极致的审美享受,这与我们如今观赏的一些园林的窗户设计理念相契合。

  吾观今世之人,能变古法为今制者,其惟窗、栏二事乎!窗、栏之制,日新月异,皆从成法中变出。"腐草为萤"①,实具至理,如此则造物生人,不枉付心胸一片。但造房建宅与置立窗轩,同是一理,明于此而暗于彼,何其有聪明而不善扩乎?予往往自制窗栏之格,口授工匠使为之,以为极新极异矣,而偶至一处,见其已设者,先得我心之同然,因自笑为辽东白豕②。独房舍之制不然,求为同心甚少。门窗二物,新制既多,予不复赘,恐又蹈白豕辙也。惟约略言之,以补时人之偶缺。

〔注释〕

  ①腐草为萤:古时候认为萤火虫是腐草变的。《礼记·月令》:"季夏之月,腐草为萤。"

  ②辽东白豕(shǐ):比喻少见多怪。语出《后汉书·朱浮传》:"往时辽

东有豕,生子白头,异而献之,行至河东,见群豕皆白,怀渐而远。若有子之功论于朝廷,则为辽东豕也。"

[译文]

我观察现在的人,能把古代的方法变为今天的形制的,只有窗、栏这两件事了!窗、栏的形制,日新月异,都是从已成之法中演变出来的。"腐草为萤",里面有至理,如果是这样,那么造物生人,也不枉费付出一片真心。但造房建宅与置立窗轩,同是一个道理,明于造房建宅,暗于设置窗轩,为什么有聪明而不善于扩展呢?我往往自制窗、栏的样式,告诉给工匠,让他们建造,我认为新颖极了,而偶然到一个地方,看到自己设计的样式已经被人建造出来,和我心里想的一样,因此笑自己是辽东白豕。只有房屋的形制不是这样,不谋而合的人太少了。门窗这两个物品,新形制已经很多,我不再赘述,否则恐怕又要蹈辽东白豕的覆辙。只是大致说一下,来填补时人的偶尔缺漏。

○制体宜坚

窗棂以明透为先,栏杆以玲珑为主,然此皆属第二义;其首重者,止在一字之"坚",坚而后论工拙。尝有穷工极巧以求尽善,乃不逾时而失头堕趾,反类画虎未成者,计其新而不计其旧也。总其大纲,则有二语:宜简不宜繁,宜自然不宜雕斫①。凡事物之理,简斯可继,繁则难久,顺其性者必坚,戕其体者易坏。木之为器,凡合笋使就者，皆顺其性以为之者也；雕刻使成者，皆戕其体而为之者也；一涉雕镂，则腐朽可立待矣。故窗棂、栏杆之制，务使头头有笋、眼眼着撒②。然头眼过密、笋撒太多，又与雕镂无异，仍是戕其体也，故又宜简不宜繁。根数愈少愈佳，少则可坚；眼数愈密愈贵，密则纸不易碎。然既少矣，又安能密？曰：此在制度之善，非可以笔舌争也。窗栏之体，不出纵横、欹斜、屈曲三项，请以萧斋制就者③，各图一则以例之。

〔注释〕

①雕斫(zhuó)：雕琢，镂刻。斫，拿斧头砍。
②撒：用来塞孔的木片。
③萧斋：书斋。

〔译文〕

窗棂以明透为先，栏杆以玲珑为主，然而这些都属于第二义；占据首要位置的，只有一个字："坚。"坚固之后再来说精巧还是拙劣。曾经有人制作窗栏时极尽工巧之事，以求尽善尽美，但没过多久窗棂就缺头掉脚，反而像画虎未成反类犬的人一样，因为他只考虑到了新奇而没有考虑到旧的形制。总结制造窗棂的大纲，有两句话：宜简不宜繁，宜自然不宜刻意雕琢。一切事物的规律，简约才可以延续，繁杂则难以持久，顺应它的规律一定会坚固，戕害它的体制就容易毁坏。木制的器物，凡是合笋制作的,都是顺应其自然本性制造而成的;大凡雕刻制造而成的,都是损害其原本的体制而造成的。一但涉及雕镂,那么腐朽不久就会出现。所以窗棂、栏杆的制作,务必使它头头有笋、眼眼有撒。然而头眼过密、笋撒太多,又与雕镂没有区别了,还是戕害其体制,所以又宜简约不宜繁冗。根数越少越好,少的话可以更坚固;眼数越密越可贵,密的话窗纸不容易碎。然而既然栏杆少了,又怎么能密呢?我说:这在于形制样式的完善,不是可以用笔舌相争来解决的。窗栏的样式,不外乎纵横、欹斜、屈曲三种,请让我用书斋的制作式样,各画一图来举例说明。

△纵横格

是格也,根数不多,而眼亦未尝不密,是所谓头头有笋、眼眼着撒者,雅莫雅于此,坚亦莫坚于此矣。是从陈腐中变出。由此推之,则旧式可化为新者,不知凡几。但取其简者、坚者、自然者变之,事事以雕镂为戒,则人工渐去,而天巧自呈矣。

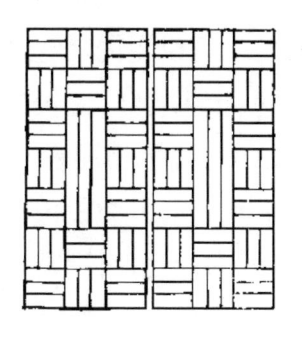

［译文］

　　这个窗栏的样式,根数虽不多,眼数却很密,是我所说的头头有笋、眼眼着撒的类型,没有比这个更雅致、更坚固的了。这是从陈腐的样式中变化而来。由此可推测,旧样式可以变成新样式的,不知道有多少。只要选取其中简约的、坚固的、自然的样式做一些改变,事事应该以雕镂为戒,那么人为的痕迹就会渐渐去掉,自然天巧就会呈现出来了。

　　△欹斜格（系栏）

　　此格甚佳,为人意想所不到,因其平而有笋者可以着实,尖而无笋者没处生根故也。然赖有躲闪法,能令外似悬空,内偏着实,止须善藏其拙耳。当于尖木之后,另设坚固薄板一条,托于其后,上下投笋,而以尖木钉于其上,前看则无,后观则有。其能幻有为无者,全在油漆时善于着色。如栏杆之本体用朱,则所托之板另用他色。他色亦不得泛用,当以屋内墙壁之色为色。如墙系白粉,此板亦作粉色;壁系青砖,此板亦肖砖色。自外观之,止见朱色之纹,而与墙壁相同者,混然一色,无所辨矣。至栏杆之内向者,又必另为一色,勿与外同,或青或蓝,无所不可,而薄板向内之色,则当与之相合。自内观之,又别成一种文理,较外尤可观也。

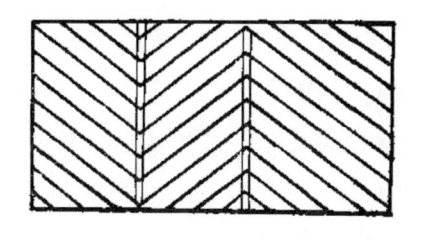

[译文]

这个样式非常好,是人们意想不到的,因它平而有笋的地方可以着实,尖而无笋的地方没处生根的缘故。然而全靠一种躲闪法,能让外面像是悬空,内里偏是着实的,这只须善于藏拙罢了。应当在尖木之后,另外设一条坚固的薄板,托在它的后面,上下投笋,而将尖木钉在上面,前面看则无,后面看则有。之所以能幻有为无,全在涂油漆时善于着色。如果栏杆的本体用朱红色,那么托它的板子要另用其他颜色。其他颜色也不能乱用,应当以屋内墙壁的颜色作为它的颜色。如果墙是白粉色,那么这个板也作粉色;如果墙壁是青砖,这张板也要仿照青砖色。从外面看它,只看见朱红色的花纹,而托板与墙壁相同的部分,浑然一色,无所分辨。至于栏杆向内的一面,又必须是另外一种颜色,不要与外面的颜色相同,或青或蓝,无所不可,而薄板内里的颜色,则应当与它相同。从里面看,又成了另外一种纹理,比外面还要好看。

△屈曲体(系栏)

此格最坚,而又省费,名"桃花浪",又名"浪里梅"。曲木另造,花另造,俟曲木入柱投笋后,始以花塞空处,上下着钉,借此联络,虽有大力者挠之,不能动矣。花之内外,宜作两种,一作桃,一作梅,所云"桃花浪""浪里梅"是也。浪色亦忌雷同,或蓝或绿,否则同是一色,而以深浅别之,使人一转足之间,景色判然。是以一物幻为二物,又未尝于本等材料之外,另费一钱。凡予所为,强半皆若是也。

〔译文〕

　　这一格式最为坚固,而又省钱,名字叫"桃花浪",又名"浪里梅"。弯曲的木头另做,花另做,等曲木进入柱子投笋以后,再用花塞在弯曲之木的空隙处,上下用钉子固定住,借此而联络在一起,即使用大力推挠,也不会活动。花的内外,适合做两种,一种做桃花,一种做梅花,即所谓"桃花浪""浪里梅"。浪的颜色也忌雷同,或蓝或绿,如果用同一个颜色,则以深浅区别,使人一个转身之间,景色判然不同。这是用一个事物幻化为两个事物,又没有在原来的材料之外多花一分钱。凡是我做的事情,大半都是这样。

○取景在借

开窗莫妙于借景,而借景之法,予能得其三昧[①]。向犹私之,乃今嗜痂者众,将来必多依样葫芦,不若公之海内,使物物尽效其灵、人人均有其乐。但期于得意酣歌之顷,高叫笠翁数声,使梦魂得以相傍,是人乐而我亦与焉,为愿足矣。

向居西子湖滨,欲购湖舫一只,事事犹人,不求稍异,止以窗格异之。人询其法,予曰:四面皆实,独虚其中,而为"便面"之形[②]。实者用板,蒙以灰布,勿露一隙之光;虚者用木作框,上下皆曲而直其两旁,所谓便面是也。纯露空明,勿使有纤毫障翳。是船之左右,止有二便面,便面之外,无他物矣。坐于其中,则两岸之湖光山色、寺观浮屠、云烟竹树,以及往来之樵人牧竖[③]、醉翁游女,连人带马尽入便面之中,作我天然图画。且又时时变幻,不为一定之形。非特舟行之际,摇一橹,变一像,撑一篙,换一景,即系缆时,风摇水动,亦刻刻异形。是一日之内,现出百千万幅佳山佳水,总以便面收之。而便面之制,又绝无多费,不过曲木两条、直木两条而已。世有掷尽金钱,求为新异者,其能新异若此乎?

此窗不但娱己,兼可娱人。不特以舟外无穷之景色摄入舟中,兼可以舟中所有之人物,并一切几席杯盘射出窗外,以备来往游人之玩赏。何也?以内视外,固是一幅便面山水;而以外视内,亦是一幅扇头人物。譬如拉妓邀僧,呼朋聚友,与之弹棋观画,分韵拈毫,或饮或歌,任眠任起,自外观之,无一不同绘事。同一物也,同一事也,此窗未设以前,仅作事物观;一有此窗,则不烦指点,人人俱作画图观矣。

夫扇面非异物也,肖扇面为窗,又非难事也。世人取像乎物,而为门为窗者,不知凡几,独留此眼前共见之物,弃而弗取,以待笠翁,讵非咄咄怪事乎④?所恨有心无力,不能办此一舟,竟成欠事。兹且移居白门⑤,为西子湖之薄幸人矣。此愿茫茫,其何能遂?不得已而小用其机,置此窗于楼头,以窥钟山气色,然非创始之心,仅存其制而已。

予又尝作观山虚牖,名"尺幅窗",又名"无心画",姑妄言之。浮白轩中,后有小山一座,高不逾丈,宽止及寻⑥,而其中则有丹崖碧水、茂林修竹、鸣禽响瀑、茅屋板桥,凡山居所有之物,无一不备。盖因善塑者肖予一像,神气宛然,又因予号笠翁,顾名思义,而为把钓之形。

予思既执纶竿，必当坐之矶上，有石不可无水，有水不可无山，有山有水，不可无笠翁息钓归休之地，遂营此窟以居之。是此山原为像设，初无意于为窗也。后见其物小而蕴大，有"须弥芥子"之义[7]，尽日坐观，不忍阖牖，乃瞿然曰："是山也，而可以作画；是画也，而可以为窗；不过损予一日杖头钱为装潢之具耳。"遂命童子裁纸数幅，以为画之头尾，及左右镶边。头尾贴于窗之上下，镶边贴于两旁，俨然堂画一幅，而但虚其中。非虚其中，欲以屋后之山代之也。坐而观之，则窗非窗也，画也；山非屋后之山，即画上之山也。不觉狂笑失声，妻孥群至，又复笑予所笑，而"无心画""尺幅窗"之制，从此始矣。

予又尝取枯木数茎，置作天然之牖，名曰"梅窗"。生平制作之佳，当以此为第一。己酉之夏，骤涨滔天，久而不涸，斋头淹死榴、橙各一株，伐而为薪，因其坚也，刀斧难入，卧于阶除者累日。予见其枝柯盘曲，有似古梅，而老干又具盘错之势，似可取而为器者，因筹所以用之。是时栖云谷中幽而不明，正思辟牖，乃幡然曰："道在是矣！"遂语工师，取老干之近直者，顺其本来，不加斧凿，为窗之上下两旁，是窗之外廓具矣。再取枝柯之一面盘曲、一面稍平者，分作梅树两株，一从上生而倒垂，一从下生而仰接，其稍平之一面则略施斧斤，去其皮节而向外，以便糊纸；其盘曲之一面，则匪特尽全其天，不稍戕斫，并疏枝细梗而留之。既成之后，剪彩作花，分红梅、绿萼二种，缀于疏枝细梗之上，俨然活梅之初着花者。同人见之，无不叫绝。予之心思，讫于此矣。后有所作，当亦不过是矣。

便面不得于舟，而用于房舍，是屈事矣。然有移天换日之法在，亦可变昨为今、化板成活，俾耳目之前⑧，刻刻似有生机飞舞，是亦未尝不妙，止费我一番筹度耳。予性最癖，不喜盆内之花、笼中之鸟、缸内之鱼，及案上有座之石，以其局促不舒，令人作囚鸾絷凤之想。故盆花自幽兰、水仙而外，未尝寓目。鸟中之画眉，性酷嗜之，然必另出己意而为笼，不同旧制，务使不见拘囚之迹而后已。自设便面以后，则生平所弃之物，尽在所取。从来作便面者，凡山水人物、竹石花鸟以及昆虫，无一不在所绘之内，故设此窗于屋内，必先于墙外置板，以备承物之用。一切盆花笼鸟、蟠松怪石，皆可更换置之。如盆兰吐花，移之窗外，即是一幅便面幽兰；盎菊舒英，内之牖中，即是一幅扇头佳菊。或数日一更，或一日一更；即一日数更，亦未尝不可。但须遮蔽下段，勿露盆盎之形⑨。而遮蔽之物，则莫妙于零星碎石，是此窗家家可用，人人可办，讵非耳目之前第一乐事？得意酣歌之顷，可忘作始之李笠翁乎？

〔注释〕

①三昧:佛教重要的修行方法之一,借指事物的要诀。

②便面:指扇面、扇子。语出《汉书·张衡传》:"自以便面拊马。"颜师古注:"便面,所以障面,盖扇之类也。不欲见人,以此自障面则得其便,故曰便面,亦曰屏面。"

③牧竖:牧童。

④讵(jù):岂,难道,表反问。

⑤白门:建康宣阳门的俗称,代指南京。

⑥寻:古代长度单位,八尺为一寻。

⑦须弥芥子:语出《维摩诘经·不思议品》:"若菩萨住是解脱者,以须弥之高广,内芥子中,无所增减。"形容佛法无边、神通广大。

⑧俾(bǐ):使。

⑨盆盎(àng):盆和盎,泛指较大的盛器。

〔译文〕

开窗莫妙于借景,而借景的方法,我知道其中的要诀。我向来秘而不宣,但是如今有这个爱好的人多了,将来必定大多都依样画葫芦,不如在海内公布出来,让物物都尽显其灵、人人都享受其中的乐趣。只期望大家在感到满意、尽情歌唱的时候,高叫几声笠翁,让我的梦魂得以有所依托,这样别人快乐而我也一起快乐,我就心满意足了。

以前我住在西湖之滨时,打算买一只湖舫,处处都和别人的一样,不求有一点差异,只是在窗户格式上不同。有人询问制作方法，我说：四面都做成实的，只在中间做成空的，便成了"扇子"的形状。实的地方用板，蒙上灰布，不要露一点光亮；空的地方用木头作框，上下都弯曲而两旁做直，这就是所谓的扇面窗。扇面窗要完全空明，不要有丝毫的遮挡。这条船的左右，只有两个扇面窗，除此之外，别无他物。坐在船中，两岸的湖光山色、寺观浮屠、云烟竹树，以及往来的樵夫牧童、醉翁游女，连人带马全部收入扇面窗中，作为我欣赏的天然的图画。而且又时时变幻，不是固定的景色。不但在船行之时，摇一下船橹，变一个景象，撑一长篙，换一景色，即使在船系住缆绳的时候，风摇水动，也每时每刻都有不同情形。这样，在一天之内，呈现出成百千万幅山水佳作，总通过扇面收摄进来。而扇面的制造，又绝不会多花费，不过是曲木两条、直木两条而已。世上有掷尽金钱、追求新奇的人，他能像这样新奇吗？

这种扇面窗不但可以娱乐自己，也可以娱乐别人。不但能把身外无穷的景色摄入身中，也可以把身中所有的人物，与一切几席杯盘映出窗外，以供来往游人玩赏。为什么这么说呢？从内看外，固然是一幅扇面山水画；而从外看向内，也是一幅扇面人物画。比如拉妓邀僧、呼朋聚友，与他们下棋赏画、吟诗作对，或饮酒或唱歌，任意睡眠任意起来，从外面看，没有一处不像绘画。同一个东西，同一件事情，在这个扇面窗没有设置以前，只作现实事物来看待；一有了这个窗户，大家都不厌其烦地指点，人人都当作画图来欣赏。

扇面不是什么特殊的东西，仿效扇面为窗，又不是难事。世人取像于别的事物而做门做窗的,不知道有多少,却留这眼前都能看见的东西,弃之不取,来等待着我笠翁,岂不是咄咄怪事吗?遗憾的是我有心无力,不能置办这样一条船,竟成遗憾。况且我现在已经移居南京,成为西子湖的薄情之人了。这个愿望茫然无际,它什么时候才能实现?不得已才小用心机,在楼头设置这种扇面窗,以窥钟山美景,然而这并不是我建造它的初衷,仅仅存其形制而已。

我又曾经制作观赏山景的假窗,取名"尺幅窗",又名"无心画",姑且随便称它这两个名字。我的浮白轩中,后面有一座小山,高不超过一丈,宽只有八尺,然而其中则有红崖碧水、茂林修竹、鸣禽响瀑、茅屋板桥,凡是山居所有的景物,无不一一具备。大概是因为擅长雕塑的友人为我塑了一座雕像,神气逼真,又因为我号笠翁,顾名思义,而建成了垂钓之形。我想,既然拿着钓竿,必定要坐在石矶上,而有石不能没有水,有水不能没有山,有山有水,不能没有笠翁垂钓结束休息的地方,所以营造此窟来安放雕像。因此,这座山原本是为雕像所建,最初无意做窗。后来发现其物虽小而意蕴广大,有"须弥芥子"的感觉,整天坐在里面观赏,不忍心关窗,于是惊喜地说:"这座山,可以作画;这幅画,可以开窗;不过是损耗我一天杖头买酒钱来买装潢的工具罢了。"于是让童子裁几张纸,作为画的头尾,以及左右的镶边。头尾贴在窗子的上下,镶边贴在窗子两旁,俨然是一幅堂画,而只空出中间。这不是真的空出中间,而想要用屋后的山代替堂画的山。坐下观赏它,则窗不是窗,是画;山不是屋后的山,是画上的山。不禁失声狂笑,妻子儿女都来了,又笑我所笑的内容,而"无心画""尺幅窗"的制作,从此开始了。

我又曾经用几枝枯木,制作了天然之窗,取名叫"梅窗"。生平制作最好的,当数它为第一。己酉年夏天,大雨滔天,积水久久不能退去,书斋前淹死石榴、橙子各一棵,将它们砍伐作柴,因为它们比较坚硬,刀斧难以砍入,放在台阶上好几天。我见它们枝条盘曲,有点像古梅,而且老的枝干又具有盘错的姿势,像是可以拿来做成器具,因而考虑用它做个什么。这时因住在云谷中,幽暗而不明亮,正想辟出一个窗户,于是突然想到:"办法就在这里!"于是就告诉工匠,取老树干接近直的地方,顺着它本来的样子,不刻意用斧凿改动,就可以作为窗户的上下两旁,这样,窗户的外廓就形成了。再取一条一面盘曲、一面稍平的枝条,分开做两株梅树,一株从上往下而倒垂,一株从下往上而仰接,其稍平的一面则略施斧斤,去掉树皮、树节而面向外,以便糊纸;它盘曲的一面,不但完全保留原来的形状,不作一点砍斫,并且把疏枝细梗留下。做好之后,剪彩作花,分红梅、绿萼两种,点缀在疏枝细梗上面,很像活梅刚刚开花。朋友们看见了,无不叫绝。我的心愿,到此实现了。后来制作的,应当也不过如此。

"扇面"窗没有用在船上,而用在了房舍,是迫不得已的事。然而有移天换日的方法在,也可以变昨天为今天、化刻板为灵活,使得耳目之前,好像时时刻刻都有生机飞舞,这也未尝不妙,只是要费我一番筹划罢了。我天性有个怪毛病,就是不喜欢盆里的花、笼中的鸟、缸里的鱼,以及案上有座的石头,因为它们空间狭小、不舒展,让人想到囚鸾絷凤的形象。所以盆花除了幽兰、水仙之外,我从不观赏。鸟中的画眉,我非常喜爱,然而必须出自我自己的想法来另造笼子,不同于旧制,务必使鸟笼看不出有拘囚的痕迹才行。自从设置了扇面窗以后,生平所不喜欢的事物,全都取来利用。从来作扇面窗的,凡是山水人物、竹石花鸟以及昆虫,无一不在所绘画的范围之内,所以在屋内设置此窗,必须先在墙外放置一张木板,用来放置要摆的物件。一切盆花笼鸟、蟠松怪石,都可不断更换摆放在上面。如果盆兰吐花,移到窗外,就是一幅扇面幽兰;盎菊舒英,放在窗内,就是一幅扇头佳菊。或者几天一更换,或者一天一更换;即使一天更换几次,也未尝不可。但必须遮蔽下段,不要露出花盆之形。而遮蔽的东西,则没有比零星碎石更妙的了,这样,这种扇面窗就家家可用、人人可办了,这难道不是耳目之前第一快乐的事吗?在满意高歌的时候,你能忘了它的创始人李笠翁吗?

△湖舫式

此湖舫式也。不独西湖,凡居名胜之地,皆可用之。但便面止可观山临水,不能障雨蔽风,是又宜筹退步,以补前说之不逮。退步云何?外设推板,可开可阖,此易为之事也。但纯用推板,则幽而不明;纯用明窗,又与扇面之制不合,须以板内嵌窗之法处之。其法维何?曰:即仿梅窗之制,以制窗棂。亦备其式于右。

〔译文〕

　　这是湖舫式。不仅西湖，凡是居住在有名的胜地，都可以用这个样式。但是扇面窗只能观山临水，不能遮风挡雨，这就需要谋划退一步的办法，来补足以前说法的不足。退一步是说的什么呢？在外面设置推板，可开可合，这是比较好做的事情。但是只用推板，则会幽暗而不明快；只用明窗，又与扇面的形制不合，必须用在板内嵌窗的方法来处理。这是什么方法呢？我说：即仿照梅窗的形制制造窗棂，也画了个样式放在下面。

△便面窗外推板装花式

　　四围用板者，既取其坚，又省制棂装花人工之半也。中作花树者，不失扇头图画之本色也。用直棂间于其中者,无此则花树无所倚靠,即勉强为之,亦浮脆而难久也①。棂不取直,而作欹斜之势,又使上宽下窄者,欲肖扇面之折纹;且小者可以独扇,大则必分双扇,其中间合缝处,糊纱糊纸,无直木以界之,则纱与纸无所依附故也。若是,则棂与花树纵横相杂,不几泾渭难分,而求工反拙乎?曰:不然。有两法盖藏,勿虑也。花树粗细不一,其势莫妙于参差,棂则极匀,而又贵乎极细,须以极坚之木为之,一法也;油漆并着色之时,棂用白粉,与糊窗之纱纸同色,而花树则绘五彩,俨然活树生花,又一法也。若是泾渭自分,而便面与花,判然有别矣。梅花止备一种,此外或花或鸟,但取简便者为之,勿拘一格。惟山水人物,必不可用。板与花棂俱另制,制就花棂,而后以板镶之。即花与棂,亦难合适,须使花自花而棂自棂,先分后合。其连接处,各损少许以就之,或以钉钉,或以胶粘,务期可久。

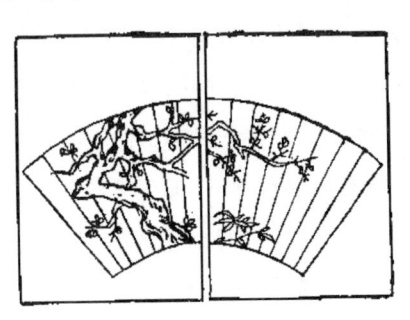

〔注释〕

①浮脆:轻浮不实。

〔译文〕

　　四周之所以用板,因为它既坚固,又能省去一半制作窗棂、装裱花样的功夫。中间作花树,是为了不失去扇头图画的本义。用直长木撑在中间,是因为没有它,花树无所倚靠,不然,即使勉强把花树安装上,也轻浮不实而难以持久。窗棂不要直的,而作歪斜之势,又使它上宽下窄,是想要仿照扇面的折纹;而且小的可以单独成扇,大的必须分成双扇,其中间合缝处,糊纱糊纸,如果没有直木来分界它,那么纱与纸就无所依附。如果是这样,则窗棂与花树纵横相杂,这不是泾渭难分、求工反拙吗?我说:不是这样的。有两种方法可以盖藏,无须多虑。花树粗细不一,其形式没有比参差多样更得其妙,窗棂则需要极均匀,而又贵在极细,必须用极坚固的木材来做,这是一个方法;油漆并着色的时候,窗棂用白粉,与糊窗的纱纸同色,而花树则绘五彩,俨然是活树生花,又是一个方法。如果这样,泾渭自然分明,而扇面与花,就判然两样了。梅花只准备一种,此外或花或鸟,只取简约的使用,不拘一格。只有山水人物,一定不可使用。板与花棂都需要另外制作,做好了花棂,然后用板镶上。即使是花与棂,也难合适,必须使花是花而棂是棂,先分后合。它们的连接处,各去掉一点以便连接得更好,或用钉子钉,或用胶粘,以维持长久为宗旨。

△便面窗花卉式、便面窗虫鸟式

诸式止备其概，余可类推。然此皆为窗外无景，求天然者不得，故以人力补之；若远近风景尽有可观，则焉用此碌碌为哉？昔人云："会心处正不在远。"若能实具一段闲情、一双慧眼，则过目之物尽在画图、入耳之声无非诗料。譬如我坐窗内，人行窗外，无论见少年女子是一幅美人图，即见老妪白叟扶杖而来，亦是名人画幅中必不可无之物；见婴儿群戏是一幅百子图，即见牛羊并牧、鸡犬交哗，亦是词客文情内未尝偶缺之资。"牛溲马渤，尽入药笼"，予所制便面窗，即雅人韵士之药笼也。

此窗若另制纱窗一扇，绘以灯色花鸟，至夜篝灯于内，自外视之，又是一盏扇面灯。即日间自内视之，光彩相照，亦与观灯无异也。

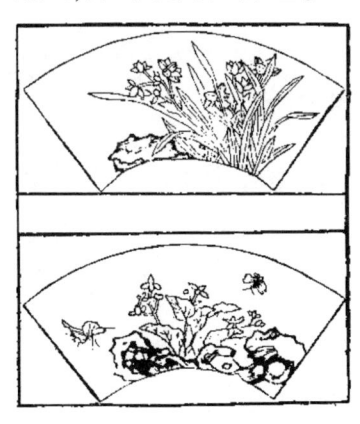

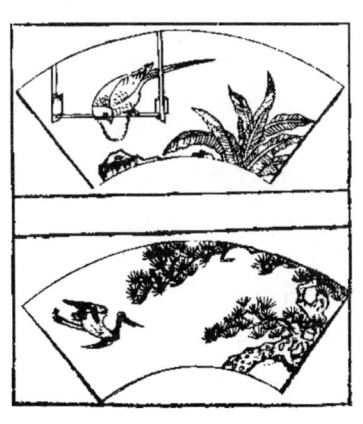

〔译文〕

　　各种式样只能提供大概的情形,剩下的可以类推,然而这些都是窗外没有景色、求天然美景而不得,所以用人力弥补的;如果远近风景都可以观赏,哪里用得为这些事情而忙忙碌碌呢?古代有人说:"会心的地方不在远处。"如果能够实实在在具有一段闲情、一双慧眼,那么过目的东西都成为画图、入耳的声音都是诗歌材料。譬如我坐在窗内,别人走在窗外,不用说见年轻女子是一幅美人图,就是见老太太和白发老头儿扶杖走来,也是名人画幅中必不可少的景物;见婴儿群戏是一幅百子图,即便是见了牛羊并牧、鸡犬交哗,也是词客文情内未尝偶缺的题材。"牛溲马渤,尽入药笼",我所制造的扇面窗,就是雅人韵士的药笼。

　　此窗若是另制一扇纱窗,画上灯色花鸟,到晚上在室内挂灯,从外面看它,又是一盏扇面灯。即使是白天从里面看,光彩相照,也与观灯没有差别。

△山水图窗

　　凡置此窗之屋,进步宜深,使座客观山之地去窗稍远,则窗之外廓为画,画之内廓为山,山与画连,无分彼此,见者不问而知为天然之画矣。浅促之屋,坐在窗边,势必倚窗为栏,身之大半出于窗外,但见山而不见画,则作者深心有时埋没,非尽善之制也。

[译文]

　　凡是设置这类窗户的屋子,进深要大,使座客观山的地方离窗户稍远一些,则窗户的外廓为画,画的内廓为山,山与画相连,不分彼此,看见的人不问就知道这是天然的画。进深浅又局促的房屋,人坐在窗边,势必会倚靠窗户,把它当成栏杆,身体的大半部分探出窗外,只见山而不见画,那就使得作者的内心深处有时会被埋没,不是最好的形制。

△尺幅窗图式

　　尺幅窗图式,最难摹写。写来非似真画,即似真山,非画上之山与山中之画也。前式虽工,虑观者终难了悟,兹再绘一纸,以作副墨。且此窗虽多开少闭,然亦间有闭时;闭时用他楣他柽,则与画意不合,丑态出矣。必须照式大小,作木榻一扇,以名画一幅裱之,嵌入窗中,又是一幅真画,并非"无心画"与"尺幅窗"矣。但观此式,自能了然。裱榻如裱回屏,托以麻布及厚纸,薄则明而有光,不成画矣。

〔译文〕

尺幅窗图式,最难摹写。写出来不像真画,就像真山,不是画上的山与山中的画。前面的样式虽然工巧,考虑到看的人难以明白领悟,我再画一幅,来当作副本。况且这窗户虽然多开少关,但也有间或关闭的时候;关闭时用其他窗榻窗棂,就与画意不符合了,丑态就全暴露出来了。必须按照样式大小,作一扇木榻,用一幅名画装裱,嵌入木榻的窗中,又是一幅真画,并不是"无心画"与"尺幅窗"了。只要一看这个图式,自己就能明白了。装裱窗楄就像装裱回屏,用麻布和厚纸做衬托,薄了就太过明亮透光,不成画了。

△梅窗

制此之法,总论已备之矣,其略而不详者,止有取老干作外廓一事。外廓者,窗之四面,即上下两旁是也。若以整木为之,则向内者古朴可爱,而向外一面屈曲不平,以之着墙,势难贴伏。必取整木一段,分中锯开,以有锯路者着墙,天然未斫者向内,则天巧人工,俱有所用之矣。

〔译文〕

制造梅窗的方法,总论已经很详尽了,其中略而不详的,只有用老树干做外廓这件事。外廓,就是窗子的四周,即上下和两旁。如果用整块木头来做，那么向内的一面古朴可爱，向外的一面弯曲不平，用它贴着墙，势必难以与墙完全合缝。必须取一段整木，从中间锯开，用有锯路的一面贴着墙，天然未被砍削的一面朝向室内，这样，天巧人工，都各有所用了。

墙壁第三

〔题解〕

　　李渔认为墙壁是"内外攸分而人我相半"的，墙壁是"居室器物之有公道者"中的唯一一种。这一部分包括四款：一为界墙。界墙是划分他人与自己、隐私和公共的墙壁，界墙要做到坚固且美观。二为女墙。李渔认为"凡户以内之及肩小墙"都可以称为女墙，女墙应该选择至稳极固的样式堆砌，在人眼所能看到的地方，空出二三尺，制作奇妙花纹，于其他地方实砌，既节约钱财又没有崩塌的风险，这是最"丰俭得宜，有利无害"的办法。三为厅壁。客厅的墙壁"不宜太素，亦忌太华"。名人字画虽不可缺少，但要"浓淡得宜，错综有致"。四为书房壁。"书房之壁，最宜潇洒。欲其潇洒，切忌油漆。"李渔提出了一种不使用油漆的装饰方法，就是用石灰涂抹墙壁，加以抛光或者用纸糊。但是李渔又嫌这种方法太过单调，于是提出用豆绿云母笺撕成小块，参差不齐地贴于墙上，制作出冰裂碎纹之状。总的来说，李渔对墙壁的见解与传统理念有很大出入，可谓独具特色，别具一格，依照这样的方法造出来的墙壁，一定清落别致，令人驻足。

"峻宇雕墙"，"家徒壁立"①，昔人贫富，皆于墙壁间辨之。故富人润屋，贫士结庐，皆自墙壁始。墙壁者，内外攸分而人我相半者也。俗云："一家筑墙，两家好看。"居室器物之有公道者，惟墙壁一种，其余一切皆为我之学也。然国之宜固者城池，城池固而国始固；家之宜坚者墙壁，墙壁坚而家始坚。其实为人即是为己，人能以治墙壁之一念治其身心，则无往而不利矣。人笑予止务闲情，不喜谈禅讲学，故偶为是说以解嘲，未审有当于理学名贤及善知识否也②。

〔注释〕

①家徒壁立：语出《史记·司马相如列传》："文君夜亡奔相如，相如乃与驰归成都，家居徒四壁立。"意思是家里只有四面墙壁，形容十分贫困，一无所有。

②善知识：佛教称能引发他人向上、增善去恶乃至证悟成佛的人。

〔译文〕

"峻宇雕墙"，"家徒壁立"，古人的贫富，都可在墙壁上辨别出来。所以富人使屋子华丽，贫士建造草庐，都是从墙壁开始的。墙壁是使内外分开、人我相半的标志。俗话说："一家筑墙，两家好看。"居室器物中有大家公认的道理，只有墙壁这一种,其余一切都为个人所服务的。而国家应该加固的是城池,城池坚固了国家才坚固;家里应该坚固的是墙壁,墙壁坚固了,家庭才坚固。其实为人就是为己,人能用修治墙壁的想法修炼自己的身心,无论到哪儿,都没有不利的了。有人笑我只务闲情,不喜谈禅讲学,所以我偶尔谈论这些用以解嘲,没有考虑这些话在理学名贤以及善友高僧看来是否得当。

○界墙

界墙者,人我公私之畛域①,家之外廓是也。莫妙于乱石垒成,不限大小方圆之定格,垒之者人工,而石则造物生成之本质也。其次则为石子。石子亦系生成,而次于乱石者,以其有圆无方,似执一见,虽属天工,而近于人力故耳。然论二物之坚固,亦复有差;若云美观入画,则彼此兼擅其长矣。此惟傍山邻水之处得以有之,陆地平原,知其美而不能致也。予见一老僧建寺,就石工斧凿之余,收取零星碎石几及千担,垒成一壁,高广皆过十仞,嶙峋崭绝②,光怪陆离③,大有峭壁悬崖之致。此僧诚韵人也。迄今三十余年,此壁犹时时入梦,其系人思念可知。砖砌之墙,乃八方公器,其理其法,是人皆知,可以置而弗道。至于泥墙土壁,贫富皆宜,极有萧疏雅淡之致,惟怪其跟脚过肥、收顶太窄,有似尖山,又且或进或出,不能如砖墙一截而齐,此皆主人监督之不善也。若以砌砖墙挂线之法,先定高低出入之痕,以他物建标于外,然后以筑板因之,则有旃墙粉堵之风④,而无败壁颓垣之象矣。

〔注释〕

①畛(zhěn)域:界限,范围。

②崭绝:险峻至极。崭,山高而险峻。绝,极。

③光怪陆离:语出西汉刘安《淮南子·本经训》:"五彩争胜,流漫陆离。"光怪,光彩奇异。陆离,色彩繁杂、变化多端的样子。形容形状奇怪、色彩繁杂。

④旃(zhān)墙:红色的墙。

〔译文〕

所谓界墙,是划分人与我、公与私的界限,是一家的外廊。用乱石垒成的最为美妙,不限制大小、方圆的规格,垒它需要人工,而石头则是造物生成的本来面目。其次是石子垒成。石子也是天然生成,但是比乱石差,因为它有圆无方,形状相似,虽然是自然生成的,但它近乎人为而成。然而要论两种墙壁的坚固程度,也有差异,如果要论两者美观入画,则两者各有所长。石头只有在依山傍水的地方才有,陆地平原,虽知道它美却难以得到。我见过一个老僧建造寺庙,在石匠斧凿后剩下的余料中,收集零星碎石上千担,垒成一堵墙壁,高和宽都超过了十仞,嶙峋崭绝,光怪陆离,大有峭壁悬崖的感觉。这个僧人确实是个雅致的人。如今已经三十多年了,这面墙壁仍然时常进入我的梦中,

居室部 | 181

它让人思念的程度可想而知。用砖砌的界墙，天下通用，其理论和方法，人们都知道，可以置之不谈。至于泥墙土壁，贫富都适宜，特别有萧疏雅淡的情致，只是嫌它跟脚太肥，收顶太窄，有点像尖山，又加上墙面或进或出，不能像砖墙一样整整齐齐，这都是因为主人没有好好监督的原因。如果用砌砖墙挂线的方法，先定好高低出入的界限，用其他东西标注出来，然后用筑板根据标志来筑墙，那么就有旂墙粉堵的风致，而没有败壁颓垣的景象了。

○厅壁

厅壁不宜太素，亦忌太华。名人尺幅自不可少，但须浓淡得宜、错综有致。予谓裱轴不如实贴。轴虑风起动摇，损伤名迹，实贴则无是患，且觉大小咸宜也。实贴又不如实画，"何年顾虎头，满壁画沧州"[1]。自是高人韵事。予斋头偶仿此制，而又变幻其形，良朋至止，无不耳目一新、低回留之不能去者。因予性嗜禽鸟，而又最恶樊笼，二事难全，终年搜索枯肠，一悟遂成良法。乃于厅旁四壁，倩四名手，尽写着色花树，而绕以云烟，即以所爱禽鸟，蓄于虬枝老干之上。画止空迹，鸟有实形，如何可蓄？曰：不难，蓄之须自鹦鹉始。从来蓄鹦鹉者必用铜架，即以铜架去其三面，止存立脚之一条，并饮水、啄粟之二管。先于所画松枝之上，穴一小小壁孔，后以架鹦鹉者插入其中,务使极固,庶往来跳跃,不致动摇。松为着色之松,鸟亦有色之鸟,互相映发,有如一笔写成。良朋至止,仰观壁画,忽见枝头鸟动、叶底翎张,无不色变神飞,诧为仙笔;乃惊疑未定,又复载飞载鸣,似欲翱翔而下矣。谛观熟视②,方知个里情形,有不抵掌叫绝而称巧夺天工者乎?若四壁尽蓄鹦鹉,又忌雷同,势必间以他鸟。鸟之善鸣者,推画眉第一。然鹦鹉之笼可去,画眉之笼不可去也。将奈之何?予又有一法:取树枝之拳曲似龙者,截取一段,密者听其自如,疏者网以铁线,不使太疏,亦不使太密,总以不致飞脱为主。蓄画眉于中,插之亦如前法。此声方歇,彼喙复开;翠羽初收,丹睛复转。因禽鸟之善鸣善啄,觉花树之亦动亦摇;流水不鸣而似鸣,高山是寂而非寂。座客别去者,皆作殷浩书空,谓咄咄怪事③,无有过此者矣。

[注释]

①"何年顾虎头"二句:语出杜甫《题玄武禅师屋壁》。顾虎头,指晋代画家顾恺之。

②谛:仔细。

③"皆作殷浩书空"二句:指事情令人诧异。语出南朝宋刘义庆《世说新语·黜免》:"殷中军(殷浩)被废在信安,终日恒书空作字,扬州吏民寻义逐之,窃视,唯作'咄咄怪事'四字而已。"

〔译文〕

　　厅壁不要太素淡，也忌讳太华丽。名人字画自然必不可少，但必须浓淡得宜、错综有致。我认为裱轴不如实贴。裱轴怕风起动摇，损伤名迹，实贴就没有这个隐患，而且觉得大小都很适宜。实贴又不如实画，"何年顾虎头，满壁画沧州"。这自然是高人的风雅韵事。我书房里面曾经仿照这个方法，而又变幻它的形制，好朋友来了，无不感到耳目一新、流连忘返不忍离去。因为我生性喜欢禽鸟，而又最讨厌樊笼，这两事难以两全，终年思索，终于悟出了一个好办法，就是在厅旁四壁，请四位名手，描绘彩色花树，而且绕以袅袅云烟，把我喜爱的禽鸟，蓄养在虬枝老干之上。画只是空迹，鸟却有实形，那怎么蓄养呢？我说：不难，蓄养它们须从鹦鹉开始。自古以来蓄养鹦鹉的人都用铜架，我把铜架去掉三面，只保存一条立脚的横棍，以及饮水、啄粟的两支管。先在所画松枝的上面，钻一个小小的壁孔，然后把架鹦鹉的横棍插入其中，务必使它非常牢固，这样鹦鹉来回跳跃，不至于动摇。松是着色的松，鸟也是有色的鸟，互相辉映，就像一笔写成。好朋友来到这里，仰头观看壁画，忽然看见枝头有鸟飞动，叶底有羽毛翻动，无不神飞色变，赞叹为神来之笔；而惊疑未定，鸟又上下翻飞鸣叫，好像将要翱翔向下飞来。仔细一看，才知道这里的情形，无不拍手叫绝而称巧夺天工。如果四面墙壁都蓄养鹦鹉，又忌讳雷同，势必要间或蓄养其他鸟类。鸟中善于鸣叫的，当推画眉为第一。然而鹦鹉的笼子可去除，画眉的笼子则不可以去,那又怎么办呢?我又想出了一个办法:选取卷曲像龙的树枝,截取一段,枝条密的保持原状,枝条疏的网上铁线,不要使它太稀疏,也不要使它太紧密,总之以不让画眉飞脱为主。在里面蓄养画眉,像前面说的方法插上横棍。这只鸟的声音刚停下,那只鸟的嘴巴又张开了;翠色的羽毛刚收,红色的眼睛又开始转动。因为禽鸟的善鸣善啄,觉得花树也又动又摇;流水不鸣而似鸣,高山是寂而非寂。客人离别而去,都像《世说新语》所写殷浩书空,称"咄咄怪事",没有比这更新奇的了。

器玩部

　　器玩部包括制度第一、位置第二两部分。这一部主要谈论的是可供玩赏或者寻常使用的器物。"制度"部分下共包含十三款,李渔在这里提到了许多自己独创的物品和方法,极具创新,如椅杌款中的暖椅和凉杌、炉瓶款中的木印、灯烛款中的烛剪和悬灯、橱柜款中可拆卸的活板及带隔断的抽屉等。李渔身上带有浓重的市井气息,他反对铺张浪费,主张器具的选择应该求"卑近",他提出的使用碗碟的大忌以及笺简的形制都带有深厚的传统文化内涵。"位置"部分分为两款,主要谈论器物在摆放上既要避免排偶又要灵活变通,也体现了李渔的创新思维和审美观念。

制度第一

〔题解〕

　　"制度第一"下包括十三款:一为几案。李渔指出,几案的选择要"务舍高远而求卑近",也就是舍弃那些高端的,选择低档且适用于寻常生活的。几案有三个小物件是必不可少的：一是抽屉，二是隔板，三是桌撒。二为椅杌。椅、杌都为坐器，李渔在这一部分提到了他自己独创的两种法式：一为暖椅，二为凉杌。三为床帐。"人之待物，其最厚者，当莫过此。"作为与人相伴半生的物品，李渔为了使床变得更加舒适，提出了几点做法：床令生花；帐使有骨；帐宜加锁；床要着裙。四为橱柜。橱柜最重要的就是"多容善纳"。有两种办法：一是放置可随时安装拆卸的活板，二是安装内含数格的抽屉。五为箱笼、箧笥。箱笼和箧笥都是随身携带用以储藏物品的器具，箱笼为大，箧笥为小，箱笼、箧笥的锁钥枢纽太过庸俗，李渔认为若想改变这种情况，就要做到将枢纽的痕迹隐藏起来。六为古董。李渔在这一款中认为古董不符合寻常百姓的生活水平，故"是编于古董一项，缺而不备"。七为炉瓶。香炉和瓶子都是寻常百姓人家的常见品，李渔创造出了方便印灰且省力美观的木印，又主张在瓷器里加内胆等。八为屏轴。这一款介绍了一种制作屏轴的新样式，和前边提到的装饰书房墙壁一样，将屏轴制作成具有艺术气息的冰裂碎纹形，就能打破传统屏轴陈腐的样式。九为茶具。李渔在这里依然倡导不铺张浪费，"取物但取其适用"。制作茶壶和购买茶壶一样，"其嘴务直"，这样才不会使茶叶阻塞。而储藏茶叶的茶瓶，锡制最为合适。十为酒具。酒具自然也不必选用金银材质的，最素雅的还是瓷杯。十一为碗碟。建窑烧制出来的碗碟虽然精美却非常厚重，江西烧制的碗碟虽然比建窑的还要精美，但是花纹太过鄙俗。李渔认为使用碗碟的大忌是使用带字的碗碟,这一说法,如今看来,确实有些迂腐。十二为灯烛。这里李渔指出了管理灯烛的方法,即"多点不如勤剪"。此外为了减轻管理灯烛之人的负担,李渔还想出了两种办法:一是制足长三四尺的烛剪,二是制作悬灯,这两种方法并行不悖。十三为笺简。"构思落笔之初,未免驰高骛远。"李渔主张笺简的形制应该从身边的诸多事物着手,他提出了八种韵事笺和十种织锦笺,于平凡物件中处处彰显文化底蕴。

  人无贵贱,家无贫富,饮食器皿,皆所必需。"一人之身,百工之所为备。"①子舆氏尝言之矣。至于玩好之物,惟富贵者需之,贫贱之家,其制可以不问。然而粗用之物,制度果精,入于王侯之家,亦可同乎玩好;宝玉之器,磨砻不善②,传于子孙之手,货之不值一钱。知精粗一理,即知富贵贫贱同一致也。予生也贱,又罹奇穷,珍物宝玩虽云未尝入手,然经寓目者颇多。每登荣胐之堂③,见其辉煌错落者星布棋列,此心未尝不动,亦未尝随见随动,因其材美,而取材以制用者未尽善也。至入寒俭之家,睹彼以柴为扉、以瓮作牖,大有黄虞三代之风④,而又怪其纯用自然、不加区画。如瓮可为牖也,取瓮之碎裂者联之,使大小相错,则同一瓮也,而有哥窑冰裂之纹矣。柴可为扉也,取柴之入画者为之,使疏密中窾,则同一扉也,而有农户、儒门之别矣。人谓变俗为雅,犹之点铁成金,惟具山林经济者能此,乌可责之一切?予曰:垒雪成狮,伐竹为马,三尺童子皆优为之,岂童子亦抱经济乎?有耳目即有聪明,有心思即有智巧,但苦自画为愚,未尝竭思穷虑以试之耳。

〔注释〕

①"一人之身"二句:出自《孟子·滕文公上》,意思是每一个人所需要的生活资料都要靠各种工匠的产品才能齐备。
②磨砻(lóng):磨治。
③荣侊(wǔ):富贵荣华。
④黄虞三代:黄虞就是黄帝、虞舜的合称。黄虞三代,泛指中国古代三皇五帝的时代。

〔译文〕

人无贵贱,家无贫富,饮食器皿,这都是所必需的东西。"一人之身,百工之所为备",孟子曾经这样说过。至于一些玩物,只有富贵者需要,贫贱之家,其形制可以不问。然而粗用之物,如果制作得精致,进入王侯之家,也可同样被视作玩好之物;宝玉这样的器物,磨治不善、制作不精,传到子孙的手中也是不值一钱的。知道精致与粗糙的这一道理,就知道富贵贫贱也是一样的。我生来贫贱,又非常穷困,珍物宝玩虽说未尝入手,但是见到的也很多。每次到富贵荣华的地方,见辉煌错落的东西星布棋列,未尝不动心,也不是随见随动,只是因其材质精美而取材制用之人利用得不够完善而已。到了寒俭之家见到他们用柴木做门，用瓮做窗户，大有三皇五帝时代的风范，但是又怪其纯用自然，没有加工。瓮可以做窗户，取破瓮的碎片连缀起来，使它们大小相错。那么同样的一些瓮片就可以出现哥窑的冰裂纹。柴木可以做门，取那些造型优美的柴木，使它们疏密适中，那么同样的门也就显示出了农户与儒门的差别。人们所说的变俗为雅就像点铁成金，只有隐居的经世济民的人才能做到，哪能要求人人都如此呢？我曾说：垒雪成狮，伐竹为马，三岁的小孩子也能做得很好，难道小孩也能够经世济民吗？有耳目就有耳聪目明，有智慧即有智慧精巧，但是因为自己谋划得拙笨而苦恼，那么就是没有竭思穷虑去尝试。

○几案

予初观《燕几图》[①]，服其人之聪明什佰于我，因自置无力，遍求置此者，讯其果能适用与否，卒之未得其人。夫我竭此大段心思，不可不谓经营惨淡，而人莫之则效者，其故何居？以其太涉繁琐，而且无此极大之屋尽列其间，以观全势故也。凡人制物，务使人人可备、家家可用，始为布帛菽粟之才[②]，否则售冕旒而沽玉食[③]，难乎其为购者矣。故予所言，务舍高远而求卑近。几案之设，予以庀材无资[④]，尚未经营及此。但思欲置几案，其中有三小物必不可少。一曰抽替。此世所原有者也，然多忽略其事，而有设有不设。不知此一物也，有之斯逸，无此则劳，且可藉为容懒藏拙之地。文人所需，如简牍、刀锥、丹铅、胶糊之属，无一可少，虽曰司之有人、藏之别有其处，究竟不能随取随得，役之如左右手也。予性卞急，往往呼童不至，即自任其劳。书室之地，无论远近迂捷，总以举足为烦，若抽替一设，则凡卒急所需之物尽内其中，非特取之如寄，且若有神物俟乎其中，以听主人之命者。至于废稿残牍，有如落叶飞尘，随扫随有，除之不尽，颇为明窗净几之累，亦可暂时藏纳，以俟祝融，所谓容懒藏拙之地是也。知此则不独书案为然，即抚琴观画、供佛延宾之座，俱应有此。一事有一事之需，一物备一物之用。《诗》云："童子佩觿。"⑤《鲁论》云："去丧无所不佩。"⑥人身且然，况为器乎？一曰隔板，此予所独置也。冬月围炉，不能不设几席。火气上炎，每致桌面台心为之碎裂，不可不预为计也。当于未寒之先，另设活板一块，可用可去，衬于桌面之下，或以绳悬，或以钩挂，或于造桌之时，先作机彀以待之，使之待受火气，焦则另换，为费不多。此珍惜器具之婆心，虑其暴殄天物，以惜福也。一曰桌撒。此物不用钱买，但于匠作挥斤之际⑦，主人费启口之劳，僮仆用举手之力，即可取之无穷，用之不竭。从来几案与地不能两平，挪移之时必相高低长短，而为桌撒。非特寻砖觅瓦时费辛勤，而且相称为难，非损高以就低、即截长而补短，此虽极微极琐

器玩部 | 191

之事,然亦同于临渴凿井,天下古今之通病也,请为世人药之。凡人兴造之际,竹头木屑,何地无之?但取其长不逾寸、宽不过指,而一头极薄、一头稍厚者,拾而存之,多多益善,以备挪台撒脚之用。如台脚所虚者少,则止入薄者,而留其有余者于脚外,不则尽数入之。是止一寸之木,而备高低长短数则之用,又未尝费我一钱,岂非极便于人之事乎?但须加以油漆,勿露竹头木屑之本形。何也?一则使之与桌同色,虽有若无;一则恐童子扫地之时,不能记忆,仍谬认为竹头木屑而去之,势必朝朝更换,将亦不胜其烦;加以油漆,则知为有用之器而存之矣。只此极细一着,而有两意存焉,况大者乎?劳一人以逸天下,予非无功于世者也。

〔注释〕

①《燕几图》:宋代黄长睿编撰,是中国家具史上第一部组合家具设计图丛书。

②布帛菽粟:泛指生活必需品。

③冕旒(liú):中国古代的一种礼冠。

④庀(pǐ)材:备齐材料。

⑤童子佩觿(xī):出自《诗经·国风·卫风·芄兰》。觿,古人的骨质或玉质配饰。

⑥去丧无所不佩:出自《论语》,意思是等丧期满了之后,什么东西都可以佩戴。

⑦挥斤:意思是发挥高超技艺的典故。出自《庄子·徐无鬼》:"郢人垩慢其鼻端,若蝇翼,使匠石斫之。匠石运斤成风,听而斫之,尽垩而鼻不伤,郢人立不失容。"

[译文]

  我一开始观赏《燕几图》的时候,我佩服作者比我聪明千百倍,因为自己没有能力置办,我就寻求有这种几案的人家,想要知道是否真的适用,然而最后也没找到。我费这么多心思,不能不说是惨淡经营,却没有见谁效仿这种几案,这是什么缘故呢?是因为步骤过于烦琐,而且也没有那么大的房间将它们都陈列出来,以观全貌。凡是人所制作的器物,务必要使人人都可置备、家家都可使用,才能让它们成为像粮食布帛那样适宜大众的生活必需品,否则售卖皇家衣食,购买的人就会很少。所以我的意思就是,务必要舍弃高远而追求通俗。对于几案,我因没有资金筹集材料,所以还没有计划添置。但想到要制作几案,其中有三个小物件是必不可少的。一个是抽屉。这是世界上本来就有的东西,但是人们却常常忽略,有的有这个设置有的没有。不知道这个东西,有它就会很省事,没有它就会很劳累,而且它还可以作为偷懒藏拙的地方。文人所需要的东西,如简牍、刀锥、丹铅、胶糊之类,没有一样东西可少,虽然说有专人处理这些事情,可以放在别的地方,但是不能随取随得,就像自己的左右手一样。我是急性子,有的时候呼唤仆人没有过来便自己动手。在书室不论远近曲直,走路总觉得很麻烦,如果有一个抽屉,那么凡是急需的物品都放在里面,不但取用方便,而且就像有神物在那里等着，以听主人之命。至于那些废稿残牍就像落叶飞尘，随时打扫随时都有，扫除不尽，成为整洁屋子的累赘，这些东西都可以暂时藏纳在抽屉中，以等待被烧掉，这就是所谓的容懒藏拙的地方。明白了这一点，那么就知道不止是书案，就是抚琴观画、供佛延宾的座位也都应该有抽屉。一事有一事的需要，一物具备一物的用处。《诗》云："童子佩觽。"《鲁论》云："去丧无所不佩。"人都是这个样子，更何况是器物？一个是隔板。这是我的独特设置。冬天围在火炉旁，不能不设几席。热气上升，时间长了，桌面台心会被烤碎裂，不可不提前想好对策。所以在还没有冷的时候，另设一块活板，用就放上，不用就拿下去，放在桌子下面，或者用绳悬挂，或者用挂钩，或者在制作桌子的时候，先制作机关，使桌子能够耐受热气，焦了就另换一块，花费也不多。这是我珍惜器具的苦心，担心人们糟蹋东西而不知惜福。还有一个是桌撒。这个东西不需要花钱去买，只需要在木匠发挥高超技艺的时候，主人略费口舌，仆人用举手之力，就可以取之无穷、用之不竭。自古以来几案与地面都不能两平，挪移的时候必定要看看高低长短，来做桌撒。不用特意寻砖觅瓦那样费时费力，而且也很难合适，不是损高就低，就是截长补短，这虽然是极小极其琐碎的事情，然而这也相当于临渴凿井，这是天下人从古至今的通病，请让我为世人寻找一副良药。凡是人们在制作东西的时候，竹头木屑什么地方没有呢？只需要拾取那些长不逾寸、宽不过指，而且一头极薄、一头稍厚的木板，拾了存起来，越多越好，以备挪台撒脚的时候用。如几台脚与地面的空隙较小，那么就放一个薄木片,把多余的部分留在几台脚外,不然的话就全部垫进去。如果只用一寸的片木,就能应对高低长短多种情况,又没浪费一分钱,岂不是极其便利的事情吗?但必须要刷上油漆,不要露出竹头、木屑的本来面目。这是为什么呢?一来使这些木屑与桌子同色,虽然有,但是就像没有一样;还恐怕童子扫地的时候记不住,错误地认为是竹头、木屑而把它们丢掉,这就必须要每天都更换,使人不胜其烦;如果涂上油漆,那么就知道这是有用的东西而把它保留下来。只此细微的一念之想,就包含有两层意思,更何况是大主意呢?让一人劳累而使天下人安逸,足见我并非无功于世的人吧。

○茶具

茗注莫妙于砂壶①,砂壶之精者,又莫过于阳羡,是人而知之矣。然宝之过情,使与金银比值,无乃仲尼不为之已甚乎②?置物但取其适用,何必幽渺其说,必至理穷义尽而后止哉③!凡制茗壶,其嘴务直,购者亦然。一曲便可忧,再曲则称弃物矣。盖贮茶之物与贮酒不同,酒无渣滓,一斟即出,其嘴之曲直可以不论;茶则有体之物也,星星之叶,入水即成大片,斟泻之时,纤毫入嘴,则塞而不流。啜茗快事,斟之不出,大觉闷人。直则保无是患矣,即有时闭塞,亦可疏通,不似武夷九曲之难力导也。

贮茗之瓶,止宜用锡。无论磁、铜等器,性不相能,即以金、银作供,宝之适以崇之耳。但以锡作瓶者,取其气味不泄;而制之不善,其无用更甚于磁瓶。询其所以然之故,则有二焉:一则以制成未试,漏孔繁多。凡锡工制酒壶、茶注等物,于其既成,必以水试,稍有渗漏,即加补苴,以其为贮茶、贮酒而设,漏即无所用之矣④;一到收藏干物之器,即忽视之,犹木工造盆造桶则防漏、置斗置斛则不防漏,其情一也。乌知锡瓶有眼,其发潮泄气反倍于磁瓶,故制成之后,必加亲试,大者贮之以水,小者吹之以气,有纤毫漏隙,立督补成。试之又必须二次,一在将成未镟之时,一则已成既镟之后。何也?常有初时不漏,迨镟去锡时、打磨光滑之后,忽然露出细孔,此非屡验谛视者不知。此为浅人道也。一则以封盖不固,气味难藏。凡收藏香美之物,其加严处全在封口,封口不密,与露处同。吾笑世上茶瓶之盖必用双层,此制始于何人?可谓七窍俱蒙者矣。单层之盖,可于盖内塞纸,使刚柔互效其力,一用夹层,则止靠刚者为力,无所用其柔矣。塞满细缝,使之一线无遗,岂刚而不善屈曲者所能为乎?即靠外面糊纸,而受纸之处又在崎岖凹凸之场,势必剪碎纸条,作蓑衣样式,始能贴服。试问以蓑衣覆物,能使内外不通风乎?故锡瓶之盖,止宜厚不宜双。藏茗之家,凡收藏不即开者,于瓶口向上处,先用绵纸二三层,实褙封固⑤,俟其既干,然后覆之以盖,则刚柔并用,永无泄气之时矣。其时开时闭者,则于盖内塞纸一二层,使香气闭而不泄。此贮茗之善策也。若盖用夹层,则向外者宜作两截,用纸束腰,其法稍便。然封外不如封内,究竟以前说为长。

〔注释〕

①茗注:茶具。

②仲尼不为之己甚:出自《孟子·离娄下》,意思是孔子待人处事从来不做太过分的事。这里单取"太过分"之意。

③幽渺:精深微妙。

④补苴(jū):指补缀、缝补,引申为弥补缺陷。

⑤褙(bèi):把布或纸一层一层地粘在一起。

〔译文〕

茶具没有比砂壶更妙的了,而精美的砂壶又莫过于阳羡所产的,这是人人皆知的。然而过分地喜欢就会把它与金、银比价值,这不就违背了孟子所说的"孔子不主张做事过分"的原则了吗?设置器物就要取其适用,何必弄得精深微妙、必须要理穷义尽才罢休呢!凡是制作茶壶,其茶壶嘴必须要直,购买的也是这样。有一点弯曲就不太好,更弯曲就可以称作弃物了。贮茶的器物与贮酒的器物不同,酒没有渣滓,一斟即出,壶嘴的曲直可以不论;茶则是有体之物,星星点点的茶叶,入水就会变成大片,斟泻的时候有一点进入壶嘴就会堵塞而不流。喝茶本来是件开心的事,但是茶水却倒不出来,就会觉得很郁闷。茶壶嘴是直的就会保证没有这样的忧患了,即使有的时候闭塞也可疏通,不像武夷九曲难以疏导。

贮存茶叶的瓶子,只有用锡是合适的。无论是瓷器还是铜器都不合适,即以金、银用作盛茶的器具,看着是珍爱它,实际上却是害了它。但是用锡作瓶子,是取其气味不泄的优点;但如果制作得不好,那么它比瓷瓶还要没用。询问其中的原因,则有两条:第一,做成以后如果不试一试,漏孔会非常多。凡是用锡制成的酒壶、茶具等器物,做成之后必须用水试,稍有渗漏,必须马上补缀,因为这是为贮存茶、贮存酒所设计的,渗漏就没用了;一到收藏干燥物品的器具就容易忽视,犹如木工造盆造桶必须防漏、置斗置斛则不防漏,则属于同一种情况。哪里知道锡瓶有眼,其发潮泄气反而比瓷瓶还要厉害,所以制成之后必须要亲自试一试,大的装上水,小的吹进气,有纤毫漏隙,立马督促补缀。试的时候必须要试两次,一次是在将成未镟的时候,一次则是在已成既镟之后。为什么呢?常常有一开始不漏,等到打镟去锡时、打磨光滑之后,忽然露出细孔,若不通过屡次试验、仔细查看是发现不了的。这是对浅知此道的人说的。第二如果盖子盖得不牢固,那么气味就会难藏。凡收藏香美的器物,其加严处全在封口,封口不密,与露在外面没有什么区别。我常笑话市面上茶瓶的盖子必须是两层的,这种制法开始于何人呢?可以说是七窍都被蒙住了。单层的盖子,可以在盖子内塞上纸,使刚柔互效其力,一用夹层,那么就只能靠刚者的力气,没有办法用柔者的力气了。塞满细缝,使得一线无遗,这岂不是刚而不善屈曲者所能做的吗？即使靠外面糊纸,而受纸的地方又崎岖凹凸不平,所以必须要剪碎纸条,做成蓑衣的样式才能贴服。试问用蓑衣覆盖物品,那么内外还能不通风吗？所以,锡瓶的盖子厚了合适,双层却不合适。收藏茶叶的人,凡是收藏不是很快需要打开的茶叶,在瓶口向上的地方先用两三层绵纸,一层层地糊好,等到它干了之后再用盖子盖上,那么就是刚柔并用、永无漏气的时候。如果是时开时闭,则在盖内塞上一两层纸,使香气闭而不泄。这是贮存茶叶的好办法。如果盖子要用夹层,那么向外的一层更适合做两截、用纸束腰,这样的方法会稍微好一点。然而封外不如封内,究竟还是以上面的说法为优。

○酒具

酒具用金银,犹妆奁之用珠翠,皆不得已而为之,非宴集时所应有也。富贵之家,犀则不妨常设,以其在珍宝之列,而无炫耀之形,犹仕宦之不饰观瞻者。象与犀同类,则有光芒太露之嫌矣。且美酒入犀杯,另是一种香气。唐句云:"玉碗盛来琥珀光。"[①]玉能显色,犀能助香,二物之于酒,皆功臣也。至尚雅素之风,则磁杯当首重已。旧磁可爱,人尽知之,无如价值之昂,日甚一日,尽为大力者所有,吾侪贫士欲见为难。然即有此物,但可作古董收藏,难充饮器。何也?酒后擎杯,不能保无坠落,十损其一,则如雁行中断,不复成群。备而不用,与不备同。贫家得以自慰者,幸有此耳。然近日冶人,工巧百出,所制新磁,不出成、宣二窑下,至于体式之精异,又复过之。其不得与旧窑争值者,多寡之分耳。吾怪近时陶冶,何不自爱其力,使日作一杯、月制一盏,世人需之不得,必待善价而沽②,其利与多制滥售等也,何计不出此?曰:不然。我高其技,人贱其能,徒让垄断于捷足之人耳。

〔注释〕

①玉碗盛来琥珀光:出自李白《客中行》:"兰陵美酒郁金香,玉碗盛来琥珀光。"

②善价而沽:等待好价钱卖出。

〔译文〕

酒具用金、银,犹如妆奁用珠翠,都是不得已而为之,不是宴集时的应有之事。富贵之家,犀角酒具不妨常设,是因为它在珍宝之列,而没有炫耀的意思,就如同仕宦之不在乎外表。象牙与犀角属于同类,有光芒太露的嫌疑。而且美酒倒入犀杯又另是一种香气。唐诗有云:"玉碗盛来琥珀光。"玉能显色,犀能助香,这两种东西对酒来说都是功臣。至于崇尚雅素的风气,那么瓷杯当属第一。旧瓷可爱,尽人皆知,无奈价值昂贵,日甚一日,尽为财力雄厚者所拥有,我辈贫士看一眼都很难得。然而即使有此物,只可以作为古董收藏,难以充当饮器。这是为什么呢?酒后举杯,不能保证杯子不会坠落,十个中损坏一个,那么就如同雁行中断,不复成群。准备好了却不用,与没准备是一样的。贫穷之家得以自我安慰,幸亏有这个东西。然而近日冶瓷的匠人,工巧百出,所制出的新瓷,不亚于成、宣这两个窑的产品,至于体式的精异,又有过之。但是其没有旧窑瓷器值钱的原因,只是因为多寡的不同。我奇怪最近人们陶冶,为什么不珍惜自己的力气,使得一天做成一个杯子、一个月制成一盏,世人需要但是得不到,那么商人就可以卖个好价钱,那么所获的利与多制滥售所获的利是一样的,那为什么不用这种办法呢?我说:不是这样的。我提高我的技艺,但是别人却轻贱我的能力,白白地让捷足先登的人垄断了产品的市场。

位置第二

〔题解〕

"位置第二"包含两款:一为忌排偶。所忌讳的排偶,是指有意为之,即使要避开排偶,也不必强使原本应同在一处的器物分开,至于八字形、四方形、梅花体等都是所忌讳的排偶。最妥善的处理方法是"与时变化,就地权宜,视形体为纵横曲直"。若是想要再润泽一二,这就是文雅君子的任务了。二为贵活变。

活变,就是要使物体活泼多变,"人欲活泼其心,先宜活泼其眼。""幽斋陈设,妙在日异月新。"从居家用具到房舍,都应该选择适当的办法进行调整,使其错落有致,令人心旷神怡。只有打破一成不变的常规,才能赋予器具、房舍以生命力,才能达到悦目、赏心的目的。

器玩未得,则讲购求;及其既得,则讲位置。位置器玩与位置人才同一理也。设官授职者,期于人地相宜;安器置物者,务在纵横得当。设以刻刻需用者,而置之高阁;时时防坏者,而列于案头。是犹理繁治剧之材,处清静无为之地;黼黻皇猷之品[1],作驱驰孔道之官[2]。有才不善用,与空国无人等也。他如方圆曲直、齐整参差,皆有就地立局之方、因时制宜之法。能于此等处展其才略,使人入其户、登其堂,见物物皆非苟设、事事具有深情,非特泉石勋猷[3],于此足征全豹,即论庙堂经济[4],亦可微见一斑。未闻有颠倒其家,而能整齐其国者也。

[注释]

[1]黼(fǔ)黻(fú)皇猷:指辅佐朝廷的文官。
[2]驱驰孔道:指在战场上能够横扫千军的武官。
[3]勋猷(yóu):功劳和功绩。
[4]经济:指经世济民。

[译文]

没有得到器玩的时候就想着如何才能买到；已经得到了就讲究摆放的位置。器玩的摆放与人才的任用是同一道理。设官授职的人，希望人才与所授职的地方相宜；安器置物则要求器物摆放得纵横得当。假设把经常需要的东西置之高阁，把时时刻刻怕损坏的东西陈列在案头，那么就像把善于理繁治剧的人才安置在清静无为的地方、将文官当作武官来任用一样。有人才但是不会重用，与空国无人是一样的。其他的如方圆曲直、齐整参差，皆有就地立局的规矩和因时制宜的方法。能在这些地方展示其才略，使人入其户、登其堂，见物物都不是随便摆设的、事事都具有深情，不只是一石一水的功劳，从这里足可以窥视全豹，即使是朝廷经世济民的大计也可见一斑。没有听说过那些连家里都整理不好的人，而能把国家治理得很好。

○忌排偶

"胪列古玩，切忌排偶"，此陈说也。予生平耻拾唾余，何必更蹈其辙？但排偶之中，亦有分别。有似排非排、非偶是偶；又有排偶其名而不排偶其实者，皆当疏明其说，以备讲求。如天生一日，复生一月，似乎排矣，然二曜出不同时，且有极明、微明之别，是同中有异，不得竟以排比目之矣。所忌乎排偶者，谓其有意使然，如左置一物，右无一物以配之，必求一色相俱同者与之相并，是则非偶而是偶,所当急忌者矣。若夫天生一对,地生一双,如雌雄二剑、鸳鸯二壶,本来原在一处者,而我必欲分之,以避排偶之迹,则亦矫揉执滞,大失物理人情之正矣。即避排偶之迹,亦不必强使分开,或比肩其形,或连环其势,使二物合成一物,即排偶其名,而不排偶其实矣。大约摆列之法,忌作八字形,二物并列,不分前后、不爽分寸者是也;忌作四方形,每角一物,势如小菜碟者是也;忌作梅花体,中置一大物,周遭以小物是也;余可类推。当行之法,则与时变化,就地权宜,视形体为纵横曲直,非可预设规模者也。如必欲强拈一二,若三物相俱,宜作品字形,或一前二后,或一后二前,或左一右二,或右一左二,皆谓错综;若以三者并列,则犯排矣。四物相共,宜作心字及火字格,择一或高或长者为主,余前后左右列之,但宜疏密断连,不得均匀配合,是谓参差;若左右各二,不使单行,则犯偶矣。此其大略也,若夫润泽之,则在雅人君子。

〔译文〕

"胪列古玩,切忌排偶",这都是老生常谈了。我生平耻于拾人唾余,何必重蹈覆辙?但是排偶也是有分别的。有似排非排的,也有非偶是偶的;又有名为排偶而实际不排偶的,都应该明白这些说法的意思,以备参考。就像天生了一个太阳,又生了一个月亮,这似乎就是排偶,但是太阳和月亮不会同时出来,而且有极明、微明的区别,这就是同中有异,不应该看作是排偶之类。排偶,最忌讳的就是我们所说的有意使它这样,如左边放了一个东西,右边没有东西和它相匹配,必须要有一个和它颜色相同的东西相配,这就是本来不是排偶而有意使之排偶,这是最忌讳的了。假如天生一对、地设一双,就像雌雄二剑、鸳鸯二壶,本来是在一个地方的,而我们一定要把它们分开,以避免产生排偶的迹象,这就是矫揉执滞、大失物理人情了。即使是为了避免排偶的迹象,也不必强迫分开它们;或者让它们比肩其形,或者连环其势,使两个器物合成一个器物,即使有排偶的外表,也没有排偶的实质。大致上摆列之法,忌讳八字形,两个东西并列,不分前后、不差分寸;忌讳四方形,每个角都有一个东西,就像小菜碟一样;忌讳梅花体,中间放一个大的器物,周遭都是小的器物;其余的都可以类推。其正确的做法,就是与时变化,就地权宜,按照物体的形体是纵横曲直,不可以提前设定规模。如果必须要说出个一二,如果三个东西放一起,适合作品字形,或一前二后,或一后二前,或左一右二,或右一左二,都可谓是错综有致;如果把三者并列放在一起,则犯了排偶的忌讳了。四种东西放在一起,适宜作心字以及火字格,选择一件或者高或者长的为主,其余就在前后左右陈列,但是应该疏密有致,不能均匀配合,这就称为参差;若左右各二不让其单行,那也犯了排偶的忌讳。这只是摆放器玩的大致情形,如果想让它更加合理,那就得有赖于雅人君子了。

○贵活变

幽斋陈设，妙在日异月新。若使古董生根，终年匏系一处，则因物多腐象，遂使人少生机，非善用古玩者也。居家所需之物，惟房舍不可动移，此外皆当活变。何也？眼界关乎心境，人欲活泼其心，先宜活泼其眼。即房舍不可动移，亦有起死回生之法。譬如造屋数进，取其高卑广隘之尺寸不甚相悬者，授意匠工，凡作窗棂门扇，皆同其宽窄而异其体裁，以便交相更替。同一房也，以彼处门窗挪入此处，便觉耳目一新，有如房舍皆迁者；再入彼屋，又换一番境界，是不特迁其一，且迁其二矣。房舍犹然，况器物乎？或卑者使高，或远者使近，或二物别之既久，而使一旦相亲，或数物混处多时，而使忽然隔绝，是无情之物变为有情，若有悲欢离合于其间者。但须左之右之，无不宜之，则造物在手，而臻化境矣。人谓朝东夕西，往来仆仆，"何许子之不惮烦乎"[①]？予曰：陶士行之运甓[②]，视此犹烦，未有笑其多事者；况古玩之可亲，犹胜于甓，乐此者不觉其疲。但不可为饱食终日无所用心者道。

古玩中香炉一物，其体极静，其用又妙在极动，是当一日数迁其位，片刻不容胶柱者也。人问其故，予以风帆喻之。舟行所挂之帆,视风之斜正为斜正,风从左而帆向右,则舟不进而且退矣。位置香炉之法亦然。当由风力起见,如一室之中有南北二牖,风从南来,则宜位置于正南,风从北入,则宜位置于正北;若风从东南或从西北,则又当位置稍偏,总以不离乎风者近是。若反风所向,则风去香随,而我不沾其味矣。又须启风来路,塞风去路,如风从南来而洞开北牖,风从北至而大辟南轩,皆以风为过客,而香亦传舍视我矣[3]。须知器玩之中,物物皆可使静,独香炉一物,势有不能。"爱之能勿劳乎"?待人之法也,吾于香炉亦云。

〔注释〕

①何许子之不惮烦乎:为什么许行君这样不怕麻烦?语出《孟子·滕文公上》:"何为纷纷然与百工交易?何许子之不惮烦?"许子,即许行,战国时一位奉行农家学说的人。

②陶士行之运甓(pì):陶士行即陶侃,东晋时曾任荆州和广州刺史。据说他为了锻炼身体,早上把一百块砖搬到屋里,晚上再搬出去。

③传舍:指古时供行人休息住宿的处所,即旅舍、旅店。

〔译文〕

幽斋的陈设,以日异月新为妙。如果使古董生根,终年都放在一个地方,那么就会因为事物多腐朽的迹象,而使人也少有生机朝气,这不是善于玩赏古董的人。居家所需的东西,只有房舍是不可移动的,除此之外都应当活变。这是为什么呢?眼界关乎心境,人如果想要使内心活泼,先应该活泼自己的眼睛。即使房舍不可以动移,那么也有起死回生的办法。譬如建造了数进房屋,选取高低宽窄的尺寸相差不是很大的,授意匠工,凡是做窗棂门扇,宽窄都要一样但是体式要不一样,以便交相更替。同一间房子,把另一处的门窗挪到这一处,便会觉得耳目一新,就像房舍都变了;再进入另一间屋就又换了一番境界,这样不仅变迁了一处,而且别的地方也变化了。房舍都是这个样子,更何况是器物呢?低的使它变高,远的使它变近,或者两个东西分开很久了,使他们忽然靠近,或者很多东西混在一起很长时间了,而使它们忽然隔绝,这就是使无情之物变为有情,就像有悲欢离合在其间。但须左右逢源,没有不合适的,这样就像造物主那样得心应手,达到很高的境界了。人们说朝东夕西,往来仆仆,"为什么像许行先生那样不怕麻烦呢"?我说:陶士行搬砖,看起来是非常麻烦的,但是没有笑他多事的;更何况古玩之可亲,要远远胜过砖头,喜欢做这件事的人就会觉得快乐,不会觉得疲劳。但是这样的话不可以对终日饱食而不用心的人去说。

  古玩中香炉这一器物,禀性非常静,但是它的用处又妙在极有动感,这是说一天迁动好几个地方,片刻都不会在一个地方固定不动。人们问其原因,我可用风帆作个比喻。舟前行所挂的帆,以风的斜正为斜正,风从左边刮来那么帆就向右,那么舟就不进而退了。放置香炉的方法也一样。应当由风向来决定,如果一间屋子中有南北两面窗户,风从南面吹来,那么最适宜的位置就是正南,风从北面刮进来,那么最适合的位置就是正北;如果风从东南或从西北吹来,那么位置也应该稍微偏一点,总之不离开风向就好。如果和风向相反,那么香味就会随着风一起吹走,而自己就闻不到香味了。又必须开启风的来路,堵塞风的去路,如果风从南边吹来而洞开北牖,风从北至而大辟南轩,这都是以风为过客,那么香味也就把我视为旅舍了。必须要知道器玩之中,任何东西都可以使它静止不动,只有香炉这一器物,势所不能。"喜爱他能不叫他劳动吗"?这是待人的方法,我对香炉也是这样说。

饮馔部

饮馔部包括蔬食第一、谷食第二、肉食第三。李渔在这一卷里化身为美食家，专谈美食与养生之道等，颇有一番见解。"蔬食第一"分为八款，讲述常见蔬菜的特性及烹饪方法以及注意事项。"谷食第二"分为五款，包括粥饭、汤、糕饼、面、粉五种居家必备的食物。"肉食第三"分为十二款，介绍了可食用的家禽家畜及野禽野兽等。在这一部分中，李渔提出的"肉食者鄙"的观点，显然是不具备科学依据的。另外，还涉及养生、人道主义、节用等内容，深刻地体现了"自然""可持续性发展"等理念和中国古代"民以食为天"的特点。

蔬食第一

〔题解〕

"蔬食第一"共含八款：一为笋。李渔给了笋极高的评价，认为其是"蔬食中第一品也"。至于食笋的方法，李渔从食素和食荤两个方面来谈，"素宜白水，荤用肥猪"。二为蕈。这种东西"无根无蒂,忽然而生",食用这种食物,就仿佛"吸山川草木之气",素食固然很好,但是如果搭配少许荤食则更好。三为莼。这是一种味道极其鲜美的水生植物,李渔说"陆之蕈,水之莼,皆清虚妙物也"。四为菜。这里的菜就是指寻常的蔬菜,烹饪蔬菜的第一步就是"摘之务鲜,洗之务净"。清洗蔬菜绝对不能敷衍了事,必须将其毫无遗漏地洗干净。蔬菜之中,最杰出的莫过于黄芽菜,色相最奇特的莫过于发菜。五为瓜、茄、瓠、芋、山药。这些食物不仅可以当菜,还可以做饭,烹饪方法也各不相同。六为葱、蒜、韭。这几种食物是蔬菜之中味道最重的,能"秽人齿颊及肠胃"。七为萝卜。生萝卜做成小菜最宜下粥,但是食用过后会打嗝,且带有难闻的气味。熟萝卜味道清甜。八为芥辣汁。辣芥越老越辣,李渔对芥辣汁也有极高的评价,"以此拌物,无物不佳"。

  吾观人之一身,眼、耳、鼻、舌、手、足、躯骸,件件都不可少;其尽可不设而必欲赋之、遂为万古生人之累者,独是口腹二物。口腹具而生计繁矣,生计繁而诈伪奸险之事出矣;诈伪奸险之事出而五刑不得不设①。君不能施其爱育,亲不能遂其恩私,造物好生,而亦不能不逆行其志者,皆当日赋形不善,多此二物之累也。草木无口腹,未尝不生;山石土壤无饮食,未闻不长养。何事独异其形而赋以口腹?即生口腹,亦当使如鱼虾之饮水、蜩螗之吸露②,尽可滋生气力,而为潜跃飞鸣。若是,则可与世无求,而生人之患熄矣。乃既生以口腹,又复多其嗜欲,使如溪壑之不可厌;多其嗜欲,又复洞其底里,使如江海之不可填。以致人之一生,竭五官百骸之力,供一物之所耗而不足哉!吾反复推详,不能不于造物是咎。亦知造物于此,未尝不自悔其非,但以制定难移,只得终遂其过。甚矣!作法慎初,不可草草定制。

吾辑是编而谬及饮馔,亦是可已不已之事。其止崇俭啬,不导奢靡者,因不得已而为造物饰非,亦当虑始计终,而为庶物弭患。如逞一己之聪明,导千万人之嗜欲,则匪特禽兽昆虫无噍类③,吾虑风气所开,日甚一日,焉知不有易牙复出、烹子求荣④、杀婴儿以媚权奸⑤、如亡隋故事者哉!一误岂堪再误?吾不敢不以赋形造物视作覆车。

声音之道,丝不如竹,竹不如肉,为其渐近自然。吾谓饮食之道,脍不如肉,肉不如蔬,亦以其渐近自然也。草衣木食,上古之风,人能疏远肥腻,食蔬蕨而甘之,腹中菜园,不使羊来踏破,是犹作羲皇之民⑥,鼓唐虞之腹⑦,与崇尚古玩同一致也。所怪于世者,弃美名不居,而故异端其说,谓佛法如是,是则谬矣。吾辑《饮馔》一卷,后肉食而首蔬菜,一以崇俭,一以复古;至重宰割而惜生命,又其念兹在兹,而不忍或忘者矣。

〔注释〕

①五刑:中国古代五种主要刑罚的统称。

②蜩(tiáo)螗(táng):蝉的别名,也作"蜩螳"。

③噍(jiào)类:指活物。

④易牙复出、烹子求荣:出自《管子·小称》:"夫易牙以调和事公,公曰:'惟蒸婴儿未尝。'于是蒸其首子而献之公。"

⑤杀婴儿以媚权奸:隋炀帝时期开凿运河,开河督都护麻叔谋到达宁陵后,患风逆之病卧床不起,太医说须用肥嫩的羔羊肉蒸熟后加入药物服食。村民献羊羔者数千人,麻叔谋给了他们优厚的报酬。宁陵县下马村富户陶榔儿,因祖坟靠近河道担心开河时被掘,就偷了别人家的三四岁的小孩,杀死后砍掉头脚,蒸熟献给麻叔谋。麻叔谋吃后十分满意,下令开凿河道时避开陶家坟地。于是陶榔儿兄弟及其他知情者,争相偷盗别人家婴儿献给麻叔谋求赏。

⑥羲皇:即伏羲。

⑦唐虞:唐尧与虞舜的并称。

〔译文〕

我观察人的身体,眼睛、耳朵、鼻子、舌头、手、脚、身躯,每样都不能少;大可不必创造而造物主一定要赋予、于是成为万世人类的累赘的,只有口与腹这两样东西。有了口与腹,生计就会繁多,生计繁多继而会出现欺诈、伪造、奸邪、凶险的事;出现欺诈、伪造、奸邪、凶险的事那么不得不设立五刑。君王不能对臣子施加教化,父母不能对子女施加恩惠、偏私,造物主有好生之德,然而也不能不违背自己的意愿,这都是当日形体赋予得不好,大多

饮馔部 | 213

是口与腹这两者造成的负累。草木没有口与腹,何尝不生长呢;山石土壤不吃饭,也没有听说过它们不生存。为什么唯独赋予了人类不一样的形体,给了人类口与腹呢?既然生出了口与腹,也应该让它们像鱼虾喝水、蝉吸食露水一样,大可滋生出力气,从而能潜水、跳跃、飞翔和鸣叫。若是这样,那么可以与世无争,人类的祸患自然也就平息了。然而既生出了口、腹,又多出了嗜好和欲望,就像溪流沟壑一样不知满足;多了嗜好和欲望,又洞察这两者的底里,就像江与海一样不能填平。以至于人的一生,竭尽五官躯干的力量,去供养口、腹的消费却仍然不足够!我反复推理,不能不归咎于造物主。既已知道造出这样的物,未尝没有后悔过,但因为此物已经生成没法转移,只能任由这样的过错。太恐怖了!设立法度一定要防患于未然,切不可草草地定制。

我写这一篇冒昧地谈及饮食,也是可谈可不谈的一件事。只崇尚节俭,不提倡奢靡,是因为不得已在给造物主掩饰过错,也应该考虑全面有始有终,为平民百姓消除祸患。如果仅逞自己的聪明,导致成千上万人的嗜欲,那么不仅是牲畜禽兽昆虫难以活下来,我担心这种风气一开,一天比一天严重,哪里知道有没有像易牙一样为得君主赏识把自己儿子煮掉的事,像隋炀帝时期杀死婴儿用来谄媚权臣的事呢!已经有一错了,哪里能承受一再错下去?我不敢不把造物主赋予形体这件事当作前车之鉴。

声音之道,弦乐不如管乐,管乐不如人的嗓子,这叫作渐渐趋近自然。我认为饮食的道理,细切的肉不如熟肉,熟肉不如蔬菜,这也是渐渐趋近自然。靠草木穿衣吃饭,是上古流传下来的风气,人们能够远离肥腻的食物,吃蔬菜并认为它很甘美,不让羊来踩踏肚子里的菜园,就像是伏羲的子民,填饱尧舜的肚子,与崇尚古玩是一样的道理。怪异的是世人放弃了美名,却故意做异端邪说,还说佛法如此,实在荒谬。我写《饮馔》这一卷,先写蔬菜部分后写肉食部分,一是崇尚节俭,一是为恢复古制;至于慎重宰割、珍惜生命,又是心心念念,不忍心忘掉。

○笋

论蔬食之美者,曰清,曰洁,曰芳馥,曰松脆而已矣。不知其至美所在,能居肉食之上者,只在一字之"鲜"。《记》曰:"甘受和,白受采。"①"鲜"即"甘"之所从出也。此种供奉,惟山僧野老躬治园圃者得以有之②,城市之人向卖菜佣求活者,不得与焉。然他种蔬食,不论城市山林,凡宅旁有圃者,旋摘旋烹,亦能时有其乐。至于笋之一物,则断断宜在山林,城市所产者,任尔芳鲜,终是笋之剩义。此蔬食中第一品也,肥羊嫩豕,何足比肩?但将笋、肉齐烹,合盛一簋③,人止食笋而遗肉,则肉为鱼而笋为熊掌可知矣④。购于市者且然,况山中之旋掘者乎?

食笋之法多端,不能悉纪,请以两言概之,曰:"素宜白水,荤用肥猪。"茹斋者食笋,若以他物伴之,香油和之,则陈味夺鲜,而笋之真趣没矣。白煮俟熟,略加酱油,从来至美之物,皆利于孤行,此类是也。以之伴荤,则牛、羊、鸡、鸭等物皆非所宜,独宜于豕,又独宜于肥。肥非欲其腻也,肉之肥者能甘,甘味入笋,则不见其甘,但觉其鲜之至也。烹之既熟,肥肉尽当去之,即汁亦不宜多存,存其半而益以清汤。调和之物,惟醋与酒。此制荤笋之大凡也。笋之为物,不止孤行并用各见其美,凡食物中无论荤素,皆当用作调和。菜中之笋与药中之甘草,同是必需之物,有此则诸味皆鲜,但不当用其渣滓,而用其精液。庖人之善治具者,凡有焯笋之汤,悉留不去,每作一馔,必以和之,食者但知他物之鲜,而不知有所以鲜之者在也。《本草》中所载诸食物⑤,益人者不尽可口,可口者未必益人,求能两擅其长者,莫过于此。东坡云:"宁可食无肉,不可居无竹。无肉令人瘦,无竹令人俗。"不知能医俗者,亦能医瘦,但有已成竹、未成竹之分耳。

〔注释〕

①"甘受和"二句:出自《礼记·礼器》,意为甜味可以接受与各种味道调和,白色可以接受与各种色彩调和。

②山僧野老:出自南宋陆游的《药圃》:"山僧与野老,言议各有取。"山

僧,指隐居山中的僧人。野老,指村民。

③簋(guǐ):古代盛食物的圆形器具。

④则肉为鱼而笋为熊掌可知矣:此句化用《孟子·告子》句:"鱼,我所欲也,熊掌亦我所欲也;二者不可得兼,舍鱼而取熊掌者也。"

⑤《本草》:指明代李时珍所著《本草纲目》。

[译文]

说起蔬菜的美味,清爽、干净、芳香、松脆如此而已。人们不知道蔬菜最美味而能超越肉食的方面,只在一个"鲜"字上。《礼记》说:"甘受和,白受采。""鲜"就是从"甘"而来。这种鲜味的供奉,只有亲身治理菜园的僧人和村民才能得享,城里的人向卖菜的人买鲜菜,是得不到的。然而其他的蔬菜,不论是在城市还是在山间,凡是房屋旁边有菜园的,随时采摘随时烹饪,也能时时享受到乐趣。至于笋这个东西,那么一定要在山林采摘,城市生产出来的,任凭它有多新鲜,终究是笋中的次品。这是蔬菜里的第一佳品,肥嫩的羊和猪,哪里能够和它比呢?如果把笋与肉一起烹调,都盛在一个簋中,人们只吃掉笋却把肉剩下,那么可以知道肉在人们看来就像鱼一样,笋在人们看来就像熊掌一样。在市场买的尚且是如此,何况是从山里刚挖出来的呢?

笋的吃法有很多,难以悉数记载下来,请允许我用两句话概括,就是:"素宜白水,荤用肥猪。"吃斋饭的人吃笋,要是和其他食物一起,用香油搅合,那么陈味会夺去鲜味,笋的真趣就没有了。用白水煮,等到熟后,少加点酱油,最美味的食物都适合单

饮馔部 | 217

独烹煮，笋就是这样。拿它与荤菜一起吃，那么牛、羊、鸡、鸭这些都不合适，只有猪适合，又只有肥猪肉适合。用肥肉不是想要把这道菜做腻，肥肉能带来甘味，甘味渗入笋中，尝不到甘，只觉得笋鲜到了极致。煮熟了，应该把肥肉都去掉，汤汁也不宜多留存，留一半再兑上清汤。调和的佐料，只用醋和酒。这是做荤菜与笋的一般情形。笋这一食物，不只是单独烹饪或与其他食物一起吃，各有各的优点，凡是食物，无论荤素都可以用笋调和佐味。蔬菜中的笋和药中的甘草，同样是必需品，有它们百味都是鲜的，只是不应该用它们的残渣，而是应该用它们的精华汁液。善于做菜的厨师，凡是有焯过笋的汤，都留着不倒掉，每做一道菜，都会拿笋汤调和，吃的人只知道其他食物的鲜美，却不知道有让这道菜味道鲜美的笋的存在。《本草纲目》中记载的食物很多，对人体有益的不都是可口的，可口的未必对人体有益，寻求能够二者兼备的，莫过于笋了。苏轼说过："宁可食无肉，不可居无竹。无肉令人瘦，无竹令人俗。"不知道能医治俗气的，也能医治消瘦，只不过有已经成长为竹子和没有长成竹子的区别。

○莼

陆之蕈、水之莼①，皆清虚妙物也。予尝以二物作羹，和以蟹之黄、鱼之肋，名曰"四美羹"。座客食而甘之，曰："今而后，无下箸处矣！"

〔注释〕

①莼:即莼菜,一种水生蔬菜,又名马粟、水葵、马蹄草等,嫩茎和嫩叶可供食用。

〔译文〕

陆地上的蕈、水里的莼菜,都是清虚的好东西。我曾经把这两种食物做羹汤,配上蟹黄和鱼肋,名字叫作"四美羹"。座中宾客吃了认为它甘美,说:"今天以后,就没有下筷子的地方了!"

○萝卜

生萝卜切丝作小菜,伴以醋及他物,用之下粥最宜。但恨其食后打嗳①,嗳必秽气。予尝受此厄于人,知人之厌我,亦若是也,故亦欲绝而弗食。然见此物大异葱、蒜,生则臭,熟则不臭,是与初见似小人,而卒为君子者等也。虽有微过,亦当恕之,仍食勿禁。

〔注释〕

①打嗳:打嗝。

〔译文〕

生萝卜切丝做成小菜,伴以醋和其他食物,用它来搭配喝粥最合适。但不喜欢的是吃完打嗝,一打嗝必定会有污秽难闻的气味出来。我曾经在别人处受过这种难闻气味,知道别人也会因此讨厌我,所以也想要谢绝而不吃它。然而发现这一食物与葱、蒜大为不同,生萝卜臭,熟萝卜不臭,这和与人相处初次见面觉得对方像是小人,而最终发现他是君子一样。虽有小错,也应当宽恕它,还应该选择吃它,不忌口。

谷食第二

〔题解〕

"食之养人,全赖五谷"。"谷食第二"内含五款:一为饭粥。饭和粥这两种食物,是家常必备品。但李渔对这两种最常见的食物也要精益求精,他指出米饭的大忌是"在内生外熟,非烂即焦",米粥的大忌是"在上清下淀,如糊如膏"。想要避免这种情况,就要做到"粥水忌增,饭水忌减"。至于宴请宾客所食用的米饭,要比自家食用时精致一点,可以在饭中撒花露以增加香气。二为汤。"宁可食无馔,不可饭无汤",汤是节俭之物,能够果腹,并且吃汤羹有利于养生,养生之人不可不吃。三为糕饼。李渔仅用八个字概括"糕贵乎松,饼利于薄"。四为面。李渔在这一款中介绍了两种面:"五香面""八珍面"。"调和诸物,尽归于面",以达养心之功效。五为粉。粉的名目很多,常见且适用的藕、葛、蕨、绿豆。藕粉和葛粉只需要热水就可以做熟,粉食中蕨粉最耐嚼,绿豆粉次之。

食之养人,全赖五谷。使天止生五谷而不产他物,则人身之肥而寿也,较此必有过焉,保无疾病相煎、寿夭不齐之患矣。试观鸟之啄粟、鱼之饮水,皆止靠一物为生,未闻于一物之外,又有为之肴馔酒浆、诸饮杂食者也。乃禽鱼之死,皆死于人,未闻有疾病而死,及天年自尽而死者,是止食一物,乃长生久视之道也。人则不幸而为精腆所误①,多食一物,多受一物之损伤,少静一时,少安一时之淡泊。其疾病之生、死亡之速,皆饮食太繁、嗜欲过度之所致也。此非人之自误,天误之耳。天地生物之初,亦不料其如是,原欲利人口腹,孰意利之反以害之哉!然则人欲自爱其生者,即不能止食一物,亦当稍存其意,而以一物为君②。使酒肉虽多,不胜食气,即使为害,当亦不甚烈耳。

〔注释〕

①精腆(tiǎn):指精美丰盛的食物。
②以一物为君:某一种居于主要地位的为君,这里指以一种食物为主。

〔译文〕

食物养人,全靠五谷。如果上天只产出五谷而不生产其他食物，那么人的身体强壮并且长寿，相较现在一定有过之而无不及，保证没有疾病煎熬、长寿与夭折不对等的忧患。试观鸟啄粟米、鱼喝水，都只是靠一种食物生存，没有听说过除了吃一种食物以外，又有吃饭饮酒、吃喝杂食的动物。鸟兽虫鱼的死，都是因为人而死，没有听说过有因为疾病死掉的，还有到了天年自然死去的，所以只吃一种食物，才是长生之道。人们不幸被精美丰盛的食物耽误，多吃一种食物，就多受一种食物带来的损伤，就会少一时的安静、少一时的淡泊。疾病缠身、快速死亡，都是饮食太过频繁、嗜欲过度导致的。这不是人自误，而是天误人。天地创造食物的初心，没有料到变成了这样，原本是想要让人饱口腹之欲，谁能想到本来对人有利现在反倒成了对人有害了呢！既然如此，人们想要爱惜自己生命的话，即便不能只吃一种食物，也应该稍稍注意，应该以一种食物为主。即便酒肉再多，也不要超过主食，这样即使有危害，应该也不怎么严重。

○饭、粥

粥、饭二物，为家常日用之需，其中机彀①，无人不晓，焉用越俎者强为致词？然有吃紧二语，巧妇知之而不能言者，不妨代为喝破，使姑传之媳②、母传之女，以两言代千百言，亦简便利人之事也。

先就粗者言之。饭之大病，在内生外熟，非烂即焦；粥之大病，在上清下淀，如糊如膏。此火候不均之故，惟最拙、最笨者有之，稍能炊爨者必无是事③。然亦有刚柔合道、燥湿得宜，而令人咀之嚼之，有粥饭之美形，无饮食之至味者。其病何在？曰：挹水无度④、增减不常之为害也。其吃紧二语，则曰："粥水忌增，饭水忌减。"米用几何，则水用几何，宜有一定之度数。如医人用药，水一钟或钟半⑤，煎至七分或八分，皆有定数。若以意为增减，则非药味不出，即药性不存，而服之无效矣。不善执爨者，用水不均，煮粥常患其少，煮饭常苦其多。多则滗而去之，少则增而入之，不知米之精液全在于水，滗去饭汤者，非去饭汤，去饭之精液也。精液去则饭为渣滓，食之尚有味乎？粥之既熟，水米成交，犹米之酿而为酒矣。虑其太厚而入之以水，非入水于粥，犹入水于酒也。水入而酒成糟粕⑥，其味尚可咀乎？故善主中馈者⑦，挹水时必限以数，使其勺不能增，滴无可减，再加以火候调匀，则其为粥为饭，不求异而异乎人矣。

宴客者有时用饭，必较家常所食者稍精。精用何法？曰：使之有香而已矣。予尝授意小妇，预设花露一盏，俟饭之初熟而浇之，浇过稍闭，拌匀而后入碗。食者归功于谷米，诧为异种而讯之，不知其为寻常五谷也。此法秘之已久，今始告人。行此法者，不必满釜浇遍，遍则费露甚多，而此法不行于世矣。止以一盏浇一隅，足供佳客所需而止。露以蔷薇、香橼、桂花三种为上⑧，勿用玫瑰,以玫瑰之香,食者易辨,知非谷性所有。蔷薇、香橼、桂花三种,与谷性之香者相若,使人难辨,故用之。

〔注释〕

①机彀(gòu):奥妙,道理。

②姑:丈夫的母亲,婆婆。

③炊爨(cuàn):烧火煮饭。

④挹(yì):舀,把液体盛出来。

⑤钟:古代容器,一种圆形的壶。

⑥糟粕:酿酒剩下的渣滓。

⑦中馈:古代指家中提供饭食之事。后来因家中提供饭食多为妇人,故用以代指妻室。

⑧香橼(yuán):又名枸橼或枸橼子,芸香科植物。

〔译文〕

粥、饭这两者,是家常日用的必需,其中的道理,无人不知无人不晓,哪里用得着我越俎代庖强行解说呢?然而有要紧的两句话,巧妇知道却不能说出来,不妨让我代她们说破,让婆婆传授给儿媳、母亲传授给女儿,用两句话代替千百句话,也是简便利人的事情。

先拿粗略的谈谈。煮米饭的大忌,是内里生外面熟,不是烂了就是焦了;煮粥的大忌,是上面清澈下面沉淀,像面糊浓膏。这是火候不均匀的缘故,只有最笨拙的人会做成这样,稍微会烧火煮饭的人一定不会发生这样的事。然而也有刚柔兼备、湿燥适宜,但让人咀嚼起来,虽有粥饭的美好卖相,却没有饮食的香味。问题出在哪里?回答说:舀水没掌握好量,增减不定造成的危害。这要紧的两句话,就是说:"煮粥的水忌增,煮饭的水忌减。"用多少米,就用多少水,应该有一定的比例。比如医生用药,水用一钟或是一钟半,煎到七分或是八分,都是有定数的。若是按自己的心意来增减水量,那么不是药味出不来,就是药性不复存在,服用了也没有效果。不善于烧火做饭的人,用水不均匀,煮粥经常担心水少了,煮饭经常忧虑水多了。水多就把水滗出去一点,水少就添一点水到粥饭里,她们不知道米的精华全在水里,滗去饭汤的话,其实不是滗去饭汤,是丢掉了饭的精华。去掉精华,那么饭就是渣滓,吃起来会有味道吗?粥既已煮熟,水和米交融在一起,就像米酿成了酒。担心它太浓稠给它加些水,不是在粥里添水,而像在酒里兑水一样。水添进酒里就成了糟粕,它的味道还能品尝吗?所以善于执掌家中饮食的人,舀水的时候一定要限制水量,让舀水的勺不能再添一滴、也不能减少一滴,再加上火候掌握得正好,那么她不论是做粥还是做饭,即使不求突出也能自然而然与别人做的不同了。

宴请宾客用的饭,一定比家常吃的饭稍稍精细点。用什么办法让饭精细呢?回答说:让饭有香味就可以了。我曾经教给小妾,预先准备一盏花露,等饭初熟的时候浇在饭上,浇过后稍稍等一会儿,把它搅拌均匀后放入碗中。吃的人把香气归功于谷米,诧异这谷米是特异品种来询问我,他们不知道吃的是寻常五谷。这种方法我秘密使用了很久,今天才把它告知众人。使用这个办法的时候,不必把整个锅都浇遍,浇遍的话用的花露很多,这个方法就不会流行于世了。只用一盏花露浇一块地方,足够满足贵客需要就行了。花露以蔷薇、香橼、桂花这三种为上乘,不要用玫瑰,因为玫瑰的香味,吃饭的人容易辨识,知道这不是谷类所具有的气味。蔷薇、香橼、桂花这三种,与谷类的香气相似,让人难以辨别,所以选用他们。

○面

南人饭米,北人饭面,常也。《本草》云"米能养脾,麦能补心"[①],各有所裨于人者也。然使竟日穷年止食一物,亦何其胶柱口腹,而不肯兼爱心脾乎？予南人而北相,性之刚直似之,食之强横亦似之。一日三餐,二米一面,是酌南北之中,而善处心脾之道也。但其食面之法,小异于北,而且大异于南。北人食面多作饼,予喜条分而缕晰之,南人之所谓"切面"是也。南人食切面,其油、盐、酱、醋等作料,皆下于面汤之中,汤有味而面无味,是人之所重者不在面而在汤,与未尝食面等也。予则不然,以调和诸物,尽归于面,面具五味而汤独清,如此方是食面,非饮汤也。

所制面有二种,一曰"五香面",一曰"八珍面"。五香膳己,八珍饷客,略分丰俭于其间。五香者何？酱也,醋也,椒末也,芝麻屑也,焯笋或煮蕈煮虾之鲜汁也。先以椒末、芝麻屑二物拌入面中,后以酱、醋及鲜汁三物和为一处,即充拌面之水,勿再用水。拌宜极匀,擀宜极薄,切宜极细,然后以滚水下之,则精粹之物尽在面中,尽匀咀嚼,不似寻常吃面者,面则直吞下肚,而止咀哑其汤也[2]。八珍者何？鸡、鱼、虾三物之肉,晒使极干,与鲜笋、香蕈、芝麻、花椒四物,共成极细之末,和入面中,与鲜汁共为八种。酱、醋亦用,而不列数内者,以家常日用之物,不得名之以"珍"也。鸡、鱼之肉,务取极精,稍带肥腻者弗用,以面性见油即散、擀不成片、切不成丝故也。但观制饼饵者,欲其松而不实,即拌以油,则面之为性可知已。鲜汁不用煮肉之汤,而用笋、蕈、虾汁者,亦以忌油故耳。所用之肉,鸡、鱼、虾三者之中,惟虾最便,屑米为面,势如反掌,多存其末,以备不时之需；即膳已之五香,亦未尝不可六也。拌面之汁,加鸡蛋青一二盏更宜,此物不列于前而附于后者,以世人知用者多,列之又同剿袭耳。

[注释]

①"米能养脾"二句：出自《本草纲目》："思邈曰：糯米味甘,脾之谷也。脾病宜食之。……时珍曰：糯米性温,酿酒则热,熬饧犹甚,故脾肺虚寒者宜之。""小麦[气味]甘,微寒,无毒……养心气,心病宜食之。"

②咀哑：指品味。咀,含在嘴里细细玩味。哑,舌头与腭接触发声。

〔译文〕

　　南方人吃米，北方人吃面，通常都是这样。《本草纲目》里说"米能养脾，麦能补心"，对人各有裨益。然而让人们一年到头只吃一种食物，对口腹是何等的固执，却不肯兼爱心和脾吗？我是南方人，却有北方人的品相，性格刚直像北方人，吃饭豪横也像北方人。一日三餐，吃两顿米一顿面，是考虑在南北方之间折中一下，也是精通滋养心和脾的方法。但我吃面的方法，和北方吃法差异小，和南方吃法差异大。北方人吃面大多是做成饼，我喜欢把面做成一条条、一缕缕根根分明，就是南方人所谓的"切面"。南方人吃切面，油、盐、酱、醋这些佐料都下在面汤里，汤有味道面却没有味道，这样人们注重的不在面上而在汤上，与没有吃过面一样了。我就不这么做，把调和的各种佐料都放在面里，让面条具备五味唯独汤是清爽的，如此才是吃面，不是喝汤。

　　我做的面有两种，一种是"五香面"，一种是"八珍面"。五香面做给自己吃，八珍面用来招待客人。它们之间略微有点丰盛和节俭的区别。五香是指什么呢？酱、醋、花椒面、芝麻粒、焯过笋或是煮过蕈、虾的新鲜汤汁。先把花椒面、芝麻粒拌在面里，再把酱、醋和新鲜汤汁混合在一起，当作拌面的水，不要再用清水了。拌面适宜拌得极匀，擀面适宜擀得极薄，切面适宜切得极细，然后用滚烫的热水煮面，这样精粹的食物都在面里，可以尽情咀嚼，不像寻常人家吃面，直吞进肚子里，只能品味面汤的味道了。八珍是指什么呢？鸡、鱼和虾的肉，晒得极干，和鲜笋、香蕈、芝麻、花椒这四种食物，共同碾成极细的粉末，和在面里，与新鲜汤汁加起来一共是八种。也会用到酱和醋，但不算在所列的八种里面，因为这两者是家常日用的佐料，不能称得上是"珍"。鸡、鱼的肉，一定要选取极精细的，稍微带点儿肥腻的肉就不要用，是面一碰见油就散、擀不成片、切不成丝的缘故。观察制作饼的人，想要让饼松软不硬实，就拿油拌，从而可以知道面的特性。新鲜汤汁不用煮肉的汤，而是用煮笋、蕈、虾的水，也是忌讳油的缘故。所用的肉、鸡、鱼、虾这三者之中，只有虾最便捷，把虾米磨成面，易如反掌，多保存些虾的粉末，以备不时之需；即使给自己吃的五香面，也不是不可以成为六香。拌面的汤汁，加上一两盏鸡蛋清的话就更合适了。它之所以不列在前面而被附加在后面，是因为世人都知道，用它做面的也多，列在前面的话又像抄袭似的。

○粉

粉之名目甚多，其常有而适于用者，则惟藕、葛、蕨、绿豆四种。藕、葛二物，不用下锅，调以滚水，即能变生成熟。昔人云："有仓卒客，无仓卒主人。"欲无为仓卒主人，则请多储二物。且卒急救饥亦莫善于此。驾舟车行远路者，此是糇粮中首善之物[①]。粉食之耐咀嚼者，蕨为上，绿豆次之。欲绿豆粉之耐嚼，当稍以蕨粉和之。凡物入口而不能即下，不即下而又使人咀之有味，嚼之无声者，斯为妙品。吾遍索饮食中，惟得此二物。绿豆粉为汤,蕨粉为下汤之饭,可称"二耐"。齿牙遇此,殆亦所谓劳而不怨者哉!

〔注释〕

①糇(hóu)粮:干粮,粮食。

〔译文〕

　　粉的名目非常多,常见并且便于食用的,只有藕粉、葛粉、蕨粉、绿豆粉四种。藕粉、葛粉这两种东西,不用下锅,拿开水调和,就能变生为熟。前人说:"有匆忙急促的客,无匆忙急促的主人。"不想要成为匆忙急促的主人,那就请多储存这两种食物。而且快速解救饥饿也没有比此物更好的了。驾车远行的人,此物是干粮中最好的备选。吃起来耐咀嚼的粉,蕨粉为上乘,绿豆粉次之。想要绿豆粉耐嚼些,应当拿点蕨粉与它相和。凡是入口不能立刻咽下、不立刻咽下又让人咀嚼起来有味道、嚼起来没有声音的食物,都是佳品。我在饮食中寻找遍了,才找到这两种食物。绿豆粉做汤、蕨粉做下汤的饭,可称得上是"二耐"。牙齿遇到它们,应该也是所谓的愿意效劳没有怨言了!

肉食第三

〔题解〕

　　李渔在这一部分开始的时候就提出"肉食者鄙,未能远谋"

"食肉之人不善谋者"等观念,显然这个观念是不符合实际的,今人应当辩证地看待。这一部分包含十二款:一为猪。这一款讲述了"东坡肉"名称的趣事。二为羊。羊肉是食物中折耗最厉害的,羊肉虽滋补,却也害人,因此不宜过度食用羊肉。三为牛、犬。牛、犬于世有功,李渔主张禁食牛肉、狗肉。四为鸡。鸡虽也有功,但较牛、犬小,故可以食用,只是要注意刚孵出的以及重量不足一斤的小鸡不能吃。五为鹅。鹅肉肥且甘,肉质的口感和喂养的饲料有密切关系。李渔还讲述了烹饪鹅掌的残忍手法,实在不忍鹅遭受如此痛楚,这也体现了李渔的人道主义精神。六为鸭。鸭在禽类中最为养生。七为野禽、野兽。野禽可以常吃,野兽却很难得。时至今日,无论是从维持生态系统的完整性和平衡性,还是保持自己身体健康的角度来看,我们都不应食用野味。八为鱼。"水族难竭而易繁",所以渔人捕捞鱼类是"取所当取"。吃鱼重在鲜、肥,不同品种的鱼对应不同的烹饪方式,煮鱼时切忌水多。九为虾。"虾为荤食之必需",但是虾不能单独成菜,必须与其他食物相配,否则会给人兴味索然之感。十为鳖。李渔引古诗言鳖味道之鲜美。十一为蟹。李渔认为最上乘的食用方式就是保持蟹的全体,上锅蒸熟后储存在冰盘之中,这样才不会泄露螃蟹的香气和美味,最好是自己动手剥蟹,"旋剥旋食则有味"。十二为零星水族。这一款中,李渔介绍了味如乳酪的"斑子鱼"、海味中的至美之物"西施舌"和"江瑶柱"、烹饪方式极为复杂的河豚等。在这十二款后,李渔又附"不载果食茶酒说"一文,主要讲的是水果乃酒的仇人,茶乃酒的敌人,爱喝酒的人必定不爱喝茶与吃水果,这可能没什么科学依据,是李渔个人的经验之谈。

"肉食者鄙"①,非鄙其食肉,鄙其不善谋也。食肉之人不善谋者,以肥腻之精液,结而为脂,蔽障胸臆,犹之茅塞其心,使之不复有窍也。此非予之臆说,夫有所验之矣。诸兽食草木杂物,皆狡獝而有智②。虎独食人,不得人则食诸兽之肉,是匪肉不食者,虎也;虎者,兽之至愚者也。何以知之?考诸群书则信矣。"虎不食小儿"③,非不食也,以其痴不惧虎,谬谓勇士而避之也。"虎不食醉人",非不食也,因其醉势猖獗,目为劲敌而防之也。"虎不行曲路,人遇之者,引至曲路即得脱。"其不行曲路者,非若澹台灭明之行不由径④,以颈直不能回顾也。使知曲路必脱,先于周行食之矣。《虎苑》云⑤:"虎之能搏狗者,牙爪也。使失其牙爪,则反伏于狗矣。"迹是观之,其能降人降物而藉之为粮者,则专恃威猛,威猛之外,一无他能,世所谓"有勇无谋"者,虎是也。予究其所以然之故,则以舍肉之外,不食他物,脂腻填胸,不能生智故也。然则"肉食者鄙,未能远谋",其说不既有征乎?吾今虽为肉食作俑,然望天下之人,多食不如少食。无虎之威猛而益其愚,与有虎之威猛而自昏其智,均非养生善后之道也。

〔注释〕

①肉食者鄙:出自《左传·庄公十年》:"肉食者鄙,未能远谋。"指身居高位、俸禄丰厚的人眼光短浅。

②狡獝(xù):指狡猾多诈。

③虎不食小儿:典故出自苏轼《书〈孟德传〉后》中的《小儿不畏虎》篇:"有妇人昼日置二小儿沙上而浣衣于水者。虎自山上驰来,妇人仓皇沉水避之。二小儿戏沙上自若。虎熟视久之,至以首抵触,庶几其一惧,而儿痴,竟不知怪,虎亦卒去。意虎之食人,先被之以威,而不惧之人,威无所从施欤!"

④澹台灭明之行不由径:澹台灭明,孔子弟子。他平时走路只走大道,从来不抄近路、走捷径。出自《论语·雍也》:"有澹台灭明者,行不由径,非公事,未尝至于偃之室也。"

⑤《虎苑》:明代王穉登所撰的与虎有关的故事集。

〔译文〕

"吃肉的人鄙陋",不是吃肉显得粗鄙,是因为他们不善于谋划而显得鄙陋。吃肉的人不善谋划,因为肥腻的精华凝结成了油脂,堵塞了胸口,就像茅草堵塞了心口,让心不再有孔一样。这不是我的主观臆断,而是有所验证的。很多动物吃草木杂物,都狡猾聪明。唯独老虎吃人,吃不到人就吃其他动物的肉,不是肉不吃,说的就是老虎;老虎,是动物中极其愚蠢的。从哪里知道的呢?考察群书后就信服了。"老虎不吃小孩",不是不吃小孩,是因为小孩很天真,不害怕老虎,老虎误以为小孩是勇士就避开了。"老虎不吃醉酒的人",不是不吃喝醉的人,是因为喝醉的人态势猖獗,老虎把他们当成强劲的对手而防备起来。"老虎不走曲折的路,人遇到了老虎,把它引到曲折的路上就能逃脱了"。老虎不走弯曲的路,不是像澹台灭明一样走路不走捷径,是因为脖颈直,不能回头。假如老虎知道在弯曲的路上人们一定会逃脱掉,必然会先在直行路上吃掉人们。《虎苑》里说:"虎之所以能与狗搏斗,是因为有牙齿和爪子。假如它失掉自己的牙齿和爪子,反而要向狗低头了。"由此看来,能降服人和物并且把人和物当作食物,只是仰仗自己威猛的特性罢了,除了威猛之外,一无所有,世人所谓的"有勇无谋",说的就是虎了。我深究其中的缘故,得出老虎除去吃肉之外,不吃其他食物,油腻的脂肪堵塞胸口,不能生出机智来的结论。那么"肉食者鄙,未能远谋",这个说法不是已经有证据了吗?我今天虽为谈论肉食写作,仍旧希望天下人多吃肉不如少吃肉。没有虎的威猛却增添了愚蠢,和有虎的威猛却自身降智,都不是养生善后之道。

○猪

食以人传者,"东坡肉"是也①。卒急听之,似非豕之肉,而为东坡之肉矣。噫!东坡何罪,而割其肉,以实千古馋人之腹哉?甚矣,名士不可为,而名士游戏之小术,尤不可不慎也。至数百载而下,糕、布等物,又以眉公得名。取"眉公糕""眉公布"之名②,以较"东坡肉"

三字，似觉彼善于此矣。而其最不幸者，则有溷厕中之一物，俗人呼为"眉公马桶"。噫！马桶何物，而可冠以雅人高士之名乎？予非不知肉味，而于豕之一物，不敢浪措一词者，虑为东坡之续也。即溷厕中之一物，予未尝不新其制，但蓄之家，而不敢取以示人，尤不敢笔之于书者，亦虑为眉公之续也。

〔注释〕

①东坡肉：相传为北宋诗人苏东坡所创制。苏东坡谪居黄冈，因当地猪多肉贱，才想出这种吃肉的方法。宋代周紫芝《竹坡诗话》中记载："东坡性喜嗜猪，在黄冈时，尝戏作《食猪肉》诗云：'慢着火，少着水，火候足时他自美。每日起来打一碗，饱得自家君莫管。'"

②"眉公糕""眉公布"：眉公，指的是陈继儒。"眉公糕""眉公布"，均为陈继儒制作出来的东西。

〔译文〕

因人的名字而流传的食物，是"东坡肉"。乍一听，似乎不是猪的肉，倒像东坡的肉。唉！东坡有什么罪，要割下他的肉，来填饱千古以来馋人的肚子呢？名士太不好当了，而拿名士开玩笑的小把戏，也不能不慎重。到数百年以后，糕点、布匹等物品，又因眉公得名。选取"眉公糕""眉公布"的名字，和"东坡肉"三个字做比较，似乎觉得前者比后者好一点。然而最不幸的，是厕所中有一个物件，俗人称它为"眉公马桶"。唉！马桶是什么东西，怎么能冠上高雅人士的名字呢？我不是不知晓肉的滋味，但对于猪这一食物，不敢多说一句，担心步东坡的后尘。即便是厕所中的一个物件，我未尝不会翻新改造一番，但只敢把它放在家里，不敢拿出来给人看，尤其不敢写到书中去，也是担心步眉公的后尘。

○羊

物之折耗最重者，羊肉是也。谚有之曰："羊几贯，账难算，生折对半熟对半，百斤止剩念余斤①，缩到后来只一段。"大率羊肉百斤，宰而割之，止得五十斤，迨烹而熟之，又止得二十五斤，此一定不易之数也。但生羊易消，人则知之；熟羊易长，人则未之知也。羊肉之为物，最能饱人，初食不饱，食后渐觉其饱，此易长之验也。凡行远路及出门作事，卒急不能得食者，啖此最宜。秦之西鄙，产羊极繁，土人日食止一餐，其能不枵腹者②，羊之力也。《本草》载羊肉，比人参、黄芪。参、芪补气，羊肉补形。予谓补人者羊，害人者亦羊。凡食羊肉者，当留腹中余地，以俟其长。倘初食不节而果其腹，饭后必有胀而欲裂之形，伤脾坏腹，皆由于此，葆生者不可不知。

〔注释〕

①念：二十，同"廿"。

②枵（xiāo）腹：空腹，指饥饿。

〔译文〕

　　食物中最费钱的是羊肉。有谚语说："羊几贯，账难算，生折对半熟对半，百斤止剩念余斤，缩到后来只一段。"大概一百斤的羊肉，宰割好后，只有五十斤重，等到烹煮熟后，又只有二十五斤重了，这是一定不会改动的数字。生羊肉容易消减，人们都知道；煮熟的羊肉容易膨胀，人们却不知道。羊肉这一食物，最能让人吃饱，一开始吃不觉得饱，吃完后渐渐觉得饱，这是熟羊肉容易膨胀的验证。凡是走长途和出门办事，着急不能吃好饭，最适宜吃羊肉。秦地西部边远地区，盛产羊肉，当地人一天只吃一顿饭却不饥饿，就是羊肉的功劳。《本草纲目》记载，羊肉可与人参、黄芪相提并论。人参、黄芪补气血，羊肉补身体。我认为补人的是羊肉，害人的也是羊肉。凡是吃羊肉的人，应当在腹中留有余地，用来等待羊肉膨胀。倘若一开始不节制地吃得很饱，饭后一定会肚胀欲裂，伤坏脾胃都是这么来的，养生的人不能不知道。

○牛、犬

　　猪、羊之后，当及牛、犬。以二物有功于世，方劝人戒之之不暇，尚忍为制酷刑乎？略此二物，遂及家禽，是亦以羊易牛之遗意也①。

〔注释〕

　　①以羊易牛：用羊来替换牛。出自《孟子·梁惠王上》："臣闻之胡龁

曰：'王坐于堂上，有牵牛而过堂下者，王见之，曰："牛何之？"对曰："将以衅钟。"王曰："舍之！吾不忍其觳觫，若无罪而就死地。"对曰："然则废衅钟与？"曰："何可废也？以羊易之！"'"

〔译文〕

说过猪、羊之后，应该说牛和狗了。因为这两种动物对世人有功，劝人不要吃它们还顾不上，怎么忍心为它们制定酷刑呢？略过这两种动物，去说家禽，这也是"以羊易牛"这一典故想要告诫后世人的道理吧。

○鸡

鸡亦有功之物，而不讳其死者，以功较牛、犬为稍杀。天之晓也，报亦明，不报亦明，不似畎亩、盗贼，非牛不耕，非犬之吠则不觉也。然较鹅、鸭二物，则淮阴羞伍绛、灌矣①。烹饪之刑，似宜稍宽于鹅、鸭。卵之有雄者弗食，重不至斤外者弗食，即不能寿之，亦不当过夭之耳。

〔注释〕

①淮阴羞伍绛、灌：淮阴侯韩信不肯与绛侯周勃、颍阴侯灌婴为伍。出自《史记·淮阴侯列传》："（信）居常鞅鞅，羞与绛、灌等列。"

〔译文〕

鸡也是对人类有功的动物，但人们不忌讳它们死亡，因为鸡的功劳与牛和狗比起来稍微小点儿。天总会亮,鸡报晓天也会明,不报晓天也会明,不像田地、盗贼,没有牛没法耕种、狗不叫的话浑然不觉。然而鸡与鹅、鸭两种动物相比起来,就像韩信羞于与周勃、灌婴为伍一样,不能和鹅、鸭等列。烹饪鸡的刑罚,似乎应该比烹饪鹅、鸭的方法稍稍宽松些。孵有小鸡的鸡蛋不要吃,重量不超过一斤的鸡不要吃,即便不能让鸡长寿,也不应该让它过早地夭折掉。

○鱼

　　鱼藏水底,各自为天,自谓与世无求,可保戈矛之不及矣。乌知网罟之奏功①,较弓矢罝罘为更捷②。无事竭泽而渔③,自有吞舟不漏之法。然鱼与禽兽之生死,同是一命,觉鱼之供人刀俎,似较他物为稍宜。何也?水族难竭而易繁。胎生、卵生之物,少则一母数子,多亦数十子而止矣。鱼之为种也似粟,千斯仓而万斯箱④,皆于一腹焉寄之。苟无沙汰之人,则此千斯仓而万斯箱者生生不已,又变而为恒河沙数⑤。至恒河沙数之一变再变,以至千百变,竟无一物可以喻之,不几充塞江河而为陆地,舟楫之往来能无恙乎?故渔人之取鱼虾,与樵人之伐草木,皆取所当取、伐所不得不伐者也。我辈食鱼虾之罪,较食他物为稍轻。兹为约法数章,虽难比乎祥刑⑥,亦稍差于酷吏。

食鱼者首重在鲜,次则及肥,肥而且鲜,鱼之能事毕矣。然二美虽兼,又有所重在一者。如鲟、如鳟⑦、如鲫、如鲤,皆以鲜胜者也,鲜宜清煮作汤;如鳊、如白、如鲥、如鲢,皆以肥胜者也,肥宜厚烹作脍。烹煮之法,全在火候得宜。先期而食者肉生,生则不松;过期而食者肉死,死则无味。迟客之家,他馔或可先设以待,鱼则必须活养,候客至旋烹。鱼之至味在鲜,而鲜之至味又只在初熟离釜之片刻,若先烹以待,是使鱼之至美发泄于空虚无人之境;待客至而再经火气,犹冷饭之复炊、残酒之再热,有其形而无其质矣。

煮鱼之水忌多,仅足伴鱼而止,水多一口,则鱼淡一分。司厨婢子,所利在汤,常有增而复增,以致鲜味减而又减者,志在厚客,不能不薄待庖人耳。更有制鱼良法,能使鲜肥迸出,不失天真,迟速咸宜,不虞火候者,则莫妙于蒸。置之镟内⑧,入陈酒、酱油各数盏,覆以瓜、姜及蕈、笋诸鲜物,紧火蒸之极熟。此则随时早暮,供客咸宜,以鲜味尽在鱼中,并无一物能侵,亦无一气可泄,真上着也。

[注释]

①网罟(gǔ):捕鱼及捕鸟兽的工具。
②罝(jū)罦(fú):泛指捕兽网。

③竭泽而渔:排尽湖水或池水捉鱼。出自《吕氏春秋·义赏》:"竭泽而渔,岂不获得,而明年无鱼。"

④千斯仓而万斯箱:出自《诗经·小雅·甫田》:"乃求千斯仓,乃求万斯箱。"箱,粮仓。

⑤恒河沙数:像恒河里的沙粒一样,无法计算。出自《金刚经》:"以七宝满尔所恒河沙数三千大千世界,以用布施。"

⑥祥刑:不重惩治而重德教的刑罚。

⑦鲚(jì):鳜鱼。

⑧鏇(xuàn):古时的一种炊具。

[译文]

　　鱼潜藏在水底,各自为天,自以为与世无争,可以确保人类的武器不伤及它们。哪里知道捕鱼的密网的作用,比弓箭和一般的捕兽网更便捷。不用排干河水捕鱼,自然有捕满一船鱼不遗漏一条的方法。然而鱼和禽兽的生死比起来,同样是一条生命,感觉鱼任人宰割,似乎比其他动物任人宰割稍微合适一点。为什么呢?水生一族难以枯竭、容易繁衍。胎生、卵生的动物,少的话一个母体孕育几子,多的话也是孕育几十子。鱼的繁殖像粟米一般,像是粟米装满许许多多的仓廪,众多鱼卵都寄托在一个鱼肚子里。若是没有捕鱼的人,那么这许许多多的鱼子生生不息,又变成了恒河沙数多到无法计算。到恒河沙数之后一变再变,以至于经历千百次演变,竟没有一个东西可以用来形容它们,不是几近填满江河湖海变成陆地,往来的船只能安然无恙吗?所以打鱼人捕捞鱼虾,和砍柴人砍伐草木,都是选取应当捕捞的鱼虾、砍伐不得不砍掉的树木。我们吃鱼虾的罪过，比吃其他动物的罪过稍轻一点。在此约法几章，虽难以与施祥刑的人相比，也比施酷刑的人稍差一些。

吃鱼的人首先注重鲜，其次再谈及肥，肥而且鲜，鱼的优长就齐备了。然而鱼虽都具备肥和鲜，又各有侧重的一点。像鲟鱼、鳜鱼、鲫鱼、鲤鱼，都是以鲜取胜，味鲜适合清煮做汤；像鳊鱼、白鱼、鲥鱼、鲢鱼，都是以肥取胜，肥美适合多煮、做成细切的肉。烹煮的方法，全在于火候适合。没到火候的肉是生的，生的不松软；过了火候的肉已老，老肉没有味道。宴请宾客的人家，其他饮食可以先做好用来招待客人，鱼必须活养，等到宾客来了当场烹煮。鱼的美味在于鲜，而鲜的最高境界又只在初熟刚出锅的片刻间，若是先烹饪好了等待客人来，就让鱼的美味发散到空虚无人的时候了；等到宾客来再回锅热一下，就像冷饭重新热了再吃、剩酒重新烫了再喝一样，徒有其形却没有本质了。

煮鱼的水不用多，只漫过鱼就可以了，多一点水，鱼的味道就会减淡一分。掌管后厨的婢女，能掌控的全在汤上，经常添了又添，导致鲜味减了又减，志在厚待客人，就不能不薄待厨子了。更有一种做鱼的好方法，能让鱼的鲜和肥一齐迸发出来，不失鱼的本味，做得快慢都合适，不用担心火候，没有比蒸更妙的了。把鱼放入镟内，倒入陈酒、酱油各几盏，上面盖上瓜、姜以及蕈、笋等各种新鲜食材，大火蒸到完全熟透。这样不论早晚，随时招待客人都合适，因为鲜味全在鱼中，并没有一种食物能入侵，也没有一点香味可以泄露，真是上乘的做鱼的方法。

种植部

　　如果说"饮馔部"中的李渔是美食家的话,那"种植部"中的李渔摇身一变又成了植物学家。李渔在"种植部"下附注"已载群书者片言不赘",点出李渔在学术上的创新进取精神。"种植部"包括木本第一、藤本第二、草本第三、众卉第四、竹木第五几大部分,各部分下又分为数款,介绍了许多植物品类。"木本"部分包括二十三款,介绍了木本植物的生长习性、品类特征等内容。"藤本"部分包括九款,介绍了植物的用途、缺点、贡献、得名原因等内容。"草本"部分包括十三款,介绍了草本植物的习性、功用等内容。"众卉"部分包括九款,同样介绍了植物的习性等内容。"竹木"部分包括九款。本篇只选取前两部中的几款进行介绍。李渔在"种植部"为大家介绍了许多植物相关的知识,还用自然事物比拟人类品德情操,从人道主义出发,讲述应该善待万事万物,但是在描述过程中也有很多不合情理、不符科学之处。例如"木本"部分第十九款合欢,李渔认为合欢具有消除怨气之功,且需要用男女同浴之水浇灌,显然是无稽之谈。纵使有许多误解之处,不可否认的是,李渔在这一部分用诙谐幽默的语言、构思精妙的文笔,为我们打开了植物世界的大门。

木本第一

〔题解〕

"木本第一"分为二十三款：一为牡丹。牡丹为群花之王，李渔从牡丹被贬洛阳的故事以及其只能向阳而生的特性，得出牡丹刚烈不屈的品性。二为梅。梅在众花之中开花最早。赏梅很有讲究，"山游者必带帐房，实三面而虚其前"等。三为桃。李渔指出，今人所爱的桃和古人所爱的桃并不一致，今人爱的是用来满足口腹之欲的桃子，是物质追求，古人所爱的桃是用来观赏的。四为李。李花和桃花齐名，同为群花的领袖，桃花可变颜色，李花却不可以。李甘淡守素，不以色媚人，所以可以存活很久。五为杏。杏树喜淫，李渔赋予杏树以人的品性，是在借物喻人啊！六为梨。梨的品种繁多，梨花耐看但好吃的梨却很少，"然性爱此花，甚于爱食其果"，表明李渔看重的是精神追求。七为海棠。海棠花的香气不明显，"利于缓咀，而不宜于猛嗅"。秋海棠易于存活，又不屑于与百花争艳。八为玉兰。玉兰花多为白色，花开时要及时观赏，否则花落无形，甚是遗憾。九为辛夷，又名木笔、望春花。李渔评这种花"名有余而实不足"。十为山茶。山茶花花期持久，越开越盛，兼备松柏之骨和桃李之姿，种类繁多。十一为紫薇。李渔在这一款中借紫薇树怕痒的习性，有感而发，"人能以待紫薇者待一切草木，待一切草木者待禽兽与人,则斩伐不敢妄施,而有疾痛相关之义矣",再一次表现了李渔的人道主义精神。十二为绣球。李渔对这种花的评价极高,"天工之巧,至开绣球一花而止矣"。十三为紫荆。紫荆花"少枝无叶,贴树生花",有亭亭独立之感。十四为栀子。栀子花不怕雨,且花开以次第,但树小不能出檐。十五为杜鹃、樱桃。这两种植物的花都不太重要,樱桃注重的是它的果实,至于杜鹃,看重的是西蜀的异种。十六为石榴。种植石榴树应该根据它的习性选择合适的位置,石榴树喜好压枝,所以适合种在石头中间;石榴树又喜好阳光,所以拔高直上。十七为木槿。李渔从木槿花朝开暮落谈到了人生,花落必然,但人的生死却在忽然之间。十八为桂。秋花之中,桂花最香,但是花开时"满树齐开,不留余地",风来便满地狼藉,印证了"盛极必衰"的道理。十九为合欢。合欢适合栽于内室,李渔认为合欢花有"解愠成欢"之功效,且浇灌合欢最好用男女同浴之水,这在今人看来并不可取。二十为木芙蓉。这种花"随地可植",颇为美艳。二十一为夹竹桃。李渔认为"生花竹"这个名字比夹竹桃更为妥帖。二十二为瑞香。这种花带有麝香味,是花中的小人。二十三为茉莉。茉莉花单为女子妆饰而设,种植茉莉必须置于暖和处并用冷茶灌溉。

草木之种类极杂,而别其大较有三:木本、藤本、草本是也。木本坚而难痿,其岁较长者,根深故也。藤本之为根略浅,故弱而待扶,其岁犹以年纪。草本之根愈浅,故经霜辄坏,为寿止能及岁。是根也者,万物短长之数也,欲丰其得,先固其根,吾于老农老圃之事,而得养生处世之方焉。人能虑后计长,事事求为木本,则见雨露不喜,而睹霜雪不惊;其为身也,挺然独立,至于斧斤之来,则天数也,岂灵椿古柏之所能避哉?如其植德不力①,而务为苟延,则是藤本其身,止可因人成事,人立而我立,人仆而我亦仆矣。至于木槿其生,不为明日计者,彼且不知根为何物,遑计入土之浅深、藏荄之厚薄哉②?是即草木之流亚也。噫!世岂乏草木之行,而反木其天年、藤其后裔者哉?此造物偶然之失,非天地处人待物之常也。

〔注释〕

①植德:培养品德。
②荄(gāi):草根。

〔译文〕

草木的种类非常多,大致可以分为三种:木本、藤本和草本。木本植物坚固,不易枯萎,其生长年岁较长,这是扎根较深的缘故。藤本植物扎根稍浅,因此较弱,需要加以扶持,它的寿命还是用年来计算。草本植物的根更浅,因此一经风霜就会受损,它的寿命只能到一年。根决定了万物生长的时间长短,要想所得丰厚,就要先加固根部,这是我从务农和园艺中悟出的养生处世的方法。人如果能为以后做打算，思虑长远，事事像木本植物一样，那么见到雨露不会感到欢喜，看到霜雪也不会感到惊奇；为人挺拔独立，如果斧子砍过来，就是命数了，哪里是灵椿古柏能躲避的呢？如果不用心培养品德，凡事苟且求生，那么就像藤本植物，只能依靠他人成事，别人站立我就随之站立，别人跌倒我也随之跌倒。至于木槿的一生，不为明天作打算，尚且不知道根是什么，又怎样计算入土的深浅、草根扎进土地中的薄厚呢？这就是草木一类中比较差的了。唉，世间难道缺少像草木一样、反而像木本一样享受天年，像藤本一样依附他人的人吗？这是造物主偶然的过失，不是天地处人待物的规律。

○牡丹

牡丹得王于群花，予初不服是论，谓其色其香，去芍药有几？择其绝胜者与角雌雄，正未知鹿死谁手。及睹《事物纪原》[1]，谓武后冬月游后苑，花俱开而牡丹独迟，遂贬洛阳[2]，因大悟曰："强项若此[3]，得贬固宜，然不加九五之尊，奚洗八千之辱乎？"[4]（韩诗"夕贬潮阳路八千"）物生有候，葭动以时[5]，苟非其时，虽十尧不能冬生一穗；后系人主，可强鸡人使昼鸣乎？如其有识，当尽贬诸卉而独崇牡丹。花王之封，允宜肇于此日[6]，惜其所见不逮[7]，而且倒行逆施。诚哉！其为武后也。予自秦之巩昌，载牡丹十数本而归，同人嘲予以诗，有"群芳应怪人情热,千里趋迎富贵花"之句。予曰:"彼以守拙得贬,予载之归,是趋冷非趋热也。"兹得此论,更发明矣⑧。

艺植之法,载于名人谱帙者,纤发无遗,予倘及之,又是拾人牙后矣⑨。但有吃紧一着,花谱偶载而未之悉者,请畅言之。是花皆有正面,有反面,有侧面。正面宜向阳,此种花通义也。然他种或能委曲,独牡丹不肯通融,处以南面既生,俾之他向则死⑩,此其肮脏不回之本性⑪,人主不能屈之,谁能屈之?予尝执此语同人,有迂其说者。予曰:"匪特士民之家⑫,即以帝王之尊,欲植此花,亦不能不循此例。"同人诘予曰:"有所本乎?"予曰:"有本。吾家太白诗云⑬:'名花倾国两相欢,常得君王带笑看。解释春风无限恨,沉香亭北倚栏杆。'倚栏杆者向北,则花非南面而何?"同人笑而是之。斯言得无定论?

〔注释〕

①《事物纪原》:宋代高承编撰,共十卷,五十五部,记录事物的起源及流变,以及一些神话传说等。

②"谓武后冬月游后苑"三句:传说武后(武则天)在一个冬日到后苑赏花,百花竞放,唯独牡丹迟迟未开,武后大怒,于是将牡丹贬到了洛阳。

③强(qiáng)项:刚正倔强,不肯低头。项,脖子。

④八千之辱:指韩愈被贬到潮州一事。典出韩愈《左迁至蓝关侄孙

湘》"一封朝奏九重天,夕贬潮阳路八千"。

⑤葭(jiā):初生的芦苇。

⑥肇(zhào):开始。

⑦逮(dài):达到。

⑧发明:明确。

⑨拾人牙后:即"拾人牙慧",拾取别人的只言片语当作自己的话。

⑩俾(bǐ):使。

⑪肮脏:高亢正直。

⑫匪特:不仅,不但。

⑬吾家太白:指李白。因作者李渔与李白同姓,因此称李白为"吾家太白"。

〔译文〕

　　牡丹为百花之王,对于这种说法,起初我不服气,就说它的颜色和香气,与芍药相比能相差多少呢?选择最好的芍药和牡丹相比,还不知道谁能获胜呢。直到看了《事物纪原》,说武后冬天在后苑游玩,群花争相绽放,只有牡丹没开,于是被贬到洛阳,因此我悟出了:"像这样倔强,不肯低头,得到贬斥是自然的,然而如果不给牡丹加以花中之王的称号,怎样洗刷被贬八千里路的耻辱呢?"(韩愈有诗"夕贬潮阳路八千")万物生长都有它的时节,初生的芦苇按照时间生长,如果不到时间,即使有十个尧帝也不能让它在冬天生出一个穗;武后是人君,能强行让鸡在白天鸣叫吗?如果她有见识,应当贬斥所有的花,而只推崇牡丹。花王的封号应该从这一天开始,可惜她的见识达不到,而且

种植部 | 249

做事违背常理。诚然,这就是武后之称为武后的原因。我从陕西巩昌运载了数十棵牡丹回来,同行的人作诗来嘲笑我,有"群芳应怪人情热,千里趋迎富贵花"这样的句子。我说:"牡丹因为守拙得到贬斥,我带它回来,这是向着冷而不是向着热啊。"现在得到这个结论,我的观点越发明确了。

种植牡丹的方法记载在名人谱帙中,非常细致,没有遗漏之处,我倘若再说,就是拾人牙慧了。但有一件事非常重要,花谱偶见记载,但并不详细,请让我畅所欲言。凡是花,都有正面、反面和侧面。正面应该朝向太阳,这是种花普遍遵循的道理。然而其他花或许能委曲求全,只有牡丹不肯通融,让牡丹位于南面就能生长,使它面朝其他方向就会枯死,这就是它刚正不阿的本性,君主都不能使它屈服,谁能使它屈服呢?我曾经和朋友讲这番话,他们认为我的说法迂腐。我说:"不仅士民百姓家中,即使以帝王的尊贵,想要种植此花,也不能不遵循这个原则。"朋友反问我说:"有依据吗?"我说:"有依据。我的本家李白有诗说:'名花倾国两相欢,常得君王带笑看。解释春风无限恨,沉香亭北倚栏杆。'倚靠栏杆的人朝向北面,那么花不是朝南又是朝向哪里呢?"友人笑着称是。这些言论难道不能作为定论吗?

○玉兰

世无玉树,请以此花当之。花之白者尽多,皆有叶色相乱,此则不叶而花,与梅同致。千干万蕊,尽放一时,殊盛事也。但绝盛之事,有时变为恨事。众花之开,无不忌雨,而此花尤甚。一树好花,止须一宿微雨,尽皆变色,又觉腐烂可憎,较之无花更为乏趣。群花开谢以时,谢者既谢,开者犹开,此则一败俱败,半瓣不留。语云:"弄花一年,看花十日。"为玉兰主人者,常有延伫经年,不得一朝盼望者,讵非香国中绝大恨事?故值此花一开,便宜急急玩赏,玩得一日是一日,赏得一时是一时。若初开不玩而俟全开,全开不玩而俟盛开,则恐好事未行,而煞风景者至矣。噫!天何仇于玉兰,而往往三岁之中,定有一二岁与之为难哉!

〔译文〕

　　世间没有玉树,请把这种花当作玉树吧。白色的花很多,但大都叶子和花相混,而玉兰花却不长叶子就开花,和梅花一样。千条枝干,万朵花蕊,一时间全部绽放,非常繁盛。但是盛事有时会变成遗憾的事。众花开放,全都忌讳下雨,尤其是玉兰这种花。一树美丽的花,只需要一夜小雨,就都变了颜色,让人觉得腐烂可憎,比不开花还要无趣。群花按照时节开放凋谢,凋谢的已经凋谢了,开着的花还开着,玉兰花却一朵开败就全部开败,半个花瓣也不留。人常说:"弄花一年,看花十日。"作为玉兰花的主人,常苦等一年,所期盼的事却连一天也得不到,这何尝不是香花世界中的一大憾事呢?所以等到这花一开,就要赶快观赏,玩一天算一天,赏一时算一时。如果刚开花时不玩赏,等它全开,全开时不玩赏,等它盛开,那么恐怕好事还没到来,煞风景的事就到了。唉！老天和玉兰有什么仇，往往三年中就肯定有一两年为难它啊！

○栀子

栀子花无甚奇特，予取其仿佛玉兰。玉兰忌雨，而此不忌；玉兰齐放齐凋，而此则开以次第。惜其树小而不能出檐，如能出檐，即以之权当玉兰，而弥补三春恨事，谁曰不可？

〔译文〕

栀子花没什么奇特的，我认为它像玉兰。玉兰花怕雨，而栀子花不怕；玉兰花一齐开放，一齐凋落，而栀子花按照顺序依次开放。可惜它的树很小，不能超出房檐，如果能超过房檐，那么可以当玉兰来看待了，这样就弥补了三春的遗憾事，谁说不可以呢？

○杜鹃、樱桃

杜鹃、樱桃二种，花之可有可无者也。所重于樱桃者，在实不在花；所重于杜鹃者，在西蜀之异种，不在四方之恒种。如名花俱备，则二种开时，尽有快心而夺目者，欲览余芳，亦愁少暇。

〔译文〕

杜鹃和樱桃两种,是可有可无的花。看重樱桃的,是看重果实而不是花;看重杜鹃的,在于它是来自西蜀地区的异种,不在于它是各地都有的寻常品种。如果各种名花都有,那么这两种花开放时,有很多让人身心愉悦、绚烂夺目的花,想要观赏这两种花,也愁没有时间。

藤本第二

〔题解〕

"藤本第二"分为九款。一为蔷薇。蔷薇种类繁,颜色多,用来修饰庭院,结作花屏,再好不过。二为木香。木香花密味香浓,稍胜蔷薇,不适用于结屏,用来制作花屋最好。三为酴醾。这种花的花期晚于蔷薇和木香,因此可以作为蔷薇、木香之后的结屏用花。四为月月红。这种花四季皆红,但是长不高,且结的花不繁茂。五为姊妹花。这种花最大的毛病是长势过于旺盛,难以遏制。六为玫瑰。玫瑰用途极广,可食可观可嗅戴,是兼备多种功用的好物,"花之能事,毕于此矣"。七为素馨。这种花极弱,枝茎都需要扶持。八为凌霄。这种花必须依附奇石古木生长,让人可敬可恨。

藤本之花,必须扶植。扶植之具,莫妙于从前成法之用竹屏。或方其眼,或斜其槅①,因作葳蕤柱石②,遂成锦绣墙垣,使内外之人,隔花阻叶,碍紫间红,可望而不可亲,此善制也。无奈近日茶坊酒肆,无一不然,有花即以植花,无花则以代壁。此习始于维扬③,今日渐近他处矣。市井若此,高人韵士之居,断断不应若此。避市井者,非避市井,避其劳劳攘攘之情④。锱铢必较之陋习也。见市井所有之物,如在市井之中,居处习见,能移性情,此其所以当避也。即如前人之取别号,每用川、泉、湖、宇等字,其初未尝不新、未尝不雅,迨后商贾者流⑤,家效而户则之,以致市肆标榜之上,所书姓名非川即泉、非湖即宇,是以避俗之人,不得不去之若浼⑥。迩来缙绅先生悉用斋⑦、庵二字,极宜;但恐用者过多,则而效之者,又入从前标榜,是今日之斋、庵,未必不是前日之川、泉、湖、宇。虽曰名以人重,人不以名重,然亦实之宾也。已噪寰中者仍之继起,诸公似应稍变。

人问植花既不用屏,岂遂听其滋蔓于地乎?曰:不然。屏仍其故,制略新之。虽不能保后日之市廛⑧,不又变为今日之园圃,然新得一日是一日,异得一时是一时,但愿贸易之人,并性情风俗而变之。变亦不求尽变,市井之念不可无,垄断之心不可有。觅应得之利,谋有道之生,即是人间大隐。若是,则高人韵士,皆乐得与之游矣,复何劳扰锱铢之足避哉? 花屏之制有三,列于《藤本》之末⁹。

[注释]

①槅(gé):隔断板。
②葳(wēi)蕤(ruí):草木茂盛、枝叶下垂的样子。
③维扬:旧扬州以及扬州府的别称。
④劳劳攘攘:纷扰,劳碌。
⑤迨(dài):等到,趁。
⑥浼(měi):污染。
⑦缙(jìn)绅:古代有官职或做过官的人称为缙绅。
⑧市廛(chán):市区中的商铺。
⑨今见各版本均无花屏之制列于其后。

[译文]

藤本这种花,必须加以扶持。扶植所用的工具,最好的莫过于竹屏这种老办法。或者编制成方眼状,或者编成斜格,把茂盛的竹篱当成柱石,就形成了锦绣墙垣,使得里面和外面的人,被这姹紫嫣红的花和茂密繁盛的叶子所阻挡,只可观望却不可以亲近,这是个非常好的办法。无奈近来的茶坊酒肆,全都是这样的,有花就用来扶植花,没有花就用来代替墙壁。这种习气最早开始于扬州,后来渐渐流传到其他地方。市井是这样的,但是高人雅士的住处,绝对不能这样。躲避市井的人,并不是为了躲避市井,而是躲避劳劳碌碌、熙熙攘攘的世情以及锱铢必较的陋习。看见市井中有的物品，就好像还身处市井之中，在处所经常见到，能够改变性情，这就是要躲避的原因。就像前人取别号一样，最开始的时候用川、泉、湖、宇等字，未尝不是新鲜的、未尝不是雅致的，等到后来的商人们也家家户户效仿，以至于市场的招牌上，所用的名字不是川就是泉、不是湖就是宇，所以躲避世俗的人，必须要避免这种情况，就像去除污垢一样。近来的为官者都用斋、庵二字，这是很好的，但是恐怕用的人多了，又会有效仿者，就像从前那样，今日的斋、庵二字，未必就不是之前的川、泉、湖、宇。虽说是名字因人被看重，人不因名为重，但是这两者也有主从关系。已经名噪四海的人可以继续这样做，但是诸位应该稍加变化了。

有人问，既然种花不用竹屏，难道就任由它们在地上蔓延吗？我说：不是这样的。仍然要用竹屏，但是形制要加以创新。虽然不能保证之后的市井，不会变成现在的园圃，但是能新一日是一日，能异一时是一时，但愿商人们的性情，也会随着风俗而变。变也不能全变，市井的概念不可以没有，垄断的心思却不可以有。寻觅应得的利益，谋求有道的人生，这才是人间真正的隐士。如果是这样，那么高人韵士也乐得和他们交游，又有什么锱铢必较的烦恼需要躲避的呢？花篱笆的形制有三种，列在《藤本》的后面。

○蔷薇

结屏之花，蔷薇居首。其可爱者，则在富于种而不一其色。大约屏间之花,贵在五彩缤纷,若上下四旁皆一其色,则是佳人忌作之绣、庸工不绘之图,列于亭斋,有何意致?他种屏花,若木香、酴醾、月月红诸本,族类有限,为色不多,欲其相间,势必旁求他种。蔷薇之苗裔极繁,其色有赤,有红,有黄,有紫,甚至有黑;即红之一色,又判数等,有大红、深红、浅红、肉红、粉红之异。屏之宽者,尽其种类所有而植之,使条梗蔓延相错,花时斗丽,可傲步障于石崇[1]。然征名考实,则皆蔷薇也。是屏花之富者,莫过于蔷薇。他种衣色虽妍,终不免于捉襟露肘。

〔注释〕

[1]步障:可以遮蔽风尘或者视线的屏障。石崇:晋代人,字季伦。

〔译文〕

适合用来结花屏的花,蔷薇排在第一位。它的可爱之处,在于品种多、花色繁。大概用来结屏的花,可贵之处就是五彩缤纷,如果上下左右都是一种颜色,那就是美人所忌讳的刺绣、平庸的画工也不愿意绘制的图案了,放在庭院屋内,能有什么情趣呢?其他种类的花,像木香、酴醾、月月红等,品种有限,花色也不多,想要使它们互相交杂,必须寻求其他的品种。蔷薇的品种非常多,花色有赤色、红色、黄色、紫色,甚至还有黑色。即使是红色,也可以分为很多种,有大红色、深红色、肉红色、粉红色。

篱笆宽的,可以把所有的蔷薇种类都种植上,使它们枝叶相互交错,花开时争奇斗艳,完全可以和石崇的步障相媲美。但是仔细考察花的种类和花色,都是蔷薇。所以能使篱笆富丽多姿的花,莫过于蔷薇。其他品种的花,颜色虽然鲜艳,但终究是捉襟见肘。

○木香

木香花密而香浓,此其稍胜蔷薇者也。然结屏单靠此种,未免冷落,势必依傍蔷薇。蔷薇宜架、木香宜棚者,以蔷薇条干之所及,不及木香之远也。木香作屋,蔷薇作垣[1],二者各尽其长,主人亦均收其利矣。

〔注释〕

[1]垣(yuán):墙。

〔译文〕

木香花开茂盛,味道香浓,这是木香花胜过蔷薇的地方。但是结屏如果仅仅靠木香,未免太过冷清,所以一定要依傍蔷薇。蔷薇适合架种,木香适合棚植,因为蔷薇的枝条所能够到达的地方,不如木香远。木香装饰屋子,蔷薇装饰院墙,二者各尽所长,主人也能兼收两利。

○玫瑰

花之有利于人,而无一不为我用者,芰荷是也[1];花之有利于人,而我无一不为所奉者,玫瑰是也。芰荷利人之说,见于本传。玫瑰之利,同于芰荷,而令人可亲可溺,不忍暂离,则又过之。群花止能娱目,此则口、眼、鼻、舌以至肌体毛发,无一不在所奉之中。可囊可食,可嗅可观,可插可戴,是能忠臣其身,而又能媚子其术者也。花之能事,毕于此矣。

〔注释〕

①芰(jì):菱。芰荷:就是荷花。

〔译文〕

花对人有利,而其益处没有一样不为我所用的是荷花。花对人有益,而没有一个好处不奉献给人的,是玫瑰。荷花利人之说,见于本传。玫瑰的好处和荷花一样,令人可亲可爱,须臾不忍分离,这一点玫瑰又超过了荷花。群花只能娱乐人们的眼睛,玫瑰却可以使人的口、眼、鼻、舌以及肌体毛发都得到满足。玫瑰可以用来制作香囊,可以食用,可以闻也可以吃,可以插可以戴,它的全身都奉献给人类,又有媚惑人的妙术。花的能耐,都集中在玫瑰的身上了。

颐养部

颐养部，主讲养生之法，包括行乐第一、止忧第二、调饮啜第三、节色欲第四、却病第五、疗病第六几大部分。"行乐"部分讲十种行乐之法，针对不同身份地位的人、不同处境的人，李渔提出了不同的行乐方式。"及时行乐"有时虽然带有一种散漫的生活态度，但是在如今这个物欲横流、重重压力的社会，"及时行乐"思想能让我们自身得到调节，不至积劳成疾。"止忧"部分讲述了如何对抗眼前可预见之忧以及不测之忧。"调饮啜"部分讲述了几种饮食习惯，如饥饱有度、愤怒郁闷时不宜进食等，如今仍然适用。"节色欲"部分讲述几种不适宜行男女之事的情况，呼吁情事要有所节制。"却病"部分说明病未至、病将至、病已至三种情况的应对办法。"疗病"部分是李渔自创的七种治病的良药。虽然李渔在前面几部也讲述过与养生相关的内容，但是这一部是专谈养生，更具系统性。李渔根据自己的亲身体会，独创了许多养生理论，继作家、戏剧家、美食家、植物学家之后，李渔又有了新身份——养生专家。

行乐第一

〔题解〕

"行乐第一"包含十款,讲述了十种行乐之法,简单介绍其中六款。一为贵人行乐之法。"乐不在外而在心",要在自己的工作岗位上懂得知足常乐,"善行乐者,必先知足"。二为富人行乐之法。"劝富人行乐难",因为他们的财产太多了,已经成了负担,富人若想行乐,必须少聚敛不义之财,且在"持筹握算之外,别寻乐境"。三为贫贱行乐之法。贫贱之人若想行乐,只有"退一步"法。要摆正自己的位置,不可好高骛远,由此才能怡然自乐。四为家庭行乐之法。"世间第一乐地,无过家庭"。能拥有一个完整和睦的家庭,享受阖家欢乐,乃一大幸事。五为道途行乐之法。李渔说的道途,指的是"逆旅",只有受行路之苦,才能知居家之乐。与此相反,也有"视家为苦,借道途行乐之法",他们在旅行中游览名山大川,遍寻各地美食,也是一桩乐事。六为随时即景就事行乐之法。行乐之事有很多,诸如睡、坐、行、立、饮等,如果见景生情,逢场作戏,即使是悲泣之事,也有欢娱之感。

伤哉!造物生人一场,为时不满百岁。彼夭折之辈无论矣,姑就永年者道之,即使三万六千日尽是追欢取乐时,亦非无限光阴,终有报罢之日。况此百年以内,有无数忧愁困苦、疾病颠连、名缰利锁、惊风骇浪阻人宴游①,使徒有百岁之虚名,并无一岁二岁享生人应有之福之实际乎!又况此百年以内,日日死亡相告,谓先我而生者死矣,后我而生者亦死矣,与我同庚比算、互称弟兄者又死矣②。噫!死是何物,而可知凶不讳,日令不能无死者惊见于目而怛闻于耳乎!是千古不仁,未有甚于造物者矣。虽然,殆有说焉。不仁者,仁之至也。知我不能无死,而日以死亡相告,是恐我也。恐我者,欲使及时为乐,当视此辈为前车也。康对山构一园亭③,其地在北邙山麓,所见无非丘陇。客讯之曰:"日对此景,令人何以为乐?"对山曰:"日对此景,乃令人不敢不乐。"达哉斯言!予尝以铭座右。兹论养生之法,而以行乐先之;劝人行乐,而以死亡怵之,即祖是意。欲体天地至仁之心,不能不蹈造物不仁之迹。

养生家授受之方,外藉药石④,内凭导引⑤,其借口颐生而流为放辟邪侈者则曰"比家"。三者无论邪正,皆术士之言也。予系儒生,并非术士。术士所言者术,儒家所凭者理。《鲁论·乡党》一篇,半属养生之法。予虽不敏,窃附于圣人之徒,不敢为诞妄不经之言以误世⑥。有怪此卷以《颐养》命名,而觅一丹方不得者,予以空疏谢之。又有怪予著《饮馔》一篇,而未及烹饪之法,不知酱用几何、醋用几何、醯椒香辣用几何者。予曰:"果若是,是一庖人而已矣,乌足重哉!"人曰:"若是,则《食物志》《尊生笺》《卫生录》等书,何以备列此等?"予曰:"是诚庖人之书也。士各明志,人有弗为。"

〔注释〕

①宴游:宴饮游乐。
②同庚:年龄相当。
③康对山:即康海,明代文学家。以诗文名列"前七子"之一,著有诗文集《对山集》、杂剧《中山狼》、散曲集《沜东乐府》等。
④药石:是指药剂和砭石,泛指药物。
⑤导引:我国古代的一种呼吸与肢体运动相结合的养生术。
⑥诞妄不经:意思是荒诞虚妄、不合常理。

〔译文〕

可悲啊!造物者创造人一场,人的寿命却活不过百岁。不用说那些已经夭折的人了,姑且谈谈那些活到一百岁的人,即使在世的三万六千天全都是欢娱取乐的日子,那也不是没有穷尽的岁月,也终将有结束的那一天。更何况在活着的百年以内,有无数的忧愁困苦、疾病折磨、名利缠身、惊风骇浪,这些都会阻碍人的宴游饮乐,使你只是徒有百岁虚名,并没有一年两年能够完整地享受人生应有的幸福。又何况这一百年之内,天天都有死亡的消息传来,告诉我比我生得早的人已经死去了,比我生得晚的人也死去了,和我同岁的、互相称兄道弟的人也死去了。唉,

颐养部 | 263

死到底是何物？让人知道它的凶险却不能避讳，每天都使得尚在人世的人耳濡目染又担惊受怕！千古以来，没有比造物者更不仁的了。虽然这样，却另外有一套说法。所谓不仁实际上是仁慈到了极致。老天爷知道我不能不死，而时时以死亡相告，这是在让我害怕。让我害怕，是为了让我及时行乐，让我以死去的人为前车之鉴。明人康对山曾在北邙山麓修筑了一座园亭，所见的无非就是一些山丘陇石。有人问他："天天面对这样的景色，怎么能够令人快乐呢？"对山回答说："每天面对此景，让人们不敢不快乐。"这话真是通达洞明之言！我曾经将此作为我的座右铭。这里讲养生之法，那首先就是行乐；劝别人行乐，是用死亡来使他感到恐惧，这正是上天的意思。想要体会天地的至仁之心，那就不能不经历造物者的不仁手法。

养生专家向人传授养生的方法，或外凭借药石之力，或内凭借导引之力，而假借养生之名实则是放辟邪侈的东西称作"比家"。这三者无论是邪是正，都是术士家之言。我是儒生，并不是术士。术士说的是方术，而儒家说的是道理。《鲁论·乡党》这篇文章，里面大半讲的都是养生的方法。我虽然不太聪明，私下依附于圣人的门徒，不敢被荒诞虚妄、不实的言论耽误。有人怪我以《颐养》命名此卷，却找不到一个丹方，对此我以自己才疏学浅为由来谢罪。又有人责怪我写了一篇《饮馔》，而没有谈到烹饪的方法，不知酱用多少、醋用多少、辣椒用多少。我回答说：果真如你所说，一个厨子足够了，哪里需要那么多人呢！别人说：像你这么说的话，那么《食物志》《尊生笺》《卫生录》这些书,为什么都详尽地叙述了这些内容呢?我说:那些真是厨子的书。士人都有自己的志向,却总有自己做不到的事情。

○贵人行乐之法

　　人间至乐之境,惟帝王得以有之;下此则公卿将相,以及群辅百僚,皆可以行乐之人也。然有万几在念、百务萦心,一日之内,除视朝听政、放衙理事①、治人事神、反躬修己之外,其为行乐之时有几?曰:不然。乐不在外而在心。心以为乐,则是境皆乐,心以为苦,则无境不苦。身为帝王,则当以帝王之境为乐境;身为公卿,则当以公卿之境为乐境。凡我分所当行,推诿不去者,即当摈弃一切悉视为苦,而专以此事为乐。谓我为帝王,日有万几之冗,其心则诚劳矣,然世之艳慕帝王者,求为片刻而不能,我之至劳,人之所谓至逸也。为公卿将相、群辅百僚者,居心亦复如是,则不必于视朝听政、放衙理事、治人事神、反躬修己之外,别寻乐境,即此得为之地,便是行乐之场。一举笔而安天下,一矢口而遂群生,以天下群生之乐为乐,何快如之?若于此外稍得清闲,再享一切应有之福,则人皇可比玉皇、俗吏竟成仙吏,何蓬莱三岛之足羡哉②!此术非他,盖用吾家老子"退一步"法。以不如己者视己,则日见可乐;以胜于己者视己,则时觉可忧。从来人君之善行乐者,莫过于汉之文景;其不善行乐者,莫过于武帝。以文景于帝王应行之外,不多一事,故觉其逸;武帝则好大喜功,且薄帝王而慕神仙,是以徒见其劳。人臣之善行乐者,莫过于唐之郭子仪③;而不善行乐者,则莫如李广④。子仪既拜汾阳王,志愿已足,不复他求,故能极欲穷奢、备享人臣之福;李广则耻不如人,必欲封侯而后已,是以独当单于,卒致失道后期而自刭。故善行乐者,必先知足。二疏云⑤:"知足不辱,知止不殆。"不辱不殆,至乐在其中矣。

〔注释〕

①放衙:属吏早晚参谒主司、听候差遣谓之"衙参",退衙谓之"放衙"。
②蓬莱三岛:传说海上有仙人居住的方丈、瀛洲、蓬莱三座神山。
③郭子仪:唐代著名政治家、军事家。
④李广:西汉时期名将,秦朝名将李信的后代。
⑤二疏:指汉宣帝时名臣疏广与疏受。疏广自幼好学,博通经史,被朝廷征为博士。汉宣帝时选为太子太傅。疏广的侄子疏受,当时亦以贤明被选为太子家令,后升为太子少傅。疏广、疏受在任职期间,曾多次受到皇帝的赏赐,并称为朝廷中的"二疏"。

〔译文〕

人世间最快乐的境界,只有帝王才能拥有;下面的公卿将相,以及文武百官,都可以是行乐之人。但是他们日理万机、政务繁忙,一天之内,除了上朝听政、处理政务、下治百姓、上敬神灵、自己修身养性之外，行乐的时间还剩多少呢？我认为：不是这样的。快乐不在于外而在于内心。如果内心是快乐的，那么什么处境都是快乐的；内心是痛苦的，那么就没有什么处境不是痛苦的。作为帝王，那么就应该把帝王的处境当作快乐的处境；作为公卿，那么就应该把公卿的处境当作快乐的处境。凡是我分内的推诿不掉的公务，那么就应该摈弃一切并将一切视为痛苦的事，而专门以这些公务为乐。如果我作为帝王，每天都日理万机，内心实在是非常疲惫，但是世上羡慕帝王的人想要寻求这片刻的疲惫却不能，我的疲惫之至，是别人所认为的安逸之至。作为公卿将相、文武百官，也应该有同样的想法，不必在视朝听政、放衙理事、治人事神、反躬修己之外，再寻觅其他的乐处，这些能发挥自己作为的地方，便是行乐的场所。一提笔就能安定天下，一张口就可以使百姓平安顺遂，以天下百姓的快乐作为自己的快乐，那么还有什么快乐能比得上呢？如果在此外还能稍得清闲，再去享受一切应有的福分，则人世间的皇帝就可以比得上玉皇大帝，人间的官吏可以比得上仙吏，那么蓬莱三岛的仙境就没有什么可值得羡慕的了！这也不是什么其他妙招，其实用的是老子"退一步"的方法。与不如自己的人比较，那么每天都很快乐；与比自己强的人比较，那么每天都会很忧愁。历史上的君王，没有比汉文帝、汉景帝更善于行乐的了，也没有比汉武帝更不善于行乐的了。因为汉文帝、汉景帝在帝王应做的事情之外不再多做其他事情，所以觉得安逸；汉武帝则好大喜功，而且轻视帝王羡慕神仙，因此白费心思。人臣中善于行乐的人，没有胜过唐代郭子仪的了;而人臣中不善于行乐的人,没有胜过李广的了。郭子仪已经被封为汾阳王,志向已经得到满足,不再有其他的追求,所以能够极欲穷奢地享尽人臣的福分;李广则以自己不如别人为耻,一定要被封侯才能满足,因此独当抗击匈奴单于,最终导致失败后自杀。所以善于行乐的人,必须先学会知足。汉代的疏广、疏受曾经说过:"知道满足就不会招来耻辱,知道停止就不会招来危险。"没有耻辱,没有危险,人间的至乐就在其中了。

○家庭行乐之法

世间第一乐地,无过家庭。"父母俱存,兄弟无故,一乐也。"是圣贤行乐之方,不过如此。而后世人情之好向,往往与圣贤相左。圣贤所乐者,彼则苦之;圣贤所苦者,彼反视为至乐而沉溺其中。如弃现在之天亲而拜他人为父,撇同胞之手足而与陌路结盟,避女色而就娈童①,舍家鸡而寻野鹜,是皆情理之至悖,而举世习而安之。其故无他,总由一念之恶旧喜新、厌常趋异所致。若是,则生而所有之形骸,亦觉陈腐可厌,胡不并易而新之,使今日魂附一体,明日又附一体,觉愈变愈新之可爱乎?其不能变而新之者,以生定故也。然欲变而新之,亦自有法。时易冠裳,迭更帏座,而照之以镜,则似换一规模矣②。即以此法而施之父母兄弟、骨肉妻孥③,以结交滥费之资,而鲜其衣饰、美其供奉,则"居移气,养移体"④,一岁而数变其形,岂不犹之谓他人父、谓他人母,而与同学少年互称兄弟、各家美丽共缔姻盟者哉?有好游狭斜者⑤,荡尽家资而不顾,其妻迫于饥寒而求去。临去之日,别换新衣而佐以美饰,居然绝世佳人。其夫抱而泣曰:"吾走尽章台,未尝遇此娇丽。由是观之,匪人之美,衣饰美之也。倘能复留,当为勤俭克家,而置汝金屋。"妻善其言而止。后改荡从善,卒如所云。又有人子不孝而为亲所逐者,鞠于他人,越数年而复返,定省承欢,大异畴昔⑥。其父讯之,则曰:"非予不爱其亲,习久而生厌也。兹复厌所习见,而以久不睹者为可亲矣。"众人笑之,而有识者怜之。何也?习久而厌其亲者,天下皆然,而不能自明其故。此人知之,又能直言无讳,盖可以为善之人也。此等罕譬曲喻⑦,皆为劝导愚蒙。谁无至性,谁乏良知,而俟予为木铎?但观孺子离家,即生哭泣,岂无至乐之境十倍其家者哉?性在此而不在彼也。人能以孩提之乐境为乐境,则去圣人不远矣。

〔注释〕

①娈童:被达官贵人当作女性玩弄的美少年。
②规模:派头,排场,这里指模样。

③妻孥:妻子和子女的统称,同妻小。

④"居移气"二句:出自《孟子·尽心上》:"孟子自范之齐,望见齐王之子,喟然叹曰:'居移气,养移体,大哉居乎!夫非尽人之子与?'"指地位和环境可以改变人的气质、修养或内涵。

⑤狭斜:释义为小街曲巷,多指妓院。

⑥畴昔:往日,从前。

⑦罕譬曲喻:说话用不着多比方,都能听懂,形容话说得非常明白。出自《礼记·学记》:"其言也约而达,微而臧,罕譬而喻。"

[译文]

  人世间第一行乐的地方,莫过于家庭。"父母都健在,兄弟无故,这是一乐。"所以圣贤行乐的方法,也不过如此。而后世的人行乐的方法,往往与圣贤相背离。圣贤的人认为快乐的事情,我们感觉很痛苦;圣贤的人认为痛苦的事情,我们反而将其视为乐事并沉溺其中。如果抛弃现在的亲生父亲而拜他人为父亲,抛下同胞之手足而与陌生人结盟,躲避女色而亲近美童,舍弃自家养的鸡而寻找野鹜,这些都是违背情理的,但全世界的人都习以为常。没有其他原因,就是由喜新厌旧、讨厌常态趋向异样的想法所导致。如果真是这样,那么你与生俱来的形骸也会觉得陈腐厌恶,何不一起换成新的,使你今日的魂魄附在一个躯体上,明日又附在另一个躯体上,岂不越变越新越可爱?为什么形骸不能换成新的呢,因为一生下来就是这个样子了。但是如果想换成新的,也是有办法的。经常更换衣冠、不断变换帏帘座椅,再拿镜子一照,就好像换了一副模样。将此方法用在父母兄弟、妻子儿女身上，以结交外人滥用之费，使得父母兄弟、妻子儿女身上的服饰漂亮，供养丰美，正如孟子所言"居移气，养移体"，一年之内多次改变形貌，那么不就如同称谓他人为父母，而与同学少年互相称兄道弟、与各家美丽的女子共结姻缘了吗？有个不走正路而喜欢寻花问柳的人，荡尽家产而全然不顾，他的妻子迫于饥寒而要离开他。临走的那天，换了新衣服又戴上美丽的首饰，居然是个绝世美人。她的丈夫抱着她哭泣说道："我走遍烟花柳巷，从没遇到过如此娇美的女子。由此可以知道，不是人美，而是衣服首饰美。如果你能够留下来，我肯定勤俭持家，把你放在金屋之中。"妻子听了他的话留了下来。他从此之后一改浪荡公子形象开始从善，最后实现了他的诺言。还有个不孝的人被父母驱逐了出来，被他人抚养，过了多年又回来了，晨昏定省，在父母膝下尽孝，和原来大不相同。他的父亲问他，他说道："并不是我不爱自己的父母，只是时间长了厌烦了。现在又对抚育我的那家人厌烦了，而对自己很久没有看到的人感到亲切。"众人都笑他，然而有识之人却很同情他。这是为什么呢？时间久了而厌烦亲人，天下的人都是这个样子，自己却不明白这个道理。这个人知道，又能直言不讳，是可以向善的人。这样罕见的事例，都是为了劝导愚昧的人。谁没有至情至性，谁没有良知，而要等着被人启蒙？你看小孩子离家，就要哭泣，难道没有什么至乐的境地要比他家强十倍的吗？是因为他的本性在此地而不在别的地方。如果人能以孩提的乐境作为自己的乐境，那么就离圣人不远了。

颐养部 | 271

止忧第二

〔题解〕

"止忧第二"部分主要谈论的是如何消除忧愁。今人常常处于这样的困扰之中难以解脱,以致身心俱疲,不如看看李渔的见解,化解心中郁结。这一部分分为二款:一为止眼前可备之忧。如果忧愁是容易处理且可以防备的,那就要在它来临之前想好对策。这就是"以静待动"之法。二为止身外不测之忧。在这些不可预测的忧患发生之前,往往有先兆,我们要善于观察。李渔总结有五种止忧之法:谦以省过、勤以砺身、俭以储费、恕以息争、宽以弭谤。掌握这五法,就可"忧之大者可小、小者可无"。

忧可忘乎?不可忘乎?曰:可忘者非忧,忧实不可忘也。然则忧之未忘,其何能乐?曰:忧不可忘而可止,止即所以忘之也。如人忧贫而劝之使忘,彼非不欲忘也,啼饥号寒者迫于内,课赋索逋者攻于外[①],忧能忘乎?欲使贫者忘忧,必先使饥者忘啼,寒者忘号,征且索者忘其逋赋而后可,此必不得之数也。若是,则"忘忧"二字徒虚语耳。犹慰下第者以来科必发[③],慰老而无嗣者以日后必生,迨其不发、不生,亦止听之而已,能归咎慰我者而责之使偿乎？语云："临渊羡鱼，不如退而结网。"⑤慰人忧贫者，必当授以生财之法；慰人下第者，必先予以必售之方；慰人老而无嗣者，当令蓄姬买妾、止妒息争，以为多男从出之地。若是，则为有裨之言，不负一番劝谕。止忧之法，亦若是也。忧之途径虽繁，总不出可备、难防之二种，姑为汗竹⑦，以代树萱⑧。

〔注释〕

①课赋：征收赋税。索逋(bū)：指催讨欠债。

②下第：是指下等、劣等，科举时代指殿试或乡试没考中。

③"临渊羡鱼"二句：出自《汉书·礼乐志》。比喻空怀壮志，不如实实在在地付出行动。

④汗竹：指史籍书册。

⑤树萱：种植萱草。萱草，俗名忘忧草。

〔译文〕

忧愁可忘还是不可忘呢？我认为：可以忘记的那就不是忧愁，忧愁其实是不能够忘记的。然而忧愁不能忘记，那怎么能够快乐呢？我认为：忧愁不可以忘记但是可以停止，止忧就可以忘忧。如别人忧愁贫苦而你劝他忘记，他不是不想忘记，而是因饥饿而啼哭、因寒冷而哀号的人逼迫于内，索要赋税和债务的人围攻于外，怎么能够忘记忧愁呢？想要使贫穷的人忘记忧愁，必须得先使饥饿的人忘记啼哭、寒冷的人忘记哀号、征税追债的人忘记逼迫索要之后才可以,但这是不可能实现的。如果是这样,那么"忘忧"二字只不过是一句空话罢了。就像安慰科举落榜的人说来年必中,安慰没有孩子的老人说以后会生出孩子的,等到他们没有中、没有生,也只是听听而已,难道能把过错归咎于安慰我的人身上并去责怪他让他补偿吗?古人云:"临渊羡鱼,不如退而结网。"安慰忧愁贫困的人,必须要教给他们生财的方法;安慰落榜的人,必须要告诉他们中榜的办法;安慰没有孩子的老人,当该让他攒钱娶妻买妾,而且要让妻妾之间不嫉妒争宠,由此可以多生男孩。如果是这样,那就是有益之言,也不辜负一番劝说了。止忧的办法,也是这样。忧愁的途径虽然繁多,总是逃不出可以防备和难防两种途径,姑且写下来,以代替忘忧草的作用。

○止眼前可备之忧

拂意之境①,无人不有,但问其易处不易处、可防不可防。如易处而可防,则于未至之先,筹一计以待之。此计一得,即委其事之度外,不必再筹;再筹则惑我者至矣。贼攻于外而民扰于中,其可防乎?俟其既至,则以前画之策,取而予之,切勿自动声色。声色动于外,则气馁于中。此以静待动之法,易知亦易行也。

〔注释〕

①拂意:不合心意。

〔译文〕

不如意的时候人人都有，只需问其容不容易处理、可不可以预防。如果容易处理而且可以预防，那么在它还没有来之前先筹划一个计策等着它。筹划好这个计策，就将它置之度外，不必再筹划了，再筹划就会使我非常迷惑。盗贼在外面攻击而百姓在城里闹，这预防得了吗？等到不如意的事情到来，就用之前筹划好的计策，切记要不动声色。一动声色心中就会气馁。这就是以静待动的方法，人们容易知道也容易施行。

○止身外不测之忧

不测之忧，其未发也，必先有兆。现乎蓍龟①，动乎四体者，犹未必果验。其必验之兆，不在凶信之频来，而反在吉祥之事之太过。乐极悲生、否伏于泰，此一定不移之数也。命薄之人，有奇福，便有奇祸；即厚德载福之人，极祥之内，亦必酿出小灾。盖天道好还，不敢尽私其人，微示公道于一线耳。达者如此，无不思患预防，谓此非善境，乃造化必忌之数，而鬼神必睊之秋也②。萧墙之变，其在是乎？止忧之法有五：一曰谦以省过，二曰勤以砺身，三曰俭以储费，四曰恕以息争，五曰宽以弭谤。率此而行，则忧之大者可小，小者可无；非循环之数，可以窃逃而幸免也。只因造物予夺之权③，不肯为人所测识，料其如此,彼反未必如此,亦造物者颠倒英雄之惯技耳。

〔注释〕

①蓍(shī)龟:古人以蓍草、龟甲占卜吉凶,因此以蓍龟代指占卜。蓍,蓍草。龟,龟甲。

②覸(jiàn):窥探。

③予夺:即生杀予夺,指统治者掌握生死、赏罚大权。

〔译文〕

不可预测的忧愁还没有发生的时候肯定先有预兆。呈现在蓍草和龟甲上,表现在人的四肢上,也未必应验。必定应验的预兆,不在于不好的消息频频传来,反而在于吉祥的事情太多。乐极生悲,不好的事情潜伏在好事中,这是不变的定数。命薄的人有奇福就有奇祸;即使是厚德载福的人,在过于祥和的时候也必定会酿出小灾。善有善报,恶有恶报,不敢私自恩惠某一个人,微微在一处显示出公道来。旷达的人遇到这种情况都思虑祸患加以预防,认为这不是好的境地,是自身造化必然忌讳的迹象,鬼神必定可以窥探到。萧墙之变不正是这样吗?止忧的方法有五种:一是谦虚谨慎,反省过错。二是勤奋地砥砺自己。第三用节俭来储存资金。第四以忠恕之心而免于纷争。第五用宽宥来禁止谣言诽谤。依照这些方法,那么大的忧愁可以化小,小的忧愁可以变无;不是因果循环的定数,就可以私逃幸免。只是因为造物者生杀予夺的权力不能被人所识破,人们料到老天会如此,反而未必如此,这也是造物者颠倒英雄的惯用伎俩。